iHuman

成
为
更
好
的
人

世界尽头是北京　　　绿妖 著

GUANGXI NORMAL UNIVERSITY PRESS
广西师范大学出版社
·桂林·

SHIJIE JINTOU SHI BEIJING

图书在版编目（CIP）数据

世界尽头是北京 / 绿妖著. —桂林：广西师范大
学出版社，2019.1
ISBN 978-7-5598-1348-0

Ⅰ．①世… Ⅱ．①绿… Ⅲ．①长篇小说－中国－
当代 Ⅳ．①I247.5

中国版本图书馆 CIP 数据核字（2018）第 254625 号

广西师范大学出版社出版发行

（广西桂林市五里店路 9 号　　邮政编码：541004）

网址：http://www.bbtpress.com

出版人：张艺兵

全国新华书店经销

北京盛通印刷股份有限公司印刷

（北京经济技术开发区经海三路 18 号　邮政编码：100176）

开本：787 mm × 1 092 mm　1/32

印张：10.125　　字数：200 千字

2019 年 1 月第 1 版　　2019 年 1 月第 1 次印刷

定价：49.00 元

如发现印装质量问题，影响阅读，请与出版社发行部门联系调换。

目 录

再版序 | 严肃的不着调

绿妖

距离写《世界尽头是北京》已经过去了十二年。

十几年前，北京一套房子是几十万，聊天软件是 MSN，街上有两种出租车，夏利每公里一块二，富康一块六。朋友教我晚上怎么辨认夏利车：找车灯不那么亮的。

最高档的奢侈品都在国贸和王府井，是时尚女编辑借衣服首选。她们自己买衣服去日坛商务楼和秀水二号，东四小店有外贸一条街，加上动批（动物园服装批发市场），可以让会过日子的女孩慢慢淘。

中国的时尚杂志正在升级洗牌，本土的先倒掉了，接着是外刊资源薄弱的，最后只剩下几家巨无霸时尚杂志活下来，这个过程很快。

我二〇〇二年进入时尚杂志时，它还延续着八九十年代的北京文艺氛围，周边晃荡着很多不着调的人，我的作者里有星期三去旅行的主唱、未来的新锐导演李霄峰、未来的著名编剧顾小白……我曾约朋友李霄峰帮我采访歌手阿杜，知道这件事后，我俩的朋友都震惊了：你怎么敢让一个沉默寡言的人采访另一个沉默寡言的人？

稿费千字三百，一篇人物稿一千多块，可以支付四环内一间两室一厅房子的月租。钱挺经花，所以在小说里，八千块钱值得夏永康慨然出手。产生了一个"自由撰稿人"的阶层，每月写几篇稿子就能活得不错。

大家那时也没什么钱，晚上饭局散场后，一伙人站在北京冬天的街边，看到是富康就缩回手，继续像企鹅一样倒腾跺脚等一块二的夏利。没人觉得这样掉价，反而有种故意往粗糙里整的劲儿。白酒，喝最便宜的二锅头，范儿正。很难解释范儿是什么，可以理解为（不乏矫情的）社会风气。谁聚会时一直谈工作谈房子，会被鄙视活得太务实。我们活在社会腾飞的前夕，社会还没被商业和资本格式化，积极、商业、上进，这些在当时不是什么好词儿，我们严肃地不着调着。

作者不着调，从业人员很多也来路不明。很多编辑、造型师、摄影师都没有正经学历（比如我），整个行业还残存着九十年代刚有时尚杂志的拓荒氛围，我们是这里的第二代。既然是荒野，那就往哪儿走都可以。它给人一种自由和公平的错觉，仿佛只要你付出代价，这个行业就可以回报你一切。这一点它特别像当时的北京，一个适合冒险家的行当。

十二年过去了，据说现在的时尚行业都是名校毕业生，那些文学青年不知都去了哪里。MSN，动批，东四外贸小店，四环内月租一千的两室一厅的房间，一块二的夏利，国贸地铁口卖藏族首饰和卖《新京报》的小贩，还有为朋友的八千块钱出手的江湖浪子，都烟消云散了。同时消失的，还有那个有着粗大孔隙、容纳奢侈品牌也容纳不着调的穷鬼来来去去的蛮荒之地。

　　改变的还有小说的名字。小说原名叫《北京小兽》，首版于二〇一二年，六年后，这个书名也不合时宜了。一切都变了，但是年轻人初次进入一座大城的感受没有变，人行天地间，追逐欢乐与希望的孤独长跑没有变。这本书还没有完全过时。

二〇一八年八月十六日

序 | 美如过接布

柏邦妮

一　动物

　　几个月前，绿妖推荐我读李娟的《阿勒泰的角落》。写得真好。李娟的好，像植物。天生天养，自给自足。"木末芙蓉花，山中发红萼。涧户寂无人，纷纷开且落。"她的好，如同山中芙蓉花。并不因为你观赏她，而格外繁盛些，也不因为冷落她，而格外萧条些。因为她生长在自然中，有一种辽阔宁静的孤独。辛苦，但并不痛苦，因为内心没有挣扎，欣然坦荡。

　　但是李娟的阿勒泰，不是我们的生活。那是我们向往的，我们遗失的，早已被工业文明遗弃的旧世界。我们的生活是什么样子的？谁能写出我们的世界？并不和谐美好，狰狞而残酷，但却是我们扎扎实实，艰难存活的丛林。

　　于是我读到了绿妖的《世界尽头是北京》。有人说，北京是一座"但见本质"的城市。一切表象到了这里，都将脱落。本质即是，我们都是动物。藏起伤口，从一个人退缩到一个带壳的生命。是坚强的蚂蚁，是只有一只眼睛的熊，是迟钝而固执的犀牛，是割掉鳍的鲨鱼，是好斗的獒犬，如此种种。然而，这仍旧是表象。

真实的我们，是什么动物？

小说中确实出现的动物，只有流浪狗。冷酷的主人公们，对它们倾注了过度的感情。女主角认为，心里的破洞和碎片，破胸而出，变成了一条狗。"它是从我心里跑出去的动物。……它其实已经死了，在它明白再也没人会带它回家时它就已经死了。"

二　群落

植物有根，有土，于是有了家。动物没有，流浪狗没有。《世界尽头是北京》的原名，叫《北京小兽》。

小说里并非只有一只动物，而是构成了一个群落。作者并没有赋予他们错综复杂的人物关系。他们的联系并不紧密。即便在某一个时刻，他们产生了深刻的理解和同情，进入了对方的生命，最后也是聚如蜉蝣，散如漂萍。这群动物，他们的共同点，也许就只是孤独。孤独是他们的武器，也是唯一可奉献的礼物。吐出了唯一的孤独，使他们不安，于是又想把孤独攥回手里。人物之间的张力，来源于此。

这群动物，色彩鲜艳，层次错落，品性斑斓，生存轨迹迥异。于是就形成了一个小生态。我想，这是作者着迷的原因。

三　城市

毫无疑问，这本小说是在写北京。但是没有一个人物，是生于北京。这些异乡人，他们改变了样貌、口音，改变了习俗和人际，但是却改变不了故乡。每个人的头顶都悬浮着一个故乡。在这座光鲜亮丽的大城上方，悬浮着无数个县城、农村、荒废的工业老城，无数个"一眼就能看到未来"的地方。

"过去，像双肩背包一样随身背在他们身上，所以，北京并非一座城市，它是许多城市的幻影叠加，它的记忆里有无数城市的过去。"

所以，这座城市永远太挤。

这让我想起尼尔·盖曼的《美国众神》。众多移民来到美国，把他们的神灵也一起带来。所以在美国，几乎有全世界所有的神灵。时代更替，众神衰落，人们信奉新的神灵：高科技，新媒体，核武器……于是，新旧神灵，要决一死战。

生存在北京的动物，在他们身上，新与旧的众神之战，从来没有停止过。

所以，这座城市永远太疼。

作者宣称她恨这座城市。但是在她的笔下，常常出现这样的段落："白天越来越长，如果天气晴朗，六点多钟，路灯已亮，太阳刚落，余晖均匀柔和地晕满半边天空，粉红接着浅紫，一个色阶一个色阶地弱下去，直至深蓝。那一瞬，天空就像一座花园。"

又或者，"太阳正是落山前最辉煌时，把所有云朵都染成金色。天空犹如一座黄金之城。她看得眼睛都变成金色。眨眼之间，云朵已变幻图案，犹如万马奔腾，金色的、紫色的、灰色的野马驰骋天空，狂野壮观。"

我没有注意到这样的景象，大概因为，我没有凝视过这座城市。凝视，需要时间，也需要距离。

这本小说，写的是"一种凝视"。

四　故事

这本小说的结构很古怪。故事的第一部分，在高潮即将到来前结束。故事的第二部分，是女主角的前史闪回。故事的第三部分，平行着另外几个人物的线索，却并不在故事层面交织，仅仅是对照，映照。同时平行的，还有第一部分故事的后续闪回。

这样的写法，应该叫任性吧？

什么样的故事是好故事？在我学写标准化故事的时候，老师说，好故事能用三句话讲完。而不标准化的故事，我想就是，三句话讲不完。三句话讲不完，所以写了六年，写了十三万字。

标准化故事的规则还包括：要有统一的主人公，统一的地点，统一的时间。每个出现的人物，应该发生人物关系。他们的关系变化，推动故事的发展。有明确的主题，高潮和结局。有明确的起承转合。而这些情节点的设置，也有规律和分寸可循……

这些规则，《世界尽头是北京》一个也没遵守。于是，它获得了小兽一般的自由。不靠因果，不靠联系，从而获得了自由气息，流动蜿蜒，漫无目的。不靠悬念，不靠冲突，没有一口饮尽的冲动，从而获得了魅力——跳跃，丰富，独立。反复咀嚼，越发有劲。

朱天文说侯孝贤的电影，是"不规则的蔓延"。生命本身，是不规则的，不标准的。她写的不是故事，是生命。生命本身，不是清晰的一条线，而是混沌的一团。

她写的是完整的一团生命。

五　过接布

这是绿妖的第一部长篇小说。在此之前，是随笔散文集《我们的主题曲》，是短篇小说集《阑珊纪》。在此之后，生长在她写作脉络上的，接续《世界尽头是北京》的作品，是短篇小说《少女哪吒》《硬蛹》。

《我们的主题曲》是直抒胸臆的情绪。《阑珊纪》开始编织故事，有模仿痕迹，在商业和自我之间挣扎。《世界尽头是北京》略有些吃力，抛却标准化故事，尝试写自我生命体验。我以为《少女哪吒》《硬蛹》最好。真实，准确，深沉，微妙。不再有故事，不再有欲望，盈盈一体，饱满如水滴。从直觉到自觉，作者走过了一个创作历程。

为什么要读《世界尽头是北京》？如果它不如后者完美。

去年，我们共同的朋友车向原和白略一起走访江南乡村，寻找渐已消失的民间手织布。那些布匹美不胜收。传统的手工业，皆有一种大工业时代无法企及的美，那是消耗浸润的时光之美。

各种纹理的手织布中，我最喜欢过接布。一个图案织好了，不是咔嚓一声剪断，而是接茬织起下一个图案。为此，织女们要缝合一千两百个线头。过渡的那一小块，就是过接布。因为不可复制，因为用心良苦，反而有一种不规则的美。一种无用的美。

《世界尽头是北京》美如过接布。

我想写的是北京这个城市本身。它粗粝，冷漠，成熟，不轻易亮出内心，还摆脱不了根子里的土。它夏天那么热，冬天又太长，生活在这城市里面的人都有一张冷漠的脸和一颗寂寞的心。早上的地铁上，傍晚的公车上，你看到的就是这么一张张脸，不动声色，郁郁寡欢。

　　我想写的也是北京这座城市的过去，一座盘踞在北纬39度的干燥缺水的城市，里面栖息着数以千万计的躁动的候鸟，这些人从四面八方而来，他们从小县城，从荒废的工业老城，从那些"一眼就能看到未来"的地方，从我们所有人来的地方，来到北京。过去，像双肩背包一样随身背在他们身上，所以，北京并非一座城市，它是许多城市的幻影叠加，它的记忆里有无数城市的过去。

第一部

0

　　北京是个适合步行的城市。这个秘密，如果你在北京生活过几年就知道，而不再会被它的空气污染、沙尘暴、排成长龙的汽车所迷惑。没错，北京的天空很多时候都像个白铁锅底，北京的空气老像什么东西烧糊了，在夏天有许多日子，天空是一块铁板，每天都向人群压得更低。在这样的日子里，千万不能生气，不能跟人吵架，不能随便动感情，那都是危险的，容易让人一瞬间失去理智。可在北京住久的人也知道有另外一些日子，比如秋天，十一月份的五四大街，银杏叶犹如一条黄金软毯铺满道路。秋天，有那么几日，北京的天空蓝到发黑，走在那样的天空底下，人仿佛平白长高了几厘米，肺变阔了，抬抬脚就可以平地弹起一般。那样湛蓝如洗的天空，到了傍晚，会蜕变成另一种模糊而深沉的颜色，是珠宝的那种艳丽与含混，被云朵柔化之后，把天空变成一块巨大的宝石，珠光隐隐。北京的春天因为有了沙尘暴而著名，但沙尘暴也总有刮疲倦的时候，三月里有一天，如果你从长安街一路步行，会看到整条街的玉兰树都开了花，花朵漂浮在北京春天清晨的雾气里，引得全城的摄影师都架着器材过来拍摄，它们是北京这座庞大城市里为数不多楚楚动人的事物。

适合步行的日子是很多的，但需要你在北京住上几年，才知道一年中的哪些月份、一天里的哪些时刻、在哪些地段适宜走路。这就像北京的一个秘密，不会轻易透露给初来乍到的过客，它总要确定你跟它熟了，不是外人，才会徐徐吐露它所有秘密。

三月里这一天，李小路站在长安街边儿发呆。离开几年，她又回来了，刚刚散场的发布会上没有一个熟人，但这条街，还有玉兰花盛开的景象却再熟悉不过。无论如何，至少还有它们，它们是她在这城市里的熟人和朋友。

李小路喜欢步行，终年穿一对平底鞋，这让她保持随时徒步几公里的能力。她走路很快，带着在大城市挤惯地铁的人的那种麻木，轻微的挤碰不会打破她的心不在焉。事实上，大部分时间她都显得冷漠，像这个城市里上下班高峰时地铁里的人群，他们的神态里混合了疲惫、厌倦、烦躁以及克制，以上种种混合成一种看上去很像冷漠的保护色，她以为这就是职业化的表情，像大家都穿灰黑色的外套。

刚刚走进酒店大堂时，她又一次感到狼狈，然后恼怒。什么时候，她才能像身边这些人一样，进到任何地方都一副厌倦的表情，厌倦而理所应当，眼皮也不抬一下地走进去。他们才是这个城市真正的主人，而她无论待多久，无论在哪里，都是一个过客。从这一点上说，她跟刚出火车站那些背着破旧的大包裹，两眼一抹黑，坐公车为行李多买一张票而跟售票员吵个不休的新来民工没有区别。

发布会倒还是一样熟悉，北京，广州，所有地方的发布会好像都是一家公关公司做的，会场里那种暖气过盛的气息，还是一样诱人瞌睡。散会时是五点钟，一个不是太早就是太晚的时间，再早，可以去逛街，再晚，可以去吃饭。这个时间，除了要跟几百万个下班的人一同挤地铁、抢的士之外，简直是毫无事做。她一时踌躇住了，无意识地在一棵玉兰树前打转，从发布会出来的人，一拨拨经过她都要看她一眼，她也回看一眼——这么多年在外面，李小路学会当别人看你时，一定要立刻、迅速盯着对方的眼睛回看过去，这更像动物世界里一种不言而喻的准则。其中一个女人似曾相识，那是个艳光四射的女人，穿黑色紧身外套，短裙，黑丝袜，露出一截大腿，在一片裹着厚外套的人流中艳丽到惊悚。她们好像是认识的，但她是谁呢？

李小路看了她一眼，对方也看她好几眼。那好像是……这时对方又盯了她一眼，这下再无怀疑，李小路叫出声来:赵宏伟?！

算起来，她们认识已经五年了。

一　没有过去的人

1

女孩走进来时，只有赵宏伟看了她一眼。

对眼下的天气来说，她穿得有点多，这一点就让人认出来她毕业没多久，甚至来北京也没几天，她的神情跟衣服一样，都拖着一截过去的尾巴，她的毛衣显然是学校门口的大路货，而她的人也来自一个沉闷单调的小地方，这些都像附注一样写在这女孩的额头上。北京火车站每天都会吐出来好几万这样的人。相对于其他新鲜的、崭新崭新的女孩们，她身上这截没洗掉的过去，让她显得有点儿旧。

这会儿，她站在门口，脸上很平静，四处张望的眼睛，还有时不时攥紧了又松开的两只手却泄露出一切。看上去，她需要有人帮忙，至少是推她一把。几十人的办公室里，只有赵宏伟在看她。其他人都太忙了，除非用力攥住他们的手腕，他们的手不会在键盘上停下来。门口站一个女孩，跟进来一个送快递的，或者一只猫，对他们来说没有任何区别。

太后又叫人了，"赵宏伟，田娜，你们来一下。"太后的声音很平静，这意味着马上就是一场狂风暴雨。赵宏伟心知肚明，她昨天把 GUCCI 写成 QUCCI，这是死罪，品牌来兴师问罪，一串牌推下来，她是记者，田娜是编辑，都得死。一想到即将来临的暴骂，赵宏伟心里就凉凉的，她不想去太后的办公室，能躲过这阵骂让她干什么都行，辞职都行。她的手碰到桌子上的一堆纸袋里的东西，那是一件风衣，两千块，国贸打折她刚刚买的，买完这个，她的工资卡里就只剩几块钱了。她摸着衣服的下摆，觉得心里好受了点儿，这就是贵衣服的好处，它们像盔甲一样给了她勇气，如果能把它穿上就更好了，她就能更无畏地站到太后面前。但是时间不够了。赵宏伟抽屉里还有把梳子，心烦时，她喜欢把头发梳成一个硬邦邦的马尾，扎得高高的，这也有效，在加班到深夜时、在给讨厌客户打电话前来这么一下。但现在统统都来不及了，她站起来时，拿出一瓶 NO.5 香水，绝望地朝身上喷了几下，这样，在太后办公室里挨骂时总不会感觉自己是赤身裸体的，总还有点穿的。

2

李小路站在一间屋子门口，这间屋子大得惊人，大概满当当装了好几百人。以人物状态来划分，又可以分成两个区域。一个区域是李小路熟悉的，普普通通，在这个秋天就穿着毛衣的普通人，有人还在飞快地打着针线活，如果再放上几口精钢小锅、装满菜的网兜，那就十足是她记忆里妈妈的办公室。而在屋子的另一边，则是李小路感到陌生的另一群人，她们大部分也是女人，可是很年轻，在这个接近深秋的天气，都穿着裙子，顶多围条不顶事的纱巾。她们脸上都有点冷刷刷的，手指一刻不停地敲着电脑，要么打着电话，她们打电话时，不知为什么会对着看不见的人笑起来，放下电话却又恢复了冷刷刷的表情，好像房间里温度实在太低了。她们一眼也没有看李小路，如果有，也是很快速，几秒钟从头到脚打量她一眼，然后穿过她，看向虚无。她们有人站起来走动，李小路看清楚她们都很瘦，堪称瘦骨伶仃，走起来像仙鹤一样飘动。她们走过的地方，留下一股浓烈的香水味，像金属制成的盔甲一样结实，在空气中久久不散。

　　在年轻姑娘的这半边，甚至连灯光也更明亮些，太明亮了，有些耀眼。小路站着的门口，迎面就有一面镜子，她勇敢地看了一眼，这一眼颇收到叫自己魂飞魄散的功效：一张步行了三站地，被太阳晒得发红的脸，双目无神，面容臃肿。她从来没发现自己有这么大一张脸。

　　人在这个时刻难免都想夺路而逃，或把镜子踢倒踹碎，或把制造镜子的人打个鼻青脸肿。但真的猛士敢于直面惨淡的人生，于是她心平气和地接受了自己的失败，这样一张脸是注定要失败的。从毕业到现在，她已经找了五个月的工作，面试了一打工作，但从来没有一次像现在这个，还没开始已经预知失败。跟她们比，她衣服上有土，这种感觉虽然可笑，但她挥之不去。

主编的一句话撕开此地的安静。"田娜，除了陪你老公睡觉，你能不能也花点时间看看版面？"李小路发现所有人都在聚精会神地听。事实上，一连串的骂人话滚滚而出，想不听都没办法。无疑，这就是今天她要面见的主编大人。主编室的门被咣当掀开，一个女孩跳出来站定回嘴："我是蠢，有不蠢的，你也得有本事留住人啊。"她跑到外面回嘴，显然是不想干了，临走之前一吐为快。女孩穿一件白色半透明衬衫，短裤还没有衬衫长，显得两条腿长到怪异。她一把扯掉橡皮筋，用力地把头发高高地扎起来，三下两下就扎成一根辫子，扎得高高的，简直像用头顶着一根棍子在走。她走出去了，李小路发现里面还有一个女孩，那个女孩如丧考妣地走出来。这两人都不见了，她才走进那间屋子。

"坐。"主编长得像章子怡，粗糙版的。她如此美貌，气质高雅，李小路很难把她跟刚刚那些粗话发生联系。她漫不经心地翻着李小路的资料，"你要多少钱？"她问。

"啊？"

"你要每个月多少钱？"主编合上资料，食指在桌面上敲。

"啊。"李小路的反应系统从未遭遇过如此激烈的挑战，一时陷入死机状态，"你们这里一般……有没有一个平均数……

是多少？"她的语言系统破碎了。

"每个人都不同，你要你自己的。"

小路惊慌地看着自己的两只手，自己回答的是不是已经太晚了？她会不会觉得自己不够自信？别人告诉她两千五是个平均值，但稍微出色的也可以要到三千。

"两千。"

"好。"看不出表情，她说，"明天来上班。"

"啊！"

主编懊恼地看着她，怀疑自己是不是招错了人。"你平时怎么过？经常出来玩吗？做杂志得会玩。你常泡吧吗？"

"我不经常……我不熟北京，我不常去酒吧。实际上，我是个……"李小路勇敢地抬起眼睛看着对方，"我是个文学青年。"她觉得这四个字能解释一切。

仿版章子怡一瞬间好像要大笑，却又变得非常严肃，"很好，我们需要文学青年，你就做新开店的采访吧，酒吧和饭店是最需要文笔好的版面，明天来上班。"

小路很感激她没有笑出来，但又觉得好像被她打败了。

李小路走出去，她没坐电梯，走楼梯下去。楼梯转弯处，头发扎得像一根棍子的女孩正在那儿抽烟，她跳到离地很高的窗台上坐着，对面白墙上留下她一堆乱七八糟的黑脚印，还在一脚一脚地荡着踢。

"来面试？她给你多少钱？"看一眼李小路，笑了，"咱们的薪水还没有高到要保密的程度。过了吧？知道为什么一准儿能通过，因为她现在没人，她缺人缺抓狂了。有三千？两千？！她疯了，给你这么少。连前台也不止这个数。我叫赵宏伟，你呢？"

"我叫李小路。"

3

第二天，李小路八点钟来到办公室。她六点半起床时，天还擦黑，公车走着走着，天就亮了。北京是座会有很大雾的城市，起雾的时候，天上就像扣了一个白铁皮锅底，雾气里有股味儿像是皮子烧煳了。雾气越来越浓，北京的质地渐渐变得稀稠柔软，高楼迷失，楼里面的灯光像海上的零星船只，此时北京仿佛一座真正大城的倒影。

八架电梯全都挤得满满的，她坐的那辆电梯警告超载。最后一起上来的是好几个人，为了让电梯门关上，他们紧紧抱成一团并且彼此安慰：没事的，超一点点没事的。

最后李小路退了下来。也不见得就因为多她一个就要坠毁。但不知怎么回事，每次遇到类似的事，或者五个人一起打车，李小路总是狼狈地退出，她觉得其他人比自己更有理由在一起，他们是天生应该在一起的，不管在哪儿，她都是个多余的人。

终于上得楼来，她几乎没闭过气去：中年妇女的那一边灯火通明，年轻瘦女郎这边，也就是自己这边，灯都黑着，一个人也没有。

李小路坐在自己的位子上，一张最靠门口的桌子，她打开电脑，从外貌上看，它已经超龄服役很多年，现在它叹一口气，再次为国尽忠。先传出的是一阵隐隐咆哮，仿佛来自大地深处的雷声。雷声收住，又发出类似飞机起飞时的声音，一阵紧似一阵之后突然松弛，进入长考，屏幕始终黑着。李小路等着等着，终于睡着了。

有人进来时她才醒，那姑娘看样子是这边的人，已经不年轻了，穿得倒还接近正常人类——如果李小路知道她拎的路易威登是正版，那件平淡无奇的格子风衣的卖价超过一万，她会叫起来的。

姑娘打量着她，终于开口问："你是新来的前台？"

"不是，我是新来的记者。"

"哦。"她恢复了冷刷刷的表情，回到自己的桌子，把路易威登大袋子里的全套化妆品拿出来，开始化妆。李小路想等她化完妆跟她聊几句，一个小时过去，她还在涂同一条眉毛，小路等不及，又睡着了。这次是电话铃把她吵醒的，她惊跳一下，正看到化完妆的那个女郎缓缓回过头来，她的面孔擦得极白，嘴唇太红，眉毛极黑，如果没有眼线，连眼睛也会沦陷在茫茫空白之中。这种大是大非的化妆术，让她的脸犹如戴了一张人皮面具，泛出凛凛兵气。

此时，年轻姑娘们都来了，正围成一团尖叫，她们的表情让人想到哥伦布及其水手，经过长时期漂流，终于看到地平线的那一刻。赵宏伟在包围圈的外围，她走开几步，然后，仿佛被一种神奇的力量牵引，她又身不由己地走回去，虽然她脸上的表情表明，这吸引与其说让她快乐，不如说让她痛苦。这间办公室里，没有去那个包围圈里看热闹的，除了李小路，就只有人皮女郎。

如果不是盗版章子怡进办公室，她们大概会一直围观下去，连饭也可以不吃。"章子怡"站在自己办公室门口看了几分钟，不耐烦地用皮包敲敲玻璃门："十点开选题会，大家准备一下。"人们这才散去，小路这才看到被包围的那个女郎，她这会儿失去了拥戴者，懒洋洋地从桌子上下来，腿极长，逶迤盘旋，似乎要弯回来一截才能在桌子底下安置住，嘴唇厚厚的，眼睛细细的，既不像中国人，也不像外国人，而就像你在时装T型台上看到的那种人。她手上一直在反着强光，把上午的阳光反射得一屋子都是，那是一枚钻戒。人们散开的时候，赵宏伟就朝小路这边走过来，奇怪的是，她没有一点认出来李小路的表示，她脸上也是冷刷刷的表情，这种表情好像是这间办公室的统一职业装。她走到紧挨小路的临桌，坐了下去。

十点钟，大家陆陆续续站起身，往会议室里走，她们边走边嘟嘟囔囔：又要开会，一开一上午，什么事也做不成。除了她们嘴里的抱怨，这一切都很像李小路在电视上看到的时尚行业开选题会时的情形。她们都有着极为高瘦的身材，走起路来煞像模特走台，李小路谦卑地走在队尾。

选题会的第一个钟头，在众人不停起身续水、续咖啡、抽烟中度过，好容易盗版章子怡喝令大家安静下来，她自己却接了一个国外长途，最后她宣布时间不够了，只讨论下期大片。她环顾一周，"天骄，你先说一下你的准备。"

钻戒女郎继续摆弄着钻戒，没看众人，说："下期是圣诞节，我想模仿古代春宫图拍些浮世绘风格的大片，一共12P，正好最近Dior还有范思哲都到了一些特别性感的新款，我已经留下来了，还可以套拍一张封面。里面尺度可以大一些。不然老是拍衣服衣服，没意思。"

"搞笑。圣诞节本来的意思是和家人一起过的节日，相当于中国的春节，这个选题太走偏锋，别人会笑话咱们。"这是人皮女郎。

"啧啧，"钻戒女郎根本不看人皮女郎，"别老土了，看时尚杂志的，到底是家庭妇女多还是单身女郎多。花钱买奢侈品的，是已婚妇女多还是单身女郎多？上期杂志读者反馈，最受欢迎的是《偷情者最高尚》那个话题。这都什么时代了——"

"轮不到你教育我！甭管什么时代小三都不能登堂入室！！！"人皮女郎一掌击在桌子上，推门而去。

三十分钟后，小路向自己的直接领导，那位人皮女郎——副主编乔舒雅报到。散会前，在洗手间，她看到乔舒雅正痛哭，三十分钟后，她到乔舒雅的座位前时，缓缓转过来的，又是一张精致的人皮面具，尽管有心理准备，李小路还是打了个哆嗦。但是乔舒雅其实对自己和对别人要求很高，对自己的要求里就包括"对下属或穷人要亲切"这一项。

乔舒雅翻翻她的资料，点点头，问她："写过诗吗？"小路茫然："没有。"乔舒雅颇为遗憾，"我们一直想找一个会写诗的记者，你知道，其实时尚选题都差不多，一定要写得与众不同，让人看了就想买。写到这样，你就成了。"

她又看了看小路的资料："你还写过小说呢。"

"写着玩。"

"我也写小说，明年我会出一本书。"乔舒雅微笑着说，不知怎么，她的话变得多起来，中午聚餐时，她叫小路坐在自己旁边，下午她交给小路一篇酒店软文，是这次赞助乔舒雅去巴黎的一个酒店，她给了小路三百字的一篇文章，要求她改写为美丽奢华、富有诗意的一篇三千字的软文。

快下班时，小路还没完成，被乔舒雅叫过去，半个小时后，小路知道她女儿五岁了，上双语幼儿园，是全托。周末回家，老师还要通过短信向家长布置作业，弄得家长比小孩还要紧张……乔舒雅带着一个不变的微笑在说，即使小路站起身，离开这里，她似乎也能一直说下去。同事陆续下班了，只有赵宏伟离开前，瞥这边一眼，小路像被麦芒扎了一下。"稿子明天给你行吗？今天晚了，估计写不完。"

乔舒雅表情顿了一下，"啊，都六点钟了，我得去健身了。你怎么不早点提醒我？"她含笑责备小路，把一个小钥匙包、一支钢笔收到路易威登包里去，硕大的一个提包装了这些微不足道的食物，好像一个饥饿的人的胃一样，空荡荡的看不见底。

4

回到住处时，小路还没有吃饭。她在胡同口的小铺买了一个加热过的汉堡包。一只猫蹲伏在垃圾箱的阴影里，小路随口叫一声"喵喵"，它立刻跑出来，那是一只精瘦的花猫，走起路轻而有力，仿佛武功高手。小路又叫一声"喵喵"，它抛却武功高手的凛然不可侵犯，小碎步颠过来，蹭她的裤腿，嗲到眼神迷离。小路蹲下来，拆开一根香肠，掰成一小块一小块放在地上，"喵喵，过来吃。"它一骨碌爬起来，斯文有礼地先舔了舔小路的手掌心，这才呼哧呼哧吃起来。

小路摸着猫，它呼噜呼噜的时候，整个身体都在微微震动，连着它的体温，一波波地反射到小路的手掌心里去。小路很想跟它说说话，找工作的这么多天，她几乎没有跟什么人正正式式地说过话，赵宏伟昨天跟她说了两句，可是今天却又不认识了。哦，乔舒雅也跟自己说了不少话，可是，从头到尾，自己只说了两句话。"那跟说话是两回事啊，喵喵。"李小路发现自己对着这只猫在说话，而猫吃香肠之余，也深邃地望着小路，报以了解之意。最后她想，自己敢不敢养只猫呢？可是如果又搬家的话可怎么办呢？即使不搬家，要对另一个生命负责的想法实在太可怕了。

"喵喵，我叫李小路，我想跟你做朋友，你愿意跟我回家吗？如果你愿意，我起身时你就跟着我。如果你不愿意，就走开。"

她起身往前走，喵喵跟着她，它喜欢走在各种物体的阴影里，比如树、电线杆、垃圾箱，当这些东西越来越少时，它明显地显出彷徨来。她走得极快，倒像是故意要让它跟不上，一直到掏出钥匙，打开门，她才慢慢回头看看——那只猫，真的不见了。她说不清自己心里是什么滋味儿。

她住六楼，厨房洗澡间厕所公用，这样一间屋子一个月要五百块钱。住处没有装电话，因为外面的墙壁上，到处写着"拆"，用一个大大的、歪歪扭扭的白圈圈住。根据此地的规律，有了这些标志的建筑，通常都会死于非命，不值得投资。但到底多久才能拆，又是人不能知的事情了。这种不确定最终打消了她买一个衣橱的念头。她的衣服都放在一个行李箱里，塞在床底下。每天出门前，她扫一眼自己的房间都十分满意：没有任何累赘，她随时都能拎起箱子搬家，包括现在。

这就没有什么好担心的了。

这个住处是她来北京后的第一个住处，那时她旁边住着三个壮汉。她每次上厕所，隔壁都会同时进去一个人。并不开灯，也没有动静，只是默默地站在隔壁。这种日子过久了人会发疯。她租辆黑车，搬到五环外一个大仓库里——租赁启事上，说的是"屋子面积超大，能做饭能洗澡，冬天暖气超足！"是的，仓库巨大，她可以在里面开坦克。可她不是巨人，她的神经不习惯这么巨大的屋子，半夜总是感觉空间里还有别人存在——或者老鼠。夜里她随时能醒来，目光炯炯，无比清醒。让她决心搬家的还是仓库在北五环，每次面试都要转两三趟公汽。她又想起来曾经住过的这间房子，给房东打电话，很幸运，还有空房，壮汉也走了。现在隔壁是两个中戏的学生。搬回来那天下着雨，天黑得早，球鞋的底儿破了，脚湿漉漉的。一路上，开车司机不停瞄她，看得小路心里发毛，好在顺利地到了胡同里，司机边帮她从后备厢拿行李，一边忍不住问："你是不是两个月前刚从这儿搬出去？"

那正是两个月前送她去大仓库的那个中年人，一位郊区大叔。然后他说："姑娘，你跑来跑去这是干吗呢？"

这样听起来，好像李小路疲于搬家，其实不是的。她甚至喜欢搬家，在一个屋子里固定住下来，这总让她想到自己的父母。他们就是什么东西也不舍得丢。搬家可以清理冗余，抛弃物品总是令她喜悦。她唯一害怕的是"走不动了"。她总觉得，只要行李够轻，自己就能走得更远。

而购买电视和影碟机这种行为，简直算得上是她这种生活里的犯罪。所以，对她来说，有个办公室特别重要。她可以待在里面，喝水，打电话，上网，写稿子，跟人聊天。除了睡觉，办公室可以满足她所有的生活要求。这就是来到《淑女》杂志，站在破口大骂的盗版章子怡的办公室门口的李小路。

5

她在网上认识了一个男孩，年纪相仿，也刚来北京。他们经常聊天，第一次见面吃饭，他们约在一个家常菜的饭馆里，吃到酸辣汤的时候，男孩忽然对她说："我爱你。"

要用一个月的时间，李小路才能辨认清楚自己心里面的感受：喜悦，愉快，还有……抗拒。她用了很大力气疏远他。男孩说他是初恋，那真是很像的，因为他写很长很长的信，逐字逐句分析小路的每一句话。他发誓要让她幸福，甚至谈到了他们的孩子要怎样教育。最后这些话让小路惊恐无比。男孩出身知识分子家庭，他的存在，他光明的过去，本身就让李小路感到愤怒，就像盲人对明眼人有种恐惧，病人对健康的人心存妒恨。

幸福的生活，她不知道那是怎么样的，她比较习惯目前这种不用跟人建立太多关系的生活。这不正常，但她也不知道正常的生活是什么样。现在的生活有点像她千辛万苦拼凑好一栋危楼，看上去凄风苦雨，但每一块砖石和支撑柱都有它存在的道理，都在支撑着一点什么。任何一点大的改变都会摧毁它。所谓"幸福的家庭"，简直是对这种生活的恶毒嘲讽。

结束了这段不成功的感情，她又是一个人了，她住的地方是顶楼，往上走一段楼梯，打开一扇生锈的铁门，就是天台。睡不着的时候，她喜欢裹上羽绒服来天台上站一会儿，不远处是光秃秃的四环高架桥。越来越多的新大厦之中，被包围的贫民区犹如华服上一团顽固的墨渍。可是晚上，一切都陷落在黑暗之中，只有汽车尾灯发着光，仿佛一串串红宝石首饰，滚动着，往北去往南去。它们一寸寸都是活的，都在动着，有着自己的生命。她凌晨两点三点都出来看过，它们还是在闪闪发光，一刻不息。那些夜晚，李小路渐渐爱上了北京，这个本来让她感觉太过庞大的城市，因为有这么多人，他们昼夜不息地奔波着，她能嗅到这里头的味道，苦涩多于甘甜，但总归是自己想要的生活。

　　周末的时候，如果她实在想看到人的脸，她就到附近的公汽站，那里永远很挤。她装作等车，挤在人群里，借着旁边水果摊上的日瓦灯泡的光，贪婪地看着同类的脸，好像大口呼吸新鲜空气。有时候，她也会真的跳上一辆公共汽车，漫无目的地坐一个小时。高峰期的北京公汽能把人肋骨挤断，人贴人的距离里你对保护自己感到麻木，因为尊严在此时的身体里待着太不舒服，它选择溜之大吉。但周末的公汽，跟高峰期比起来，几乎有些浪漫色彩了。人当然还是很多，但没有挤到麻木。她站在人群里，默默体会着粗暴拥挤里的别人的体温。

二 万花筒转动了

1

　　这天要下班时，常去的 BBS 上贴了一条饭局通知。这种饭局，面向全社区，谁来都欢迎，不来也无所谓。它里面的人情味当然是稀薄的，可是冷天时，就连这一点稀薄的人情味也能救急。小路去过几次，每次都想，下次不再参加了。但她下次又跑去了，她总觉得，下次就会有点儿什么不一样的事情发生。

　　这天向晚，空气里都是要下雪的气息。风很大，刮得电线溜溜尖叫，一贯准时的中年妇女的那一边也早早人走灯熄，办公室里只有小路和家里没有网上的小男生。

　　男生不住叹气，"这时候要有个女孩就好了。"

　　"这时候要有个女孩就好了。"

他声音很小，小路以为是自己幻觉，但她忽然寒毛就竖了起来，关电脑，抓起包跑出办公室。她站在公车站牌前，久久等着自己回家的那趟车。一辆破旧的红色夏利从远处驶来，小路想也没想就坐了上去，她身体里的另一半好像要冒出来，要自行其是，另一个她决定去吃饭，去喝个烂醉，彻底忘掉还没写完的稿子还有这个叫李小路的、不理想的生活。

饭局在一个包间里，还在门口，就听到人声像煮开了的锅。门开了，一个男人从里面出来，看她一眼，走去洗手间。现在她站在门口。这是一个大包间，里面有两张圆桌，只有在北京，你才能看到这样巨大的饭桌，吃相斯文一点的人，如果错过了一道菜，等它转回来，要等上半小时。

包间里有四五十人，李小路在门口站的时间太长了，他们有人看过来，那是一张张喝了酒的脸，他们看一眼又漠然转回去吃饭，一个人要有多大勇气才能走进一间全是陌生人的房间，坐下来跟他们一起吃饭。刚刚走出去的那个男人又回来了，他回到自己的座位上。那是靠外面的一个桌子，年轻人比较多，还有些空位。李小路找了最靠近门口的一个空位坐下，就算坐下来了，她也还在想着是不是能离开。可是从座位到门口又是一段距离，她想到这里，就放弃了。

在北京，人人至少都混一个圈子，好像伦敦的男人至少参加一个俱乐部。它不仅是一张饭桌，还是个热气腾腾的交易场。许多职场新鲜人，也在这里织起自己的人际网，一张点缀着醉酒眼泪的关系网。如果它是一个交易场，也是披着温情外衣的交易场。对来京朝圣的外省青年来说，初次与饭局相遇，就像一个长期潜伏的地下党终于找到了组织。在外省，他们长年生活在自己的内心世界，他们孤独地阅读，用每一个机会买书，订购《读书》《三联生活周刊》《南方周末》，他们上网，和全国的文学青年相联系，在每个文学 BBS 上发帖，熬夜写文章，用网络上收获的掌声，掩饰生活中的厌倦。终于有一天，他们来到北京，发现无数同类，在最初的找到同类的狂喜中，他们归队，崇拜着一个又一个中年男人或女人。

今天是一个媒体圈的饭局。包间里，靠里面的大桌已经坐满，男人都是中年人。靠门口的这桌，年轻人比较多。人太多，她几乎一个也不认识，但是她意外发现，赵宏伟也在。她们交换个眼神，又有默契地调开眼光。在办公室，她们也没怎么讲过话。如果说熟悉，赵宏伟对她来说，还不如她旁边那个姑娘更熟悉。

每个饭局都有一些这样的人，你说不清他们是谁的朋友。跟饭局大哥们、能喝能唱的姑娘们相比，他们轻易被人忽视。他们享受饭局吗？似乎并不。但他们每一局都参加。在这样的大饭局，姑娘受到关注的程度和她的年纪成反比，和她的容貌成正比。那个姑娘不受关注的情况属于前者，她不算年轻了，长相和穿着都属于"良家妇女"类。当别人念诗、喝多了唱歌、站到桌上跳舞时，她总是默默看着。小路想，她来干什么。随即她笑了：自己又为什么来呢？

一个短头发的美丽姑娘敲一下桌子："安静！安静！！我

要唱歌。"她一跃坐到桌上，杯子碟子筷子叮叮咣咣被扫落了一地，她都顾不得了。她双手捧在心口，醉眼迷离地唱着《月亮代表我的心》，众人有些吃惊地看着她，渐渐有人小声跟她一起唱，忽然间就变成了大合唱，所有人都沉醉地一遍遍反复唱着：我的情也真，我的爱也真，月亮代表我的心。这发酵膨胀的歌声像拳头般打在李小路脸上，她抓起一杯扎啤，喝一口。

赵宏伟那一桌的焦点是个胖子，他站起来，朗诵着一首叫《九十九次高潮》的诗歌，身体剧烈摆动犹如被鬼附体。他身边的人扯起外套，遮挡他的口水。她把频道切回到本桌，现在合唱又起，唱的是《北京的金山上》。她感到有人在看自己，是"良家妇女"，她举起一杯啤酒，冲这边抬了抬下巴。小路笑了，举起硕大的扎啤。

她听到欢呼声，"瘦子来了。"一个男人走进来，两个桌子都争先恐后地叫他，他一定很有名。他站在门口，穿一件黑色短大衣，戴蓝色毛线帽，个子很高，是这些男人中唯一的瘦子。先是老男人一桌，然后是小路这一桌，所有人都站起来鼓掌，小路莫名其妙，等她终于迟迟疑疑站起身时，别人都已坐下，剩她一个鹤立人前。众人大乐。他最终坐到小路旁边的空位，看看她，"外面下雪了，你知道吗？"

"是吗？刚刚还没有下呢。"

大家都在吃东西，李小路只是不停喝酒。

男人仔细看看她，"新来的？"没等她回答，邻桌一位饭局大哥赶过来把他拎起来："这头迟到的大牲口叫夏永康，没错，你们看到过的《北京爱情故事》《爱到青春尽头》都是他的垃圾作品，以后看到他的名字请立刻换台，谢谢，谢谢。"

小路这桌都是"新鲜北漂"，听到这里，席间出现一阵微微骚动。但小路的惊讶是另一种。这时四方都有人来敬酒，夏永康先举杯团团喝了一气，才得以落座。小路也就咽下了惊讶，低头喝自己的酒。这时，"良家妇女"又融化于人群，她再次失去了同伴。

有那么一会儿，小路的意识越来越模糊，越来越轻盈，变成一缕轻烟盘旋上升，仿佛要飞跃过这间杯盘狼藉的屋子。她清清楚楚看到烟雾笼罩下的包间里，白花花的塑料桌布被空调吹得鼓成一团，带翻了桌上的啤酒，黄色液体顺着塑料布流到地上，绕过一双双脚，在地上蜿蜒流淌。桌上杯盘已狼藉，一张张喝了酒的脸，除了少数年轻人尤其几个姑娘的脸还光洁新鲜，大部分脸都显得沧海横流。如果她没喝多，她是绝对不会有如此不敬念头的，但现在，她觉得这包间如此简陋，像她生活其中的北京，因为这，她对这些人几乎有些亲切了。可他们其实是这么绝望，比她自己还要绝望。

这时候，唱邓丽君的姑娘在哭，赵宏伟不知为什么放声大笑，两桌的男人都停下来看她们，含着笑。小路叹口气，摇摇晃晃站起来，去洗手间。下楼时她滑了一下，身后一只手扶住她，"小心，"是夏永康。"我没喝多。我只是……"她笑起来，"我故意的，好让别人注意我。"他看了她一下，"吃点东西再喝酒。"他说。

"嗯？"

"吃点东西，就不容易醉了。"他笑笑，"你第一次来吧。"

最后，邻桌，一个带头大哥模样的人带头唱起了《亚细亚的孤儿》，接着是《国际歌》，这两首歌里都有一种悲愤慷慨，像一名刀客雪地夜行，远方响着隐隐的鼓声。此后这两首歌，几乎在每次老男人组织的饭局上都会出现，她不懂他们为什么唱得那么激昂，但这次她终于加入他们，她笑嘻嘻跟着唱，声音尖利。

喝到一个临界点，周围的一切事物的速度都放慢、放大、变清晰，好像一个重大的时刻即将到来，她在逼近生活的真相——那就是——她颓然推开杯子，跑去洗手间，来不及关门，吐了满满一水池。

她站在走廊里发呆，记不起下面要做什么。旁边的楼梯下面有两个人依偎在一起，匆忙一瞥，是赵宏伟和她那桌上那个喷口水的胖子，她的薄裙子皱得一塌糊涂。他另一只手抱住她腰，托住她一个劲向下坠的身体。看样子她也喝醉了，嘟嘟囔囔不知道说着什么。

小路犹豫一下，转头走开。

她回包间穿好衣服，拿起所有东西，又来到走廊。那两个人还在，只是赵宏伟快坠到地上去了。

"宏伟，该走啦。"小路说，把胖子的手格开。

对方眼神迷离，"啊？你们要走啊？"

"是啊。我们说好一起走。宏伟，醒醒，穿外套！"小路给她穿上羽绒服，胖子摇摇晃晃地送她们出门打车。

外头在下雪。

2

刚上车，赵宏伟就要吐。小路摇下窗户，她却又不吐了，点了根烟，到处找烟灰缸，"师傅，这是不是烟灰缸啊？"她指着车门上装着升降窗户按钮的凹槽。

司机说不是，从后视镜里看着她们。

"那它……为什么长成烟灰缸的样子？"赵宏伟一边大笑，一边往里面磕烟灰。忽然她"呃"的一声，头伸到窗外哇哇大吐。司机猛然刹车，请她俩下车，他钱也不要就开走了。

赵宏伟像条狗一样蹲在马路边，隔几分钟就吐一阵，吐完一堆儿，挪几步，继续吐。吐完了全身一软，倒在积雪的马路上死活不动了。

马路对面是一家二十四小时营业的"永和豆浆"，小路连拖带拽地把她弄进屋，放到沙发卡座上，拿了塑料袋在手里，候着她再吐。她倒又不吐了，问："给我要杯热豆浆。"

两杯热豆浆，小路那杯不放糖，宏伟那杯放很多糖，她呻吟着："我是穷人，一向热爱免费。"

"还知道占便宜，没喝多呀。"小路也有点喝高，但现在早被她的丑态恶心醒了。

"永和豆浆"就在刚刚吃饭的饭馆的斜对面，透过大玻璃窗能看到饭馆。门口站了一堆人，大概是里面散场了。喷口水的胖子正在跟一个姑娘纠缠，他一直护送她到车上，手把着车门不松，低头向里面说着什么。姑娘从里面拽上车门，车开出去，三十米外停下来，胖子喜出望外地钻进车，夏利一溜烟走了。小路抬头，看到赵宏伟也在看着这一幕。

门口还剩下一些人，她又发现了那个见过很多次的陌生女子，她还是一个人，在人堆儿外面，像是要跟人告别又找不到这么一个人。后来她一个人先走了，步行离开的。不知道她家离这儿有多远，她是没钱打车还是就想走一走呢？门口没有人在意她的离去。

有几辆富康停在门口，剩下的人一齐摇头，富康开走。夏永康一个人走了。最后，只剩下三个人，他们走到马路这边，看上去是要等公车。已经晚上十一点四十分了，北京的末班车最晚就是十一点，现在这个时间，全凭运气了。那三个男生也是小路这一桌的，一看就是刚毕业的学生。他们在饭局上极为活跃，好像跟所有人都已经认识了一千年，现在在他们孤零零地站在没有人的站牌下面，低着头，哲学家一样沉思着，相互间一句话也不说。

雪还在没完没了地下，一直落在他们没遮没掩的头上，糊在走路回家的孤单女子的薄大衣上，卷在所有打车回家人的车轱辘上。

"好点了吗？"两个人的视线收回来，碰住了。

"嗯。"

"怎么喝这么多。"

"你不也喝高了吗？"赵宏伟恶毒地说，"别以为我没看见你在厕所里吐。"

"嘿！"小路气结，"你真是狗咬吕洞宾不识好人心，别忘了是我把你从色狼手里拯救出来的。"

"李小路，你才是狗拿耗子多管闲事。"奄奄一息的赵宏伟斗起嘴来顿时精神焕发，"谁告诉你我需要人拯救？你的心态才好奇怪，看到男女亲热偏要把人家分开，还自以为是干了件好事。天哪，你还生活在清朝吧？！"

"和那个胖子？刚刚他上了另一个女人的车！"

"李小路，你简直太可爱了，你以为男女在一起亲热，就是色狼猥亵醉酒少女，不然就是人家在恋爱要结婚。"赵宏伟笑得在沙发座上打滚，"在结婚和强奸之外，男女之间总还有点别的事干，抱一抱，亲一亲，或者睡一觉。要不然怎么办，世界上一半人口是男人，可是你只能有一个老公，你拿其他人怎么办？都不理？结拜兄妹？"她滚来滚去的把打盹的服务员都惊动了，睡眼惺忪地朝这边眺望一下，又像个钟摆似的继续打着盹。

"你是个女人，亲爱的。只是你没有意识到这一点。否则就不会傻头傻脑跟男人谈文学谈政治了。女人有女人跟男人交往的方式，喝多了也可以摸摸手，搂搂腰，这跟男人们一起去上厕所小便差不多吧，都是一种交情……"

"可是……"可是李小路觉得哪里不对劲，她说不过她，但就是觉得不对劲。

"可是从小妈妈不是这么教你的，"赵宏伟笑得好阴险，"你还是处女吧？"

"你不要这样……说不过就人身攻击……"小路的脸慢慢红了。

"天哪，你大概是北京城唯一一个过了二十岁还会脸红的女孩了。太可爱了，哈哈哈哈。"赵宏伟大笑完又想起来，"而且说你是处女怎么是人身攻击啦？"

"但这有什么可笑的。"

"你哪年人？七九年？我忘了县城跟这儿差着十年，这十年又顶一百年。所以说，你是个古代人……李小路，你知道你最可爱在什么地方？很多人都能在很短时间里，把自己洗干净，像乔舒雅、杨天骄，她们也不过是从小地方来，杨天骄连大学也没上过，山里出来的孩子，现在好，口口声声嫌别人农民，家里还有一半是农村户口吧？可是谁敢小看她们呢。"赵宏伟摇着头，"你就是不知道怎么回事，其实你心里也想大干一场，可是又放不开手脚，说吧，你难道没有点追求，比如说，要买个路易威登的正版包什么的？"赵宏伟热切地盯着小路，这件事对她来说很重要。

"乔舒雅拿那个？不好看。"

"别的牌子呢？杨天骄的钻戒？那是卡地亚的啊，老天爷！"

"如果有钱了，我想买一个房子，我觉得房子比钻戒好。"

"你还真让人出乎意料……"赵宏伟皱起眉头,"女人怎么能自己买房子呢,女人的任务是打扮漂亮,住到男人的大房子里去,再养两条大狗。"她简直是蔑视李小路。但房子比钻戒更贵,从理想的价值来说,李小路也是值得人佩服的。

"我还是觉得住在自己买的房子里比较踏实。"

"你自卑。"

"我自卑?"

"你不敢让男人为你花钱。你也不敢承认自己有欲望,想买名牌,想大干一场。不想这些,你来北京做什么?"赵宏伟最恨虚伪的人了,"你难道从来就没想过出风头,让所有男人都注意你,买一堆昂贵好看的衣服,用钱砸死那帮势利眼?要是能让我买到杨天骄穿的那种文胸我真是怎么都愿意,李小路,你难道没有过这种欲望,想不顾一切地得到什么东西?"

"我没有。"

"撒谎。"

李小路承认赵宏伟是对的。

3

"骗子,再给我买杯豆浆。我好难受。"赵宏伟在沙发上翻个身,让自己躺得更舒服,她习惯了支使男人,也支使她觉得可以支使的朋友,她想要什么就说什么,她想要朋友对她好就直接说了,她不难猜。她当然会得罪一些人,比如乔舒雅,但也有很多人就喜欢她这样的，她是一个整体，不相互矛盾、不冲突的一个完整的人。

李小路端了两杯豆浆回来，不知什么时候，外面等公车的三个学生已经不见了。服务员给她们打完豆浆，又坐回椅子打盹。

"你知道在办公室里我最讨厌谁吗？不是乔舒雅，虽然她也够矫揉造作的。是你。"

"讨厌我？"

"你看你，又来了。你觉得不高兴就让我滚啊，反正豆浆是你请的。你跟人相处总是很退让，装得脾气很好——你不觉得你太假了吗？乔舒雅和杨天骄至少真实，她们嘲笑不如自己的人，那也是应该的。她们是强者。如果我不喜欢她们，也只是因为她们还不够强，比如说，像芭莎主编那么强，我只服那样的人。我不讨厌乔舒雅她们，但也看不起，因为她们就是比我来早了几年。而你，你就总是莫名其妙的，你干这行，心里又瞧不起，我有时被你看一眼就觉得自己很蠢，这么一想我就气得要发疯。可是你也不知道自己想要什么。"

"我要自由的生活。"

"自由的生活，要么你得嫁一个有钱的男人，要么你得自己有钱。"赵宏伟坏笑起来，"我看这两者你都很麻烦。"

"滚。"

"你要吗？"赵宏伟终于从卧姿改为坐姿，起来点了一根烟。看小路摇头，笑，"试试。好学生，好歹也跟我们抗衡一气一次。"

"你是说沆瀣一气？"

"随便，差不多。"

"自由的生活不一定非得很有钱。"

"那是你还没遇到凶险的时候。"赵宏伟轻蔑地反驳，"你还没遇到人生里凶险的时候，你还可以说，钱不重要。你现在年轻，身体好，能赚钱，钱显得还不重要。可是等生活跟你撕破脸，你就知道……"她半天没说话，小路也没接话，她有点承认赵宏伟是对的。

赵宏伟一只手支住头，眼睛像看着李小路身后的什么东西，半晌，她诡异地笑笑，说，"我告诉你一个秘密。"

"搞得这么神秘兮兮，我不想听。"李小路笑。

"你为什么要来北京？"

"不为什么……谁不想来北京呢。我毕业了，还有两千多块钱，我给自己两个月的期限，结果两个月没找到工作，我也没回家，一直到咱们公司给了我一个座儿。你呢，怎么来的？"

赵宏伟抽烟总是只抽半支就摁熄，接着再点，她这么折腾完半支烟，才慢吞吞说，"那时我在老家做流产。我先去医院检查，没等我到家，家里人跟所有邻居都知道了。我没经验，应该到外地。到家，我爸上来给了我一巴掌。后来那个男人给我手术费，三千块钱。我说不够，你知道小地方的成功男人都爱揣一个大钱包，他就掏空钱包，又给了我三千。这是我手头第一回有这么多钱。"她又点一根烟，"那次我挑了最便宜的手术，疼得喊，大夫呵斥我，说怕疼怎么不做无痛的。可那个要贵上好几倍呢。手里有五千块钱，我就来北京了。交了个男朋友，他带我混文化圈，跟他们说话太费劲了。我去念几天服装设计，转到时尚这行，这就对上了。我爱买衣裳，看见好东西是真从心里爱。再说，除了这个，你也再找不到一个行当能收留个技校学历的人了。"赵宏伟笑起来，"你呢？说说你。"她看着小路，烟灰缸里是一堆半支半支的烟骸。

"我没什么好说的。"小路拖延着，她觉得像有天深夜回家，对着垃圾箱旁的那只猫，她心里有什么透明的东西要漫溢出来，但她不知道怎么开始这个过程，向一个陌生人。

"随你便。再给我买杯豆浆。多放糖。我去趟厕所。"

赵宏伟风情万种从厕所回来时，小路换了个坐姿，把脸靠到玻璃窗户上，窗户很凉，挨着她脸的那一块被她体温化开，湿漉漉的一团。

"谁知道下一分钟会遇到什么人。万一有个有大别墅的男人出现呢。"赵宏伟放一面小镜子在桌上，对着镜子重新擦口红。

"你不是有男朋友了吗？"

"啊？"赵宏伟随即反应过来，"你说老丁。我们分了。现在还时不时通个电话。说说你？不是我要听，是你自己一脸憋不住要跟人诉说的表情。我是看在你给我买了三杯豆浆的分上，义务听听。"

"啊，对了。我还是先告诉你那个秘密吧。"赵宏伟向小路这侧横过半边桌子，轻轻说，"我刚刚发现，很多人说他们爱自己的父母，但那不是真的。"

"当然。我在青春期时就知道了。"小路说。

"那你很牛。"赵宏伟看了小路一下，点点头，"我是到今年才知道的。"

小路站起身，走到宏伟坐的这边，轻轻抱了她一下。赵宏伟挑了挑眉毛。一直到画完两条眉毛，收起镜子，才笑，"这就是你的表达方式？你不打算说什么了吗？"

"不说了。"

"那咱们走吧。"

4

小路住在东四环，可以先把宏伟捎到家，此后无数次饭局散场，她们都遵循了这一路线。小路先上车，赵宏伟风姿绰约地先迈进一条腿，然后是整个身子，她坐出租车的样子仿佛也受过训练，跟小路狼狈把自己塞进去完全不同。坐进来，在破旧狭窄的出租车后座上，她像个公主一样闪亮。她轻轻地哼着歌，有句歌词反复重复，小路听清那歌词是"生命是否是天黑等到天亮"。

"你知道我对老家印象最深的地方是什么吗？是所有人都一副'就这么逮着吧'的神气。好多中年人白天就蹲在路边打扑克。我上学时，每天经过他们，都要一个个挨着叫：阿姨好，叔叔好。放学时又经过这群人。每天如此。他们像在墙根儿生了根。这就是我所有亲戚，我长大了就会跟他们一样，蹲在墙角，打一辈子扑克，蹲到烂为止。"赵宏伟冷笑，"你站在办公室门口那会儿，我就知道咱们来的地方都差不多。我讨厌你。"

"我知道。"小路用力点着头，她很希望自己也能说点儿什么，可是倾诉，对她来说犹如挤出皮肤里的脓液一般痛苦，最后她出了一身汗，句子随之涌出，"我知道。到了晚上九点多，到处都黑灯瞎火。经常有喝醉的男人在街上嚎叫，只有我跟他们晚上睡不着，盼望着生活能有点什么变化。"她听见自己的声音，艰涩而紧张，"赵宏伟，我们都是恨自己老家的人。支撑我们跑出来的动力就是恨。我怀疑支撑北京满座城到处跑的这些人的全都是这些东西。我不相信别的。"

"刚刚你说那个秘密，我十四岁就知道了。那年我爸爸去世。之前他病了好几年，化疗、放疗、手术，反反复复把钱都花光了，有段时间，他精神好一些，买了几本股票的书，他说要学炒股，这样能给我留点钱。他脑子很好使，一直到最后都好使，可是他没有时间了。我妈本来是要跟他离婚的，可他病了，就没顾上。她不爱我，我也不爱她，我爸爸去世后，世界上就没人再爱过我了。很多人不敢承认他们恨自己的父母，可那是真的。"小路停下来，赵宏伟不出声，只是看着她，这让她觉得好受，"她要我考本市护校，我要上大学。她说我考不上，考上也没钱。我说我能考上。我不用你的钱。"

大学的录取通知书下来，妈妈锁起来。她知道小路离开就不会回来。一个下午，等她出去打麻将，小路踹开柜子，上锁的地方被踹破，露出白色木头茬，手伸进去被剐破，整个下午，血一直在流。这个上锁的柜子，父母从里面拿压岁钱给她的神奇柜子，现在就像家庭对小路一样，再没有什么神秘，一切都暴露在天光之下——几件不值钱首饰、户口本、结婚证，她"哗啦"把所有东西都拨到地上，坐下来慢慢找。

最上面是一层，是妈妈十八岁文工团的照片，长辫子，眼睛黑白分明。再往下，是她的录取通知书。

"从那天起，我知道我不会再回这个家了。北京是我胡乱找的一个下脚地，因为小时候看的好多书，好多唱片都是从北京出来的，我觉得它亲。"她的眼泪胡乱流出来。

赵宏伟点点头，"所以，咱俩都是没有老家的人。没有老家，没有过去，我还不如你，连大学同学也没有。但是你别哭了，我到了。"

5

她没有立刻下车，而是从包里掏出一瓶明黄色香水，朝自己猛喷两下，又冲李小路的头发上也摁几下，"天快亮了，让自己今天有个好开始。"香味儿顿时弥漫了整个车厢，像有人在车里咬开一个鲜艳饱满的水蜜桃，这个气味刚开始被冻着，慢慢发热发烫，变成热带水果的浓烈，一直陪着李小路到家还萦绕不去。赵宏伟用一只手把香水味扇开，这才优雅异常地下了车，回身俯在车门上，笑问，"我看上去怎么样？"

"很好很有钱。"

"滚。猜猜我身上最贵的是什么？"

出租车司机咳嗽一声，摇开车窗，点上宏伟下车前递过去的那根烟，抽了起来。

"是羽绒服？不是？"小路绞尽脑汁，"包？"

"笨蛋，包还不到一百块钱，动物园淘的。"

"靴子？"

"靴子？"赵宏伟哈哈大笑，咣当一下把右脚搬到窗户边，"仔细看，这是革的，不值钱。才六十五块钱。"她像软体动物，仿佛随时可以把脚搬到身体任何部位。

"是香水。香奈儿 NO.5，这是我刚到北京，买的最贵的东西，用了三年还没用完。值吧。"她笑着走开了，小路望着她的背影，一双高跟靴，后跟高得让人心惊胆战。手里挽着一个动物园批发市场里淘的 GUCCI 经典格纹包，里面装着一瓶昂贵的、只剩一个瓶底儿的 NO.5。娉娉婷婷、风姿万千地走向一栋破烂黑暗的筒子楼。楼外面刷了显眼的"拆"字。连她们的住处，也有血统上的渊源，这未免也太巧了。小路再也忍不住，放声狂笑。

三　又一根火柴被划亮

1

元旦早上，夏永康七点起床，洗冷水澡，刮脸，换干净衬衣。干净的衬衣有劲，不像没洗的衬衣，穿上去人松松垮垮的。他站在狭小的浴室里，照着镜子。他一年四季只穿衬衫，冬天就在衬衫外面裹一个棉袄。那件军绿色的棉袄穿了四五年，有个姑娘看不下去，送了他一件大衣。他也穿。但更多还是穿自己的棉袄。棉袄短，手脚利索。

外面还在下雪，他有些意外，雪是从昨天晚上下起来的，竟然持续了这么久。

只有前台到了，公司里还一个人也没有。他坐在大厅沙发上，拿出《白鲸》，还有一个笔记本，上面画着昨天从网上查到的抹香鲸的形状，他画得很差，不知道的人会以为那是一条狗，但那是抹香鲸，他把它一笔笔落在纸上还是有点儿激动的。故事从抹香鲸接着讲下去。

前台说："经理早。"

他收起书，起身，经理是个瘦弱的南方人，脸窄，眼睛大。比自己矮一个肩膀。他感觉自己几乎是把经理挟持进了对方的办公室。办公室的陈设没有什么想象力，华丽而俗气。

夏永康今天是替一个小姑娘讨债，她给这家影视公司做了半年造型师，其实就是帮女明星借衣服。这家公司欠了她八千块钱没给，每次的理由都不一样。

经理的西装做工精良，他的公文包是真的登喜路，他抽"中华"，但他仍然像一个大学生背着书包出来兼职。经理说了几句话，大概有一分半钟，然后闭上嘴。这个时间夏永康解下双肩包，拉开拉链，从里面拿出来个东西，毕恭毕敬地放到经理面前硕大的老板桌上。那是一柄黑色武士刀。

经理俯身过来，肃穆地看着，半晌说："这是一套里最短的一把。"

"是。短的好带。"

"其实武士刀主要是好看，真砍人，不如西瓜刀。"

"你是行家。"夏永康笑了。

"我是浙江人嘛。大部分武士刀是浙江龙泉出的。你这个算做得很精细的。不过还不是真正的武士刀。"

"是。"夏永康肃然答道，"就是挂在床头，看着玩。"

两人都不说话了。经理打电话叫人送了八千块钱过来，夏永康没有数，跟刀一起收到双肩背包里，告辞出来。

2

快中午时，雪停了，马路当中被车轮碾压得只剩黑黢黢的冰碴。车轮压过去，冰碴逆来顺受地发出一声麻木的噗噗声，并不清脆。马路边有一些麻雀，在积雪中来回蹦，也许在取暖，也许是觅食。

他到地铁口接鲁岳。他们是老搭档，鲁岳找上他时，他是一个野鸡网站的技术总监，网站濒临破产。那就是鲁岳找到的夏永康，一个三十来岁，混得很惨，不知道自己要干什么的人。是鲁岳让他成为一名编剧。鲁岳开导他的原话是：用上一两年，写废四五百万字，你就成了。他算了算，在他所有付出过的投入中，这种投入，不算最痛苦。

"怎么样？要到钱了吗？"鲁岳上了车，就自作主张地把"恐怖海峡"退出去，换了他自己带的SODA，一个从喉咙里伸出来一只小手，一下一下摸着你的心脏的女人。鲁岳是个特别不会跟人客气的人，他也有驾照，但他永远坐夏永康的车，而且像坐自己的车一样毫不客气。夏永康唯一的安慰就是想到，他毕竟是坐副驾座，出车祸，副驾座的伤亡率是最高的。

"开始他有点不痛快，我放了一把武士刀在他桌上。"

鲁岳爆发出一阵狂笑，"有你的。我忘了你开过讨债公司了，他怎么着？吓得屁滚尿流？"

"没有。那也是个出来混过的，我估计他以前没少砍人，还跟我聊了一会儿刀。"被鲁岳这么一笑，他忽然觉得索然无味。

"我昨天好像看见老杜了。"鲁岳说，他见完制片人出来，马路中间在修地铁，围起来一长条，他沿着那儿走，看见里面一个工人很像老杜。那个人用电锯切水泥，声音巨大，什么也听不见。后来工人午饭，人一多，他就认不出来到底谁是了。

老杜是他俩的大学同学，时常逃课，一个人在宿舍谁也不知道他在干吗，老师为了让他听课，找他谈心，结果他还是不上课，老师却时常找他聊天。大二时，他看了一本书，自称醍醐灌顶，退学不上。后来听说有同学在美国见过他，端盘子，卖电视机。还有去欧洲的同学说在德国遇见他，修下水道，肌肉发达，完全不是当年文弱书生。

"你确定是他吗？"

"我认识那件衣服，那是我的一件军大衣，他借走没还。我奶奶给我换的领子。她养的猫老死了，剥了皮做的，我眼熟。"

"他不是在德国吗？在德国当水管工，据说不光待遇好，还有家庭主妇送温暖。"

"没准。他也在美国待过，不还是跑了。"鲁岳半天不说话，一盘 CD 都听完了，他忽然问夏永康："你说老杜跑来跑去，他想干吗？让他开窍的那本书是你借给他的，你讲讲。"

"我怎么知道。那时候班里女生都在看，我就买了一本跟进。看不下去，甩给他，他却疯魔了。"夏永康稳稳开着车，那本书后来他还是看完了，想知道老杜为什么退学。看完之后，没有结论。

收费站出口，一辆崭新的蓝色高尔夫停靠路边。他停车，走过去，大墨镜红皮衣的赵宏伟从副驾座上朝他挥手。

"很容易呀，经理很客气。"夏永康递出钱，钱用一个信封装着，鼓鼓囊囊，赵宏伟喜笑颜开地一挥手，"你们几个人？今天都没事吧？没事咱们就出发。到地儿吃饭，吃完正好泡温泉，消化解腻。明儿一早回来。"

她指指司机，一个大学生模样的男孩："我男朋友，陈豪。"又介绍："夏永康。咱们出发吧。"车后面似乎还坐了一个人，玻璃贴过膜，看不清。

两辆车，五个人，向昌平出发。

车后座上，李小路无聊地看看手机，十二点，她饿了。今天的组合非常诡异，赵宏伟和她男朋友，夏永康那边还有一个男人，加她。这到底谁是谁的电灯泡啊。她本来不要来，但赵宏伟拉着她胳膊，身体拧来拧去，"去嘛，你不去，就我们仨，夏永康一定很尴尬。人家帮我要钱，我要谢谢他嘛！"

"吃顿饭就好了，干吗一定要去洗温泉，色情！"

"手里正好有几张代金券嘛。过了这个月就失效了。一张五百八呢，还包精油按摩，山景房住宿哎，我经常去的，都是正经人，大爷大妈，大婶大叔，还有男女白领，没你想得那么龌龊。"

"不去。我没有游泳衣。"

赵宏伟看她半天，忽然笑起来，"我知道了，你不敢在男人面前穿游泳衣！老天，我给你买一套连脖子都裹起来的连身游泳衣成吗？只要你肯来。"

李小路的手臂差点被她拧成麻花，然后就答应了。现在一个人坐在后座生气。前面，赵宏伟拿个橘子，一瓣一瓣喂到男友嘴里，有时也把手指头送到他嘴里，看情况而定。赵宏伟也没忘了她，零食、水果，都放在后座，让小路自便，李小路冷冰冰说："我不饿。"

路过一个公厕，陈豪停车下去。后面的捷达也停在路边，两个男人出来抽烟。赵宏伟跳下去，一把拉开后座车门，"你出来闻闻，这里空气特别好，"她猛嗅一下，"有点像娇兰的一款香水。"

李小路板着脸下了车。很冷，冷得让人神清气明。周围一片寂静。空白的天上，有一只鸟飞过，声腔急促哀切，并且越来越急，在最急切时骤停，再叫。

"丢了同伴吧，叫得这么惨。"

"没准是丢了钱包。"宏伟懒洋洋地抽着烟，看看她，忽然笑了，"你不高兴。"

"没有。"

"我知道你为什么不高兴。"赵宏伟抽烟时嘴唇噘起来，像要跟人接吻的样子，神似电影里的国民党女特务，她现在就以那种女特务的风情和狡黠瞅着李小路，"我们刚好上，我得对他好一点儿，他还有个大学女同学虎视眈眈呢。待会我注意点。不过，你是不是有点厌男症？"

"没什么。"李小路不好意思起来。

"不，不，我把你弄来，得让你玩得高兴。可惜不能介绍后面那俩给你，我刚知道夏永康带了鲁岳一起来，鲁岳是圈中现任首席大花匠，夏永康是前任。不然今天倒是好机会。下次吧，我给你介绍别人。"

李小路深觉这种谈话中，自己已经沦为处理品，她别过头去，那只鸟还在天上凄厉哀呼。

赵宏伟看看她，笑起来，"别板着一张麻将脸，既然出来了就好好玩。上车吧。"

3

到代金券温泉要翻山。一进山区，气温骤降。背阴之处结冰累累，山坡上光秃秃一片。天空蒙着一层深红色的气体，云朵低垂。

城里的雪都融化了，这里的雪仍然厚厚一层。夏永康担心地看着地面，果然，上坡时高尔夫停在坡上，僵持半天，缓缓退下来。他下车看看，路面结冰，坡度陡峭，他说不用试，除非是吉普车。

已是下午两点钟，所有人都饿了，赵宏伟想起，来的路上有很多饭馆，先去吃了饭再返城，她请大家唱歌。

这大概是这条山路最荒凉的时期，路边林立的饭馆，冬天大部分关门。他们找了几十公里，才看到底下凹下去的林子边有一个，门口的霓虹小灯泡可怜巴巴地一闪一闪，由于丢失太多笔画，饭馆名字已无从考证。两辆车缓慢、谨慎地开下马路，车轮里头裹着雪和泥，几乎无法前行。院子被冰雪覆盖，跟旷野没有区别。屋里很冷，窗户紧闭，空隙处以胶带密封，门口垂着两面覆有塑料布的棉帘子，屋内灯光昏沉。

大家往屋里走时，都感觉心情沉重。陈豪的消息更加强了这种沉重：八达岭高速发生连环车祸，暂时封闭。何时开通还不确定。他只能通过车载电台跟人保持联系。看来，他们要在这里好好吃一顿饭了。

他们鱼贯而入一个包间，服务员是个小姑娘，脸蛋红红的。鲁岳看看菜单："你们这羊肉怎么五十八块一盘？"

"我们这，是绵羊肉。"小姑娘底气很足。

"新鲜，谁吃火锅用山羊肉啊。"

"你是不是在黄花城下面的餐厅上过班？"夏永康忽然问。

"是。"姑娘回答得不卑不亢。

"我见过她。上次我们点虹鳟鱼，也比别的地方贵，问她，她说：'我们这，是虹鳟鱼。'"小姑娘出去后，夏永康笑道，"原来是故人。贵就贵吧，百里之内，只此一家，又是雪后，他们也不容易。"

4

五个人坐定，赵宏伟身边的女孩忽然说："我见过你，他们叫你瘦子。"

这反应也太慢了。一进来，他就认出来，赵宏伟带来的女孩是李小路，网名很长，叫"今夜太冷不宜私奔"，她长得一点也不像她的ID，一点没有要跟谁私奔的征兆，她有一种时刻准备着的表情，随时准备应答一个声音。一张在期待中的脸。

"这是我男朋友陈豪。夏永康，编剧，我同乡。李小路，我同事。"赵宏伟给介绍。鲁岳等不及，早已经自我介绍过。火锅终于上来，白雾袅袅上升，遮住了一部分人的脸和眼睛，大家都觉得自在了。夏永康发现，从看见自己，李小路就在想说什么，她这样的时候，眼睛里就向外冒着问号，可她说话的速度实在是太慢了，直到一锅肉吃得只剩下叶子菜，她才说："夏永康，你是不是写过诗？"

大家都很意外，一起看夏永康。

"很多年前了。"夏永康也有点不知所措。

"啥样的？念一下。"鲁岳起哄。

"我都忘了。"

"死瘦子你差点踢到我……不用这么狠毒吧。"鲁岳惨叫。

"念几句就成。"赵宏伟还不依不饶。

李小路忽然背诵出声：

我们

暮春的风马牛

忘记廉耻

向着太阳亮出蹄子

践踏道路和麦苗

但一开始

透过厚厚的羽绒服

我拥抱了一个女孩

曾经那样颤栗着

　　她自己也吃惊："我居然还能背这么多。还有，我记得你说坏运气芬芳如处子。我对这个印象也深。"

　　"你真写过诗啊？"鲁岳好像打算再挨一脚，"怎么我都不知道。"

　　"嗯。"夏永康现在是晕的，他今天起床的时候，没准备会听到一首自己写于上世纪的东西。

　　"我从来都不知道你还写诗。"从下车，赵宏伟一直拉着陈豪的手，吃饭也没放开。陈豪很拘谨，嘴巴紧闭，努力吃饭。

　　"你肯定听过。就是有年我在外面混不下去，回家住时写的。夜里写完就大声念。"

　　"对对，我想起来了，那年你忽然跑回来住，总是半夜不睡觉，害得我妈睡不着，就狂敲暖气片，把所有人都吵醒。"赵宏伟想了一会儿，"不是九四，就是九五年。"

"你们俩，是邻居？"陈豪抬头，这是他的第一句话。

"对啊，上下楼。那时候夏永康在我们那儿特别有名。我们那儿有条街，是个肉集还是个什么加工点，反正早上都在那儿杀猪，"赵宏伟看看夏永康，"你十几岁就威震一条街。是吧？"

"是是。"

"那时我上早自习，每天早上经过那条街，整条街都是猪的惨叫声，第一次听，我心里一紧，差点尿裤子。那时你每天早上四点多出门，我听见楼上你关门，就知道再过一个钟头我该起床了。幸亏你每天砰的这么一声，不然好多次我真不想起床了，尤其是冬天。"

冬天，有时会起浓雾，雾里什么也看不清，远远就听见猪的嚎叫，他喜欢那种惨烈，像一把冰凉的刀插入动脉。

"那时猪看见他走过去就拼命叫。平时他收拾得干净利索，穿一件黑色皮夹克。所有女孩都喜欢他。"

"为什么杀猪？也是为了钱吗？"半晌不说话的李小路忽然问。

"不全是。那时我还不知道写诗也能牛逼。"证明自己的成本极为高昂，他的同桌跟人打架横尸街头。他选择了另一条路，"那时我走在路上，不担心被抢钱，比我小的男孩争着跟我一道上学。这让我以为自己是个什么大人物。"他至今记得杀猪刀放在书包里的感觉，像有生命的物件，坚硬，冷酷。那是他第一次感觉自由。

师傅说他天生适合干这个。后来他想：有做杀猪匠的天赋，是不是值得庆幸。他喜欢的女生考上师范，他什么也没考上，他再也没有被她的眼神笼罩过。他站在师范琴房的外面，断断续续听着风琴声，心情低落。

那是沉闷的八六年，激动人心的公审大会日渐稀少，大家日子过得都比较没意思。抢钱的小流氓还是那么多，但他们不劫他，因为他杀气重。他们也不抢女生，大概抢了女生，就是另一回事儿了。小流氓们对有些事也还是心存敬畏的。很多男孩离家出走，声称去少林寺学武术了。这让他激动，但又觉得他们前途未卜。一些姑娘，跟着到市里演出的歌舞团跑了，这让他迷惘，出走的都是好看的姑娘。这年夏天，他必须做出选择，是去叔叔介绍的宾馆当服务员（全市只有这一所三星级宾馆，工作令人羡慕），还是复习一年考大学。他家族没有一个人上大学。他觉得很渺茫，但更怕一个人留在这座城里，没有黄书看，没有公审大会，没有好看姑娘，没有事干。那一年，他杀了许多猪。

5

傍晚，公路依然封闭，他们还得再继续一起待下去。

"无聊。打麻将吧。"夏永康说。没有麻将。

也不能喝酒，至少夏永康和陈豪不行。

全部娱乐设施就是老板老板娘以及服务员在看的那台电视，锁定中央一套，等待新闻联播。

李小路忽然笑起来，谁也不知道她在笑什么，她不知从哪儿给自己弄了一瓶小二锅头。

"玩真心话大冒险。有扑克牌。"鲁岳大喝一声，亮出屁兜里的扑克。

夏永康同意。李小路同意。赵宏伟笑笑，"我们去守着车载电台，听消息。"

他们知道她男朋友在，不方便玩，就不留他们。这一对儿拉着手走了出去。

三个人，谁抽到黑桃 A，谁就回答一个问题或者做一件事。撒谎的是乌龟王八蛋。大家起誓已毕，开始抽牌。

第一次，夏永康抽到。

鲁岳想了半天骂道："我对你丫还真没什么好奇心。"

"你的，嗯，就是初恋。"李小路问。

"你说哪次？"

"笨蛋，你丫有几回初恋？"鲁岳替天行道。

"我上高中时，经常逃课打架。有次上学，被仇家堵在一个废弃楼里，我只能往上跑，越跑越高，越跑心越凉，后来我跑到楼顶阳台，仨仇家，拎着皮带车锁链三角刀走过来，我一急，就跳下去。压断两根竹竿。我醒来时还以为我的腿断了，没看见仇家，头顶上有个人在笑嘻嘻看着我，脸时远时近，她的眼睛细细的，像香港的歌手林忆莲，后来我再醒来，她还站在那儿没走，她跟我说，刚才狗过来闻了闻我，要往我身上撒尿，被她赶走了。后来我经常到她家门口晃悠，想再遇见她一次，却一回也没碰上她……这算吗？"他看李小路。

第二次，鲁岳抽到。

场面静了一下，夏永康说："你去外面，找着红脸蛋服务员抱一抱。"

"我会被打死。"鲁岳大声说。

"不会的，施展你的魅力，去吧。"

他们眼睁睁看着鲁岳走到外间，把服务员叫到走道里，跟她说了句话，然后抱了抱。红脸蛋服务员大义凛然地站着，但没有打人。

"你跟她说什么了？"李小路很好奇。

"我有权保持沉默。"

第三次，还是鲁岳。

李小路重复问题。他只好说："我跟她说，今天是元旦，我一个人，家人都不在。我很想念我妹妹……"

"卑鄙。"夏永康骂道。

第四次，李小路抽到。

"轮也轮到你了。"两个男人兴奋起来，摩拳擦掌地捋袖子。

"只能一个人问。"李小路警惕起来。

"你的初恋。哼哼。"

"夏永康，你真没想象力！"

"别管他，你说啊。"鲁岳连声催促。

李小路沉默许久，"我没有。"

"骗人。"两人齐声大叫。

"二十三岁还没有谈过恋爱很可耻吗？二十三岁还没有男朋友就该死吗？"李小路笑。

两个男人沉默了一下，说："接着来。"

这一次，还是鲁岳。

夏永康不耐烦地说："你出去，找棵树，撒泡尿再回来。"

鲁岳一撩衣服下摆，风度翩翩地走出去。屋里只剩他们两个人。"别喝那么猛，这酒厉害。明天有你受的。"夏永康说。

"有烟吗？"李小路点烟的手势十分笨拙。"不到三十岁我就会变成酒鬼，跟我妈一样。她是我们那儿少有的女酒鬼。"

"谁是酒鬼？"鲁岳精神亢奋地回来，一大团寒气，像马蜂群一样跟他一起袭进来。

"我。我现在每天睡前都喝点酒。"

这一回，是李小路。

鲁岳举手："该我问了。"然后他猛一顿抓耳挠腮，"你为什么不谈恋爱？"

"不知道。以前遇到的男孩都比我幼稚。不知道什么时候，忽然就觉得自己老了。"小路边抽烟边打量这个包间，四面水泥墙没粉刷，桌上没桌布，碗倒有豁边，"就像……我更习惯在这种地方吃饭，我不会不自在……而恋爱呢，恋爱是一个富丽堂皇的大酒店，我没法想象……"

"这是自然冲动呀，哪有那么复杂。你吃饭会不会想它的意义。"夏永康不能喝酒，满心郁闷无处发泄，他轻蔑地驳斥，"爱情是女人炒起来的，因为有好处。但后面的人不知道，就什么都往里头装。"

李小路想反驳，但只默默抽了一张牌。

这次是夏永康。

李小路早就举起手，"该我问该我问。"

"你最喜欢的女人？"她说。喝了点酒，她双眼炯炯有神。

"哦。你问这个呀。"夏永康浮出一个笑容，他说，"就是那个替我轰狗的女生呀。我被学校开除后回家，当巡线工。每天下班就去她家门口发愣，后来有一天，我站得好好的，被一个高空坠物砸中屁股，我大怒，定睛一看，是个苹果，她砸的。"

"后来你们在一起了吗？"

"在一起了，好长时间。又分开了。"

"为什么？"

"不知道。"那时，他每天早上起来，踩着两把脚蹬，像头熊一样蹭到电线杆子上，夏天酷热，冬天严寒。他有个同事，从前是菜农，胆子很小，每次上杆作业都特别规范。后来他是水泥电线杆从中折断，掉下来摔死的。还有一个大个子，被电烧焦了一条胳膊，找不着老婆，三天两头到电厂闹，最后给他

56

找了个瘸子农村老婆。这种事很多。那时他一个月拿三十多块钱，转正后能拿三百块钱，但不可能转正。他从老家走得突然，后来再没见过扔苹果的女孩。不是处女或名声不好的女人在老家，只能嫁老光棍或者死了老婆的男人。不知她后事如何。

他们一问一答时，鲁岳郁闷地看着他俩，"说完了？可以抽牌了吗？"

这次是鲁岳。

鲁岳绝望地放下牌，自动说："我去撒尿。"

"谁让你出去。我们还没想好怎么整你。"夏永康说完，看看李小路。李小路想半天，"鲁岳，他们为什么说你是花匠，让人当心你？"

面对这个问题，鲁岳整整衣襟，咳嗽一声："因为我对女人很好。我认为我是贾宝玉转世，在寻到林妹妹之前也包括之后，我将尽可能保护每个女子，每个女人都是世界上的奇迹……"夏永康一脚踹在他椅子上，"陈词滥调就不用说了。接着来。"

下一次，夏永康。

"你为什么也是花匠呢？"还是李小路问。

"有段时间，我很喜欢女人，坏了名声。"

"为什么要搞那么多女人？"

夏永康看她一眼，"一个小姑娘，不要跟男人一样粗野。"

"好。为什么要找那么多女人？"

"不知道。女人跟钱一样，多多益善。"他老大曾推心置腹跟他说，阿康，这个世界只有钱是真的。老大赚了很多钱，最后在窄巷里被几个抢钱的小混混一棍打出脑浆，死掉了。脑浆喷在他的裤脚上，又腥又热，像精液一样。

"爱呢？"李小路说。

"啊？"

"爱呢？占多大位置？存不存在？"

"有吧。每次都会有一点儿的。"

"你们干吗呢，这都多少个问题了。要聊天待会聊，抽牌抽牌。"鲁岳不满地指挥着两人抽牌。

还是夏永康。

鲁岳大喝一声："闪开，让我问。"

他搓搓手，兴奋不已，"夏永康，对近半年关于你不行的传言你怎么看。"

"那是我制造的。写剧本是个体力活，我没时间处理那么多关系，就放出风声……"

"我不信。"李小路敲敲桌子，"别忘了你是发过誓的哟。"

夏永康想了想，"也有别的用意。你放出风声，一般来说，姑娘都会很好奇，故意来问你。好玩嘛。如果你不生气，好，谈话可以很轻松地在这个范围里进行……我操，我怎么说真话了。"

下一回，李小路。

"我来问我来问。"其实夏永康根本没打算跟他抢，鲁岳抢下来话语权，居然有点害羞，他含糊地问，"……第一次？"

"嗯？"忽然，李小路明白过来，脖子一直红到耳朵。她瞪一眼他，"我明白你的意思，当然是可以分开的，但我是个失败者，连性伴侣也没有。可以吗？我没法想象两个人……离得那么近。"

两个男人反而不好意思起来，一齐说抽牌抽牌。

这一回，是鲁岳。

"让我问。"李小路大声说。

她想了半天，"你找那么多女人，心理学有种理论，认为这样的人有恋母情结，永远需要身边有很多女人，填补母亲的缺失，你自己觉得呢？"

两个男人的脸色都很奇怪。她不知道自己问错了什么。鲁岳的脸色很快平静下来，"也许有道理。我妈很早就不在我身边了。她是个小干部，有人指控她经济有问题，遇到严打，判了无期。前几年办了假释。她进去时四十多岁，现在已经六十了。她回到家，像个陌生人。"他去柜台拎一瓶大二锅头，给自己和李小路各倒一杯。

李小路没忍住，大笑起来。两个男人平静地看着她。她笑得一把一把擦眼泪，最后说："你知道……我妈妈是干什么的……她是我们那儿女子劳教所的干警。好单位，托人才调进去……不时能拿回家点香烟腊肉什么的。

"她年轻时很漂亮，后来脾气越来越坏。打起我来简直像打狗。等她酒醒了，有时会跟我聊两句，说她工作压力大。精神比较暴躁……你们知道……"她还想说什么，却说不上来。

"我出去看看，公路通了没有。"夏永康走了出去。

"你不知道吗？"鲁岳跟李小路说，"他弟弟还被抱着那么大，他爸爸就自杀了。他爸是知识分子，当地有名的才子。"他有些醉意，眼睛已经朦胧了，"你看，咱们都是身上被按过血手印的人，都被诅咒过。这就是……为什么今天，是咱们仨坐在这儿……你觉得呢？"

外面传来赵宏伟的惊呼声。"快出来看！烟花！"

这时候的野外，天空暗下来，四周黑沉沉一片，只有远远山坳里有一些灯。他们出来时，正赶上一树最大的焰火覆盖天空，它的火力之足，后劲之大，堪称狂放。烟花之外，黑暗仍是不可分割的一个巨大整体，烟花只点着了很小一块。犹如无边旷野上，一个人点着了自己身体，燃成一支火把。对于黑暗它是微不足道的，但对于这人，却是全部。

有一年，李小路坐火车，连绵几小时都是田野，夜里，无边无垠的田野中，唯一的光是一堆烧荒的火，它说出了一个人类的存在，也划出了更大范围的孤寂。看到那个，她心里开始雪崩，一如此刻。这是可以忍耐的，她忍耐着等它们过去，但也渴望永不停止。她正常的时间太久了，赵宏伟说得对，她根本并非如此。她渴望成为另一个人，能够飞起来，而不是永远抱紧自己站在原地。

"我都忘了今天是元旦。"赵宏伟拥抱每个人，抱到小路时在她耳边说，"新年谈个恋爱吧。"

那把火固执地燃烧，想劈开更加固执的黑暗。夏永康和鲁岳都拥抱了她，后者的拥抱里多了一个动作，他吻她的耳垂，轻轻说："新年快乐。"

身体里一丝电流快速通过，袭入心脏。冒着蓝色的火花，冰凉的，速度极快。她没动，等着，看还有什么。又一道电流。又一次。又一次。

他们抽烟，看烟花，上车，回城。

6

回到城里已是晚上。大家决定散了。

前面的车忽然停下，他们看着车门打开，一个人走出来，一直走到他们这边，敲方向盘这侧的车玻璃。

"什么事？"夏永康问。他心里一惊，这个女孩的眼神疯狂。

"跟我回家。"她说。

"嗯？"

"跟我回家。"她说。

他看她，在惨淡的路灯下，她的眼睛闪闪发光，她知道自己在干什么吗？

他谨慎、理智、缓慢地说："你喝多了。"

接下来的事是一瞬间发生的。旁边车门砰的一响，他回头看，鲁岳不见了。转回头，李小路也不见了。他觉得这像一场梦，不由舔了舔右侧的臼齿，那两颗臼齿早已烂掉，在历次的剧烈疼痛中碎成一片片脱落，但他总忍不住去舔它们，好像它们还存在。也许它们的神经还存在，一切都找得到科学依据的。

　　风从摇下来的车窗里灌进来，温暖里带着废气的味道，也带着黑暗诡异的气息。

四 细小的断裂

1

春节在即，有传言说，《淑女》的投资要撤，他们这批人将就地解散。编辑部有如台风过境，所有同事像暴雨前的蚂蚁。这情形，李小路还会在日后不断看到，但这是第一次。李小路被震动，她不知道这是一种什么感受，她从此不在办公室放私人物品，随时可以收拾走人。

这是一种在流沙上建立生活的本事。

兵荒马乱中，赵宏伟进了另一家时尚杂志。几天后，赵宏伟办完离职手续。她和小路一人一个纸箱，搬到楼下。雪已化净，北方的太阳光线炽烈，照着干燥的马路，十几天前的大雪像一场梦。

赵宏伟看看旁边的"永和豆浆"："再去一次？"

两杯豆浆，一杯放糖，一杯不放糖。因为要告别，两个人感觉有些陌生，不知该说些什么。

"赶快找工作。这儿长不了。"宏伟说。

"好，在找呢。"

"赶快找男朋友。就算失业，你总可以跟他住。"宏伟又说。

"好。"

"对了，你跟鲁岳到底怎么回事？"

"没怎么。"

"是不是好朋友啊？"赵宏伟盯着她不放。

"那天你在的嘛，你们老叫元旦元旦的，我忽然有点疯，不想一个人过。我先找夏永康，被他拒绝。就找了鲁岳。我们睡了一觉，名词意义上的。"

赵宏伟表示她不太明白，"那你到底是喜欢他们俩谁？夏永康？"看小路点头，她叫，"我就知道！他到底有什么好？"

李小路看看她，"你叫我怎么说呀？"

"怎么想就怎么说。比如我选陈豪，他上学时组乐队，毕业后拍纪录片，看起来很不靠谱，但他是北京人，家里有两处房子，他流浪够会找工作，他毕业名校，工作不难。所以归根结底还是靠谱。并且他的性格，只有我先放弃他，他不会放弃我。你知道，我已经牢牢地——"她做个手势，"我喜欢一个人，至少知道我为什么喜欢。但你不知道。你看，他有车，加分。有房吗，还不知道。有没有老婆，也不知道，这个年纪的男人，这些很难说。你喜欢他什么？"

"宏伟，你让我害怕。"

这句话让赵宏伟沉默了一下，"我知道，这些听起来很俗气，但我就像你的亲姐妹，这些我不管，谁替你想？你是个白痴。"她大叫，"我痛恨文学女青年！"旁边客人纷纷往这边投掷白眼，赵宏伟悍勇地一一瞪回去。

"你的问题，我直说吧，因为你自卑。你不相信自己配得上好男人的爱，所以才去找老男人。你以为你能打动他……凭什么……凭你的纯真吗？姑娘，纯真也是很多的，北京这个狗屁地方，最不缺的就是纯真。小姑娘源源不断，征服了老男人就名利双收。我相信你不是为了走捷径，但你们的路是一样的，这条路很挤。"

"是的。其实我就是个受虐狂，因为感觉夏永康会虐待我，所以才暗恋他。鲁岳也是个受虐狂，所以他永远都在追求女人。我越不爱他，他就越要追我……这样说是不是就成立了？从心理学的角度？"李小路笑起来。

"得，您是为了神圣的灵魂之爱……好过不谈恋爱。去吧去吧。"赵宏伟像鸭妈妈轰小鸭下水一样，双手支棱着轰李小路。小路气笑了，"你个混蛋，什么理都是你的。你该叫赵有理。"

"春节怎么过？回家吗？"

"不回。"

赵宏伟看看她，"要不，你跟我一起回家过年？"

"当然不去。"

她们走出豆浆店，跟一小时前比，阳光稀薄了，像白铁。

这光线让人伤感，赵宏伟转脸看着小路，"你从恨里汲取力量，某种程度，我们都如此。但我还是希望你能快乐一些，跟一个小白脸谈个正常的恋爱，吵吵打打生个小孩，过一个庸俗的人生。庸俗很暖和。"

"我买了个热水袋，热水袋很暖和。"

"你有所不知，男人更暖和……"

"滚。"

她俩大笑，上了同一辆车。

2

过年这几天，小路发生了一些变化。她变得脾气暴躁，非常易怒，在网上跟每个人吵架，和她以前判若两人。

因为烦躁，她吃很多，几乎每天都吃四顿。有时刚走出一家饭馆，立刻就觉得饿，不得不再找一家饭馆接着吃。她经常撑得什么也吃不下，大脑仍源源不断地发出"饥饿"的信号，她的胃和大脑整天打架，她又累又烦。

漫长的春节终于过去了。她胖了十斤。好像骤然绑了十斤沙袋，走路时会突然心脏乱跳。紧一点的衣服竟然都穿不上了。她必须要减肥。

春天时，她常去的 BBS 组织了一次爬山。到集合地，众人见她都吃了一惊："你怎么跟吹气儿似的，整个脸都圆了？"

夏永康也在，开着他的灰蓝色捷达。鲁岳不在。

一行七人，两辆车，黄昏时，刚来得及到露营地。

帐篷刚扎好，天就黑了。

大家喝酒，李小路抢着跟人斗酒，很快就醉了。在地上东倒西歪坐不住，唱着歌，佻达地跟所有人调情。夏永康怕她酒后失态，轻轻说："我送你到吊床睡一会儿吧？"

"为什么要送走我？"小路斜睨他，"为什么要窥探我？你坐在我旁边，目不斜视，可是在你的心里一直在看着别人，观察着……你到底在窥探什么？"

"你喝多了。"夏永康淡淡说，"我送你到吊床上躺一下。"

他把她扶到旁边几步远的吊床上。小路哼一声，"别丢下我一个人啊。"

"好。"他说。

篝火边开始唱歌了，有人叫夏永康。他朝那边看看，"我过会儿就来陪你。"

他走了。

吊床离人群不过三步路，倒像隔了一座山。小路喝多了，头昏脑胀地动不了。月亮像蒙了层磨砂纸，发着有毛边的光。

看见这样的月亮，小路有些害怕。她想叫夏永康，可是他们在聊天，喝酒，说笑话。火堆边的人听到哗啦一响，回头看，小路已不在吊床上了。下面山坡有声音传上来。夏永康冲下去，后面的人给他打着手电。过一会儿，他把小路抱上来，"幸亏灌木丛挡住了，"把小路放在草地上，"怎么回事？"

"你怎么——"他看到小路脸上一条条血痕，忍住了下面的话。旁边女孩拿来急救箱，他蹲下来，用酒精棉给她擦脸，擦手。旁边人七嘴八舌，说怎么这么不小心。小路不说话。大家让她起来走走，她就像木偶一样走几步。

"早点睡。"他起身，撂下一句话。

对夏永康来说，在小路明白自己之前，他已经知道了。他克制着，让自己别招惹她，这个姑娘，不会正常表达感情，上一次就被她吓到。这一次，她又伤害自己。她有自毁倾向，情商不完整，几乎还是个孩子。

3

如果李小路去过夏永康的家，她可能会重新考虑是否继续爱这个人。他的床垫和电视直接放在地上，有大书架，但书很少。他卖掉书，因为有电子书。电视他也打算卖掉，所有节目都能在网上看到。他扔掉的，都由科技出产了替代品。他对科技有感情，那是一种简简单单的感情：科技牛逼，他爱牛逼。

多年之前，他送掉了最后一只猫，那只母猫叫咪咪，他自广州暗巷捡到，回北京时带了回来，它见过他所有女朋友。最多时，他家里有十七只猫，全是它的后代。后代一只一只送给朋友，最后，当那一任女朋友离开，他打一场球，洗澡，开车送走了咪咪。他不打算结婚，但他偶尔想有个女儿，最后，想到这一切有多麻烦后，他就给收旧书的打电话，让他来收书。几千本书，只剩下两百本，这个数量，很难有人愿意上门来。

他和李小路一样，都把生活压缩到极简，后者是因为没有一间自己的房子，而他的理由不同。他朝屋外扔东西，因为他浪迹已久，他习惯了拎包入住，公寓或酒店里什么都有，一切都是标准的，一切都可以用另一间屋子里的替换。他生活的一个原则就是：没有任何东西是不可替代的。拜户籍松动所赐，整个九十年代，他在不同特区里晃荡，要到九十年代末，他和他的兄弟们终于在IT和媒体行里聚头，在广州或北京扎下根来。这时，他们已经在老家之外、体制之外，漂泊了将近十年。

一旦成为一名拎包入住者，你会发现大部分人的生活如此沉重臃肿，人们被琐碎绊倒，再也无法自由轻盈。现在的屋子是买的，用他头一个剧本的稿费，但他仍然慢慢往外丢东西，生活一旦成为惯性，就很难停止。

他父亲和他爷爷一样，骨灰葬在老家墓地。他不知自己会葬身何处，由谁安排，他的哥们从不谈论此事，但极为默契，上个月，有人车祸死掉，死者没有亲属，他们帮他安排一切，肃穆隆重。他们知道，若是自己，对方也会如此。他们也玩笑说老了以后一起住，相互照应，但知道并不靠谱，死是一个结果，他们可以托付彼此，但老不同，持久缓慢的过程，他们自己都毫无耐心，更别提信任他人。他看过郊区的养老院，条件跟他现在差不多，可拎包入住。

夏永康的圈子充满了未成名的作家、未发财的野心家。他们像每个朝代都有的大地上的浪子，彼此间一见如故，斩鸡头，烧黄纸，拜了把子。然后一起喝酒，一起泡妞，意气风发地相互欣赏。同辈不断有作品问世，虽然是很不成熟的，但为每个人都鼓起了兴头。但等到"不成熟"的作品带来的兴奋过去很久之后，成熟的作品仍未问世。他们仍然相互看作品，但现在批评多于赞扬，交流的压力大于愉悦，他们几乎是相互鄙视而又互相憎恨了。

其时他们的技艺已经大为提高，事实上，他们每个人都有些开了头的手稿，写好的部分精致高超，可是他们总觉得缺少些什么：一个绝妙的故事，一个有价值的主题，或者一个信仰。他们怀疑自己需要更多的阅读，系统的知识体系，来支撑也许是当下最伟大的一部著作的诞生。

出于对教育的抵制和不信任，他们采取了自我教育，凭一己之力整理出属于自己的知识体系。他们涉猎群书，文学、经济、政治、历史、哲学、神学，但在三十岁看来大有希望的事，到四十岁时便告崩溃。他们大部分在四十岁时成为一名杂家，涉猎群书，无所不能谈；一小部分，因为长期精神活动带来的抑郁内向，以及长期清贫的生活，当发现自己无法写出一部伟大著作时，世界也就相继塌陷。

这也许就是为何北京有那么庞大的文学青年基数，他们曾在一个个饭局上震惊四座，才华横溢，可是最终却默默消失，没有留下任何一笔。

夏永康就是他们中的一员。

恋爱是他屋子里唯一没扔掉的家具。他有一双经过训练的眼睛，能看到女人内心的激烈和宁静。他懂得欣赏，也不能拒绝。

不过，这也是前几年的事了。

4

爬山回来，小路去超市买东西。下楼时左脚轻轻一崴。咔嚓一声，然后她坐在地上。

赵宏伟去医院，把腿上打石膏的小路接回家。出租车上，她不停教训小路：出去春游，怎么把腿摔断了自己还不知道？那些人也没一个照顾你？你是女人啊！你真不配当女人。

赵宏伟一边训人，一边进进出出，在门口饺子馆里买一斤饺子回来，两人坐下来吃饭。宏伟男友今天回北京，她待会还要回去。所以她才生气。她生气小路怎么还没男朋友，生气她这么孤单，摔断腿只有自己能照顾她。而就连自己一会儿也要离开。她知道小路很想让她留下来，可就是不说。两人因为这，变得像在赌气。

"你一个人没问题吧？我明天上午再过来。"宏伟把剩下的饺子盖好，放在小路伸手能拿到的地方。

"不要紧。我有拐杖，能照顾自己。"

"真的不要我留下来？"

"不用！你走了我就看《老友记》，然后睡觉。明天上午你可不又来了吗？"

两人对视。

"那我走了。"

"嗳。"

宏伟仍然站着不动。

小路终于崩溃，"好吧，要不，你帮我打一个电话。"

"给谁？"

小路又不说话。宏伟哼了一声，"夏永康？"

小路不出声。

"好。我来打。就说你腿断了，我问他愿不愿意过来陪陪你。这样行吗？"

"还是算了。他会很奇怪。我们不熟。"小路声音微弱。

"算了吧！你喜欢他，正好趁机问问。他要愿意过来呢，说明他对你也不是没意思，正好开始一段感情；他要不过来，你也断了这个念头。怎么都好！"赵宏伟立刻拿出手机。

小路彷徨得厉害。骨折的地方很疼，好像给了她理由脆弱。于是她承认喜欢夏永康。她渴望他来，渴望他在自己身边，渴望跟他说关于自己的一切，渴望听他说关于他的一切。她不想一个人断了腿待在这该死的十平米的屋子里，她渴望打破这层坚硬的孤独的该死的外壳。

她渴望恋爱。

这种渴望比任何时候都重，以至于击溃了她的自尊心。

赵宏伟找到号码，无声看她一眼，"我打了？"

"不。我来打。我自己来。不用你。"小路的骄傲又发作。对她而言，主动给一个她喜欢的男人打电话，是自尊心的全部溃败。可她要亲手领略这溃败。

赵宏伟走到厨房里，留下小路攥着电话。

一分钟，两分钟，天快黑了，房间里没有开灯，像她小时候，放学回家时爸妈都不在，她一个人坐在黑暗中。

十分钟，二十分钟，她打了，他会怎么想？不会嘲笑自己吗？如果他知道，自己打这个电话是用尽全力，他大概不会真的嘲笑自己？

四十分钟。天黑了。灯光一盏接一盏地亮起来，人们回到家里开始做饭。有爆葱花的香味弥漫。李小路还是攥着电话，她用尽全力，也没办法打这个电话，跟这个男人说："我希望你来。"

她没法让他知道，她是用她所有孤寂渴望他。如此尖锐，如此愤怒，如此不顾一切，如此狂野。你必须来。你必须爱我。否则生命毫无意义。亲爱的。亲爱的。

赵宏伟像鬼魂一样在暮色里出现，咳嗽一声，"要不还是我来——"

"是夏永康吗？"小路拨号，立刻通了。两人都不说话。

"哦，没什么。谢谢你问候。不严重……真的没什么。谢谢你。你在吃饭吧？不打扰了。好。再见。"她挂了电话。

两人面面相觑。

"他不过来？"

"不是。反正没事了。好啦你可以滚啦。好戏也看完了。"小路粗暴地撵她走。

赵宏伟走之前，凝视了一下小路。她的眼睛很平静。先前那股疯狂的火光熄灭了。她放下心，终于走了。

屋子里只剩李小路，一盘饺子，一袋零食，一副拐杖。

她来来回回看着它们，突然为自己的孤单吃了一惊。

电话那边，夏永康声音一出来，她立刻明白，此前种种，只是她跟自己的幻想在谈恋爱。幻想中，她已经跟他说过无数次自己，自己所有一切。可实际上，这是他们第一次通电话，夏永康的声音，客气，礼貌，那礼貌是一种距离，容不下任何礼貌之外的邀请或求助。

她意识到自己所谓的狂热之爱，原来不过是她过剩的想象力，它凭空画出来的一座空中城池。

她不爱现实中的这个人。反过来，他也一样。

再见！幻想。

五 两只蟋蟀

1

从冬天开始，夏永康和鲁岳一起写个剧本。他们是老搭档了。四月里一天，他们一直写了一个通宵，下午三点钟离开宾馆，吃饭，喝酒。夏永康负责的那部分已弄得差不多，鲁岳还拖了一点进度。他们打算再熬个通宵，一起弄完。

因为剧本快弄完了，鲁岳一高兴，叫了一瓶二锅头。这是他最喜欢的饮料，一瓶十块钱，保证能喝醉。他吃下去一根烤羊腿、一份大盘鸡，酒喝下去了三分之二，连额头都红了，又红又亮。他说，"你记得李小路吗？"

"记得。那次去温泉，后来不是你送她回家的吗？"他警惕地答。

"当天晚上我们就睡了，不过什么也没做。想不到我也能这么纯洁吧。再后来，有天晚上，她给我打电话，那时都十点了……"鲁岳高深莫测地看着夏永康。"她很好。"他一时组织不起完整的语言，断断续续地说，但他还是不敢跟以前的女朋友断，因为他不确定李小路会不会离开他。她是个无情的人，柔软，敏感，然而无情……她对他恶狠狠，他们之间总是相互恶狠狠的……他抱着头呜呜地哭了起来，"但我其实很喜欢她的。"

夏永康说："我有事先走，今天你把本子弄完，明天十点宾馆见。"

他拿了外套离开。

2

已是暖春，棉袄穿在身上，有些捂得慌。

夏永康站在街头，不知道该去哪里。

李小路故意摔下山，她给自己打电话，他明白那是一种呼救。可是他故意冷淡她，跟她保持距离。

"喂？李小路吗？"他发现自己在打电话。她的声音很客气，也很礼貌，说脚已经好了，不用他去探望。她果然已痊愈。石膏也拆了线，倒让来探病的夏永康有些讪讪，好像自己找了个借口，而这借口又过时了。因为这讪讪，他放下水果，想坐一下就走。这让他看起来显得慌慌张张。

"你不用这么慌张。你不用——"小路辛辣地笑笑，"你不用怕我。"

夏永康想自己还是别说话为好。他也不知道自己来干吗。难道劝她别跟鲁岳来往？他凭什么？他自己又好到哪里去了？

"你还记得，爬山回来那天，我给你打了个电话？"夏永康感觉她的问话，她的直视都像是一种审判。

"打电话之前，我以为我在热恋。不用装啦，不是所有人都看出来了吗？你们只是好意不说。可我不想掩饰，我喜欢你，我以为我在恋爱。你也早心里有数了吧？你知道我这只是一时狂热，看言情小说太多了，是吧？"

她说的都是真的。夏永康想，可是这么急把一切都弄明白，有什么好处？

"放下电话，我做了另一件事。我给另外一个人打电话。他也是你朋友。元旦那天，他送我回家。那天我被你拒绝了——你总是拒绝我，不是吗——很难受，他呢，他不知道为什么也失魂落魄的，他站在我家门口，让我千万别丢下他。他说他家在二十楼，没电梯了。还说他从来没能找到个姑娘一起过节。他答应不碰我，让他待在我房里就行。像收留一条狗。天明以后，我让他躺到床上。他碰了碰我，我才知道什么是欲望……是他让我发现欲望，所以放下你的电话，我打给他，他很快来了。"她神色平静，滔滔不绝地说着，她一定是想了很久这些话，"果然，我明白我所谓的热恋，不过是没满足的情欲，加上我过剩的想象力。我跟他还有联系。他一周来一次。我得出的结论是，我以前的很多问题，我烦躁，孤单，想谈恋爱，都不过是情欲问题……"她一本正经地说着，脸变得很丑。

夏永康默默看她，心里充满怜悯，还有对自己的痛恨。

他轻轻问："你记得有次你喝醉了，第二天，你发帖子说，你喝醉因为你想知道堕落是什么滋味？"

"记得。你们把我笑了一顿。"

"你现在又跟那次一样啦。对于堕落，你太严肃了。"

她不该这么早，这么早就跟他们站在一个地方。

"对不起。"他说。

"对不起什么？"

"对不起。"

从他进门，一直在说话的李小路停下来，扬着脸不说话。下午五点钟，天色将晚，房间渐渐暗下去，没人开灯，没人说话。

"你知道吗，我结过婚。"夏永康说。

小路微微一震，没有作声。

"跟我大学里的女朋友。我们毕业时，没有结婚证两个人是不能一起住的。我托朋友办了一张，她用的还是假身份证……很多年没有联系了，听说她在法国。"

"你想说明什么？"小路讥诮地问。

"我也不知道。"夏永康坐在房间里唯一一把椅子上，对面李小路的脸在昏暗里越来越模糊，黑暗像某种气味，渐渐浮起，充满视线。他也有些恍惚，不知自己到底要说什么，但他让自己说下去，仿佛把脑子里想到的说出来，对自己很重要，"第二件事，我曾经跟很多女人好过，但这一年，我没有追过一个女人。"

"为什么？那唐珊珊呢？"小路没能忍住，问。

"她是闹着玩的，她老公也在咱们 BBS 上。不知道为什么，我一直很有女人缘，在去年之前，我的感情生活一直顺利。"

"去年发生什么了？"

"没什么，我就是不想再恋爱了。我对女人还有感觉，可是我觉得恋爱那一套很无聊。我宁愿去找小姐。"他冷漠的像在说别人的事。

小路沉默一下，笑起来，"所以？"

她还不如不笑。夏永康看着她，却想起第一次见她，外面下着雪，他拍打着衣服走上楼，看见小路。别人都坐下去时她慌慌张张地站起来，她穿黑色无袖毛衣，露出一段藕一样的胳膊，她眼神安详，说话之前脸会先红。她紧张时有一点点口吃。她总比别人慢一拍。

他心事重重地看着她，天完全黑了，四壁皆暗。两人像身在两条不同河流，想着各自心事，冷漠而隔绝。

"我想说，我什么也给不了你。我心里什么也没有，对不起。"他站起身，该走了。

"多谢你的好意。"小路尖酸地说。

3

门在他身后关上。夏永康"嗒嗒"地下着楼梯。小路住六楼，楼梯又黑又长，绕来绕去，好像永远走不到头。他觉得沮丧，像被什么打败了。像小学上体育课，考试单杠，他太瘦，手腕没力气，被所有同学笑。每次考试他们都等着看他笑话。如果那时他知道，到初中他会发育成一个大高个，擅长打篮球并参加校队，也许他不会那么绝望。可是站在单杠前，他只有沮丧。

一件不顺心总是牵出所有的不顺心。他在黑暗的楼梯里，跌跌撞撞地往下走，想起前半生所有令他沮丧、羞愧的回忆。每当他觉得羞愧时，他就对自己生气，想把刚刚的场景再重来一遍。他一定会做好。也许他能让他俩都高兴。

有人打开楼梯灯。是一对母子。年轻妈妈穿得很好看，儿子背着书包，一只手跟她拉着。两人边走边说话，听不清说什么，只听见他们笑得大声。夏永康侧身贴墙，让他们过去。

外面天黑了，路灯亮起来，照着下面，忙忙碌碌从各个地方往家赶的人们。他头顶，一群鸽子咕咕噜噜地，在窝里叫唤。飞鸟尚且有窝，可他却不知道该上哪儿去。

他往回走。

门一推就开。小路坐在黑暗中，他伸出手，像要开灯，在空中停一下，摸了摸小路头发。她的头发又浓又硬，像发育中的男孩子。她用力一扭，躲开他的手，也像发育中自尊心格外强的小孩。他摸到她湿漉漉的脸庞，停下来，不知道该怎么办。

"陪我坐一会儿。"她说。

他坐下来。

"别怕我。咱们不是说清楚了吗？都没疑问了对吧？你不相信爱，我也是。你现在也可以得到我，我不会缠住你的。你要吗？"她伸过来一只手，放在他大腿上，她的手像块石头。

"怎么不开灯？"他说。那只手轻轻地拿开了，他装作不知道，说，"怎么不开灯？这特别像我小时候。我小时候，放了学，跟我弟弟等我妈回来做饭，天黑了，我们两个谁也不去开灯，一直到她回来，抱怨黑咕隆咚的，打开灯赶紧做饭，我们开始做作业……好像那时我们才回到家。那之前，我们只是两个野孩子。"

"我小时候，放学也要等大人回家。有段时间，我连钥匙也没有，只能坐院子里，看一队蚂蚁顶着一块馒头渣，黑压压地往回走。"夏永康忍住笑，听她说话，"所以我特别怕傍晚。傍晚时的光线，气味，所有东西我都怕。不过通常，这段时间我都在办公室，或者去饭局。如果是周末，我就到旁边的站牌下站一会儿。陪我坐到七点半你再走。那时我就好了。"

"什么就好了？如果我没回来呢？"他忘了自己为什么回来。

"我会哭。不过也是一会儿就好了。"她跟他讲起，童年时，在院子里等大人回来，她坐一个小板凳，听隔壁家放的评书。隔壁大伯家，一家四口永远是齐的，他们吃的饭也格外香。她听他们说笑，看电视，添了一碗又一碗饭。她更害怕他们叫她去吃饭——她不愿意被别人可怜。

她叫家长还叫"大人"，那是儿童语言。夏永康不相信他们刚刚还讨论过"大人"的话题。她装出来的前卫多可笑。

"小路。"他说。

"嗯？"

"别紧张。我是想说……我不是好人，我有过很多女朋友，可是到后来都一样：她想结婚我不想，她怀孕了不得不打掉。这些事经历一次还行，经得多了就再也不想重复。就像有些人忽然再也不想上班一样。你挺可爱的，我喜欢你，咱们在一起也能聊天，不像跟有的女人，除了睡觉就没话说。所以咱们做朋友好不好？"

"什么样的朋友？"

"没事相互打电话，有空就约出来吃饭。"

"短信呢？"

"有事没事都可以联络啊。"他站起身，该走了。这次他对自己的表现很满意。

"好吧。"小路累了，所以没精力再去讽刺他：这个人跑过来，一天之内，拒绝了她两次。可是这有什么关系。他们做朋友，不也聊得很开心？最好他是她的兄弟。那样他们每天都能聊天，而不一定要谈恋爱。

她跳下床送他，他看看她的房间，"你在请病假吗？怎么没上班？"

"编辑部倒了。我休息好就开始写稿子。不用担心。"

"好吧。你晚饭怎么吃？"

"管得还挺多。我自己吃。你呢？"

"回宾馆，跟鲁岳吃。"

"好。那再见？"

夏永康站在门口，小路背后是阳台，街上的路灯形成一层光，她逆光站着，脸上一切都模糊不清，但他能感觉她全身都是紧张的。

"再见。"他说。

两人站在门口，告别过了，又找不到新的语言，他们沉默，夏永康低头，刚刚过去的两小时内，他们一直害怕谈到的，一直避免的事情发生了。他们害怕恋爱，可是他们更怕别的什么东西。他们亲吻，小路像喝多了，腿软得几乎站不住，他轻轻抱住她。

"虽然……"她还急着说话。

"嘘——"他说。

她的心跳得太厉害了，以至于，隔着一层皮肤和骨骼也能被他听到。她抱他抱得太用力了，好像要把他嵌进自己体内，那么紧，以至于她的胸口开始疼。

他把她抱进屋，反手关门。现在屋里又只剩他们两个人。还有黑暗。还有初春略嫌冰凉的空气。她有点害怕，但她装得对什么都坦然不惧的样子，装得很老练，甚至卖弄风情。可她实际很害怕。夏永康几乎怀疑她是处女。也许鲁岳是胡说。她跟鲁岳在一起也害怕吗？

她的身体微凉而紧绷，摸上去像一只光滑的苹果，打开后泛出清香。房间里全是这味道，像洗发水、香皂、凡士林润肤露的综合，又像是一个海洋被打开，一股海浪，又一股海浪，咸而微腥，然而蕴藏生命所有秘密。

她轻轻地抽了口气。

她重重地叹了口气。

她短促地吸了口气。

她长长地吐了口气。

现在他们身处同一条河流了。

现在他的头枕在一个陌生柔软的枕头上，睡得很沉。

4

夜里，小路忽然醒来。她的眼睛一下子睁开——她是那种人，因为恐惧，因为习惯失眠，睁开眼就变清醒，清醒得近于警惕。她醒来，房间是她熟悉的房间，被子蹬到一边，两人赤裸裸地躺在四月夜晚，也不觉得冷。她凝视身边这人，他在很深的睡眠里，枕着自己胳膊，身体回到子宫里的形状：蜷起来，一只孤独的弓。他的脸，在夜晚显得陌生，像不认识的什么人。在夜里，一个突然醒来的人，比任何时候都觉得孤单，因为她醒着，承担起整个黑夜。而另一个人，即便如此亲密也不能分担。小路觉得凉，她把自己的一只手放到他身体上，脑子里莫名出现一句话：

你会留下我的
因为你比我孤独

元旦那天鲁岳说过的话。她又睡了过去。

下半夜，夏永康突然被恐惧弄醒。他睁开眼，是月光在他脸上移动。他打量这刚一醒来有些陌生的空间，旁边的这个身体。她睡得很香，一只手，确切地说，是一根手指握在自己手里。他不敢惊动她，手里那根食指，像一根刺，扎得他疼。

她动了一下，不安地嘟囔一句："那你爱我吧。"像陈述句多过疑问句。

"好。我爱你。"

但她已经转过身，沉到更深的空间里去。他可能跟她一起去，可能不跟她去。可是现在，夏永康听着耳朵里自己刚刚说过的话，想，他又说了一次谎。他一个人醒在黑夜里，想自己到底有多坏，同时也相信自己并不比别的男人更坏。他又开始说谎了，他不知道自己这一次能坚持多久。

5

再见李小路，已是一个多月后。夏永康和鲁岳的剧本开拍，他们要跟剧组去外景地，一去几个月。正好那左右是鲁岳生日，于是合起来，组了个饭局。

来了许多人，满满坐了四大桌。连见惯大场面的人也咋舌不已。抽烟的人太多，整个房间里浓雾弥漫，所有人都在大声说话，离远一些，就必须用喊。李小路坐在离他最远那一桌，右首是赵宏伟，看见他，赵宏伟笑嘻嘻地挥挥手。李小路好像没注意他，只顾跟旁边一个导演说话。

鲁岳俯身过来，疑惑地问："李小路是不是瘦了？"这蠢货。她何止是瘦了。离那么远他都能一眼看出，小路比上次在她家至少瘦了十斤。就算她身体里点把火，把所有能烧的都烧干净，也不会比现在更瘦。可她最大的变化还不是外形上，李小路再不是他第一次见到的那个眼神安详的女孩，她眼睛里的光芒咄咄逼人。

原来如此。她恋爱了。夏永康自嘲地笑。

上次从她家里出来，头几天，夏永康像欠了大笔赌债的赌徒，忐忑不安等债主催债。奇怪的是，放债的人却好像忘了这回事。两星期后，夏永康觉得不妨给她打个电话。电话里，她听起来心不在焉而且匆忙：今天我有采访，明天约了宏伟。周末，也不行，我要写稿。夏永康一时哑然：她在疏远他。

如果是两年前，他会想也不想，女人有的是啊。或者，如果他正好有闲心，就陪她玩一玩——可李小路不像那种有手段的女人，她的心写在她的脸上。那就是这半月里，她认识了新人？这倒有可能。当初在论坛，她对他表示仰慕时他也清楚，那不过是文艺女青年的冲动，跟她喜欢一个流行歌手差不多。不过，才两周时间。她未免太快了。

他阴沉地看着小路，她还在跟那个导演说话，不时大笑。她大笑时仰起头，露出牙齿，哈哈哈地笑出声。她还没学会笑的时候捂住嘴呢。

鲁岳又凑过来，也看那边，问："李小路有男朋友啦？你知道是谁吗？"

"我怎么知道。"他冷冷看着鲁岳的脸。至少她把他也甩了，可他并不觉得安慰。

结账时，夏永康跟鲁岳打起来，最终是夏永康胜出。下楼梯时他滑了一脚，凭空摔到四五级下面台子上，手擦破了，鲜血直流。

后面的女生已扑上来，伤口颇深，血流了一掌。"谁有创可贴？"她问。一个女孩说她去买。李小路也说去买，导演说我开车带你去。他们急急忙忙都走了。闲等无事，夏永康又要了个小二锅头，几口喝掉，剩下一口酒喷到伤口上。那里火辣辣的疼，疼得他眼皮神经一起乱跳。

第一个出去的女孩买回来创可贴，贴了伤口，看没事，大家也就散去。李小路还是没回来。他冷冷一笑。

外面在下雨。

上了出租车，师傅扭头问："咱们去哪儿啊？"他一怔，酒意涌上心头。他说了小路的地址。五月天，怎么已经热成这样了。他脱了外套，还是热得不行。

那条楼梯还是又黑又长，夏永康在里面，磕磕绊绊地走，摸不着开关，反摸了一手土。他要问她个明白。伤口处神经直跳，蜇得他疼。他满腹都是自怜和伤感，一级一级走上去。

小路家里没人。灯黑着。

夏永康低吼一声。当然。她也能去别人家里。他怎么没想到。他坐到楼梯上，开始觉得冷，然后发现外套落在出租车上。他苦笑一声，不顺利到极点，反而平静下来，想自己是怎么啦？

夏永康伏在胳膊上做了一堆梦。其中一个，他跟妈妈在菜市场，他好像还很小，两人一起商量晚上吃什么，忽然不知怎么，妈变成李小路的样子，她说，我是爱你的，可是……

"喂，"他不情愿地睁开眼，楼梯亮着灯，李小路站在矮一级台阶看他，他从她眼里看到了鄙夷。

"你怎么在这儿？"她很不高兴。

"几点了？"

"快两点。下次到别人家，麻烦你打个电话。"

"你已经不接我电话，你忘了？"

她一愣，走过去开门，"进来说。"

夏永康慢吞吞站起身，成年后头一回，为自己的大个子感到难堪。顺着小路的视线，他看看自己的手，创可贴弄脏了，牵拉下来，"我去买创可贴，迷了路，回去你们都散了。"夏永康一点也不信她的话。

他一屁股坐到床上，李小路站着，问："有事吗？你来？"

"你什么意思？"

"你半夜到我家，该我问你什么意思啊。"

夏永康不耐烦，"别装傻。你不接我电话，为什么？"

过一会儿，她说，"该说的都说完了，所以不用再接你电话。"

夏永康半天没说话，然后问，"他是谁？"

"谁？"

"那个男的。是那个导演？"夏永康说这些时没什么表情。

小路却惊讶看着他，突然大笑："所以，这就是你对感情的理解？我不跟你好，就一定是有新欢？你真是太聪明了。"她笑的时候眼睛一点也不笑。

夏永康站起来。小路退后一步，背靠住门。两人现在面面相觑，多陌生的脸。她的瞳孔是褐色的，头发被雨打湿，在灯光下闪着湿漉漉的光。他们曾经那么亲密。

李小路先移开目光。她的衣服也被打湿，变成深蓝色。她绷着脸，肌肤光滑结实，像一颗苹果。他用这个比喻形容过她，上一次。可现在，她眼里有那么多敌意。她开始说话，"你根本不懂，你光知道这个完了，换下一个。你谈过那么多恋爱，可你不懂真正恋爱一辈子只有一回。你真可悲。"她一脸轻蔑看着他，"你让那么多女孩生出幻想，可你甚至没能力承担过一次。你就像个财主，家里有几百只羊，还到处找寻刺激。可是我只有一只羊，我亲手喂它食物，让它就我的手喝水；你根本不懂驯服一匹永远驯不服的野马是什么感觉。你不知道把自己最珍贵的东西送给另一个人的情感。你亲过上百张嘴唇，可是上百张嘴唇对你有什么区别？你们不过是对方上百只羊里的一只而已。你从来不知道，把自己仅有的一只羊送给别人是怎么一回事。你什么都不懂。"

她说得极快，眼睛里有愤怒，高傲，怜悯，不屑，她从来没这么光芒四射。夏永康低头看她，心头一片迷惘，"别闹了。"他说，拉她入怀。

她不说话。

他亲她激怒的眼睛，她闭上双眼；他亲她的嘴，她咬住牙齿；他放手，"对不起。是我不好。以后不会再打扰你。"

她没有动。

他伸手拉门，被她用力推了一把，"你这头猪。"她哭了起来。他站着不动，不知道她为什么哭，也不知道为什么有喜悦浸透他的心，继而是狂喜。

"别哭了。"

"是我不好。你告诉我，我改。"她哭得更厉害。

"你要把邻居都吵醒了。"

"嘘。"他轻轻抱住她，感到她体内像在退潮，刚刚那场演说带来的激烈情绪，正慢慢平息，同时也带走她的所有意志。她在他怀里，痛快淋漓地哭了一场，他用面巾纸给她擦脸，擤鼻涕，笑她："我还没见过你这种人。你刚刚盯着我时，就像革命家在痛斥叛徒。可怜的姑娘，你从来没跟别人表示过你喜欢他，是不是啊？"

"你不需要为喜欢一个人而羞愧啊。你喜欢我，我也喜欢你，这不很好吗？"

"唉，你什么也不懂。你什么也不懂。"在他怀里，她闷声说。

半夜，小路醒了。好像她是这两人中负责守夜的那个人。她看着身边这张沉睡的脸，我把我最重要的东西给你。永康，我把我的孤独给你。

六 直到世界尽头

1

　　小路爸爸年轻时爱唱歌。邻居一听，大清早，隔壁开始吊嗓子：穿林海～～～跨雪～～原，气～冲～霄——唱到这儿嗓子破了，重唱，还是从"穿林海"开始，再唱到这里，气～冲～霄汉谙谙谙～，邻居背着手，欣赏一会儿，忽然一回头吼："起床，你叔叔都唱完歌了。"晚上他也唱，"喀秋莎站在峻峭的岸上，歌声好像明媚的春光。喀秋莎站在峻峭的岸上，歌声好像明媚的春光——呕喽喽——"，后面是他漱口呢，噗地吐掉，继续唱，来来回回就这两句，邻居听到了，就咕哝一声："该睡觉了，得九点多了吧。"

　　那时候，全院子都是土墙，墙头矮，你在院里吃什么，别人踮踮脚就看个一清二楚。这么着，离得近的，不必费事串门，都是隔着墙头打招呼。借个盐、要碗醋，也都是从墙上递过去就完。吵架也是隔着墙头，站在各自院里对骂。只有不打不行了才上门去打。这种时候是很少的。

小路爸爸年轻时，是个顶了不起的小伙。他个头虽不高，但结实。他学小提琴，学外语，每天早上，站院子里喊完嗓子，就听见他跟着录音机，咬着舌头，极慢极慢地说：呕哈哟库仔一麻塞，空泥齐蛙，伊拉夏衣麻塞……邻居听不懂，也知道他在做学问哪。都说，老李家这孩子，真不得了，会说英语。

所以，他要找对象，当然是大事。小路奶奶抽屉里，放了好多女孩照片。小路爸爸看来看去，有个姑娘唱过样板戏，他觉得他们俩能说到一块。你想，他唱《打虎上山》，她唱《红灯记》，他们俩不挺好一对吗？

小路妈妈就嫁过来了。

她真好看。结婚那天，闹洞房那帮年轻人，都是在街上打架打大的，县城里最早一拨卖烟卷的，他们怕过谁。结果那天，小路妈妈眼一瞪说不准闹洞房，就真没人敢动手。他们都坐着，低头吃饭。

2

八十年代有一段时间，县城里流行跳舞。小路的老家，舞厅是电影院后面一个露天院子，水泥地，人多时，鞋底儿蹭着地面发出"沙沙"的声音。特别爱跳舞的，一个月就磨坏一双鞋底儿。这个舞场，每位收费两元。也有的舞厅女士不收费，那种地方正经女人不去，如果她们去了会发现，舞厅的地面是光滑的大理石，不费鞋。

小路长大一些，妈妈常带她出去玩。她们有时是去理发店，小路攥一根冰糖葫芦，师傅给她洗头，剪刘海。然后她坐到长椅子上，等她妈来接她。冰糖葫芦吃完了，妈妈还不回来，小路就在人家店里看电视。她喜欢香港电视连续剧，不爱看台湾的，台湾人人都大吼大叫，像她妈跟她爸吵架；香港电视好看，有武打的，也有警察片。小路盯着看，天黑了，妈妈拎一袋菜回来，小路挑根白萝卜抱着，两个人一起往家走。

后来，小路爸妈老吵架。小路爸从前唱《打虎上山》嗓子有多亮堂，他吼小路妈嗓子就有多响。"你敢再去跳舞，我打折你的腿。"——有次下学，小路去同学家里玩，晚上才回家，爸爸大吼一声扑过来："下次再这样，我打断你的腿。"她懂了，社会上有很多坏人，不说一声就出去玩，让所有人找了她三个小时。这是个大错，下次必然要打断腿的。但为什么跳舞也要打断腿，她就不知道了。

小路妈跳过池塘。半夜里，大人们都醒了。小路也被吵醒了，到处都明晃晃的，大人们大喊着跑来跑去。还有人人嚷嚷：小声点，都给我小声点。她光穿一件秋衣，在大门口站了半天，没有一个人发现她。后来说是妈妈跟小路爸吵架，被他踢了几脚，她就喊着：我不活了，我不活了。跑到池塘边，围着跑了好几圈，跳下去立刻就被捞上来了。妈妈脾气也太厉害了，小路想，自己也没少挨打，打完，一边哭一边就得做作业。她可就去跳水塘。

后来小路妈妈就不去跳舞了。小路妈妈以前是纺织厂临时工，结婚后，小路爸爸送出去好几条香烟，调到第二女子劳教所。劳教所在郊区，大概是上班辛苦，她脾气越来越差，还喝起了酒。

小路的老家，男人们都喝白酒。春节的晚上，经常有人躺在路边，自行车倒在身上，脸上挂着惬意的微笑。这是摔下来就睡着了。可是像小路妈妈那样的女酒鬼是少见的。

3

小路小时候也好看。她眼睛好看，大眼睛，又深又黑，脸蛋像鸡蛋清，白得起腻。大人见了老想捏她，还有把她脸蛋儿捏青的。她手指头细长，她爸说，那是双音乐家的手，他女儿得弹琴啊。邻居现在对小路爸爸的评价也不那么高了，现在他们说，他管好他老婆就成功了。张狂什么。在这儿住的，谁家孩子有弹琴的，他忘了自己是老几了。

他出趟差，回来第二天，小路就穿一身新衣裳上学来。刚过"六·一"，别人都还穿衬衫裤子呢，就见她穿着裙子，光着腿，云彩一样飞过操场。那是件白裙子，扎红色蝴蝶结，像花仙子。她同桌回去，跟家里人哭了好几天。家里说买不到一样的呀，那裙子是郑州买的，等过年，托人……这件事，伤透了所有女生的心。

小路的文具盒里，还有一根带香味的蓝精灵铅笔。不用说也是谁也没有。下课后，所有女生排队去她那儿闻。好闻着呢，比家里擦脸的都香。就是这根铅笔，害得她同桌朱丽娜考试没及格……老闻着那股味儿，还怎么专心听课。

小路很爱说话，能一直说一直说。学校里有唱歌比赛，她总是参加。音乐老师喜欢教她唱新歌，说她学得快。

4

初中的时候，小路爸爸病了。拉到医院去，过几天拉回来，过几天又去。

小路越来越像坏学生。放学不回家，逃课，上课还老打瞌睡。老师就在教课桌旁边，给她摆了个"特座"，让她一个人坐着，看她还睡不睡。

小路坐在老师眼皮底下也能睡着。

她跟坏学生混在一起，有一阵，他们流行中午不回家，大家自己做饭。组合通常是一男生一女生，男生负责这个组合的食品采购，女生负责将其煮熟。李小路比较特别……她就一个人，自己煮自己吃。但她喜欢这样，很多人在一起，煮完饭后，教室的空气里有种温暖的饭香。她用一个印着牡丹图案的搪瓷茶缸煮面，没有什么菜，放一些公用的盐和油。

有一天中午，小路妈进来了，一进来就骂："你整天野什么，下课不回家叫我好找。看我不打死你。"她看也不看其他同学，追着小路骂，还把茶缸扔到教室外面，面条洒了一地，直到第二天做操时才被扫干净。

小路也不还嘴，飞快跑走了。从十岁起，她就比她妈跑得快了。在长期的思索中，她掌握到了跑步的要诀，街坊邻居经常看到她在街上轻盈地跑步，过很久才看到她妈在后面拿着扫帚追赶。她还锻炼出了翻墙、跨越障碍等一系列技巧，所以邻居又看到小路在楼梯上跑，她妈在后面拿根棍子，忽然小路一按隔壁墙头，翻墙而出。李小路一度被认为是极有天赋的田径运动员，学校的栽培对象，考大学还因此加分。但到大学，她跑步的天分忽然消失。她变得喜欢沉思，可以在图书馆坐一整天。

小路爸爸生病后，要么在医院里，要么在屋里，很少出来走动。夜里，像从前听见他唱歌一样，邻居能听见他跟小路妈吵架，有时还能听到摔东西的声音，通常是碗，碗的声音大，破碎起来足以让人惊心动魄，但碗不值钱。然后是茶缸。茶缸不会碎，但有回响，能一直"哐啷啷"地滚下去。还有盘子。盘子声音比碗更清脆。如果是咕咚一声，那是踢翻了桌子。虽然声音不大，但桌子很沉，人很愤怒才会去踢它。如果是咕咚咕咚连成一片，邻居就知道自己必须要出动了——他们要把家具砸了，这哪儿成呢。

邻居家有个小孩，跟小路上一个班。李小路爱听评书，自从她爸摔坏了他们的收音机，她只要在家，肯定是坐在墙根下，听邻居家的收音机。小男生不爱听评书，但会故意拧大声音，叫她听得更清楚。有时，她爸在医院里，她妈也不在家，邻居家的妈妈就站在墙这边喊："小路，过来吃饭。"

没人回答，那边的灯一下就灭了。

她家人脾气都很怪。

有天，李小路来上课，下巴上扎着白绷带。她蹭着上课铃进来的，同学们都看见了，心痒了一堂课。一下课，马上跑过去，是真正的医院里用的绷带。

"你怎么了？"

"我的下巴磕破了，缝了四针！"

那是真值得骄傲的。她们谁也没有缝过针。"针在肉里走不疼吗？"朱丽娜问。

"不疼。我还一直跟医生说笑话呢。后来医生呵斥我：别说话，我要缝针了。没见过你这样，缝针还这么多话。"小路座位周围全是人，大家都盯着她的绷带看。

"怎么磕破的？"有人问。

她好像没听见，低头收拾文具盒。上课铃响了，大家跑回各自座位。

那天，邻居家的孩子发现，隔壁一直黑着灯，小路上哪儿了呢？怎么隔壁一直没人？他把评书声音开大点儿，那边也没有动静。从那天起，小路在家不在，他再也听不出来了。

5

肖励是四月份来的。高个子，头发短得跟男生一样。她近视，班主任让她坐"特座"，跟小路一起，坐在老师课桌旁边。那一排就她俩。

这堂是英语课，天气又闷又热，野外梨花开了。有只蜜蜂在教室里，嗡嗡嗡的，响得人直瞌睡。小路往肖励的桌上推过去一只圆规："看见我睡着了，就扎我一下。"

"好。"肖励答应。

小路很快就打起盹儿，头一栽一栽的，笔记的开头在第一行，写完都到最下面一行去了。肖励就用圆规尖扎她，针尖穿透小路的白衬衫，没进去，看不见。肖励没把握，就用力推一把，小路"呀"的一声，英语老师停住，威严地看她一眼，才继续讲课。

"谢谢你。"小路说。

"没事。"过了一会，大概是无聊，肖励拿圆规扎一下自己胳膊，疼得咧咧嘴，什么也没说。只有小路看见她的动作，低头笑起来。

又一回是生理课，小路歪头看看肖励，她的课本跟自己的不一样，厚一点儿，也没有图。下课后，小路把书皮剥开，露出真正的书皮：神州奇侠系列，温瑞安。

肖励说，她下午必须把书还回去。不过她会讲故事。她都记得住。她肚子里有好多故事呢，可以慢慢讲。

"嗯，有《基督山恩仇记》，是说一个人被仇人陷害，关到监狱，他最后变成一个富翁，回来报仇；还有，《牛虻》，这个你们总该听说过吧？没有？这是最好看的小说啦！我就先讲《牛虻》吧。"肖励做了决定。

下课以后，男生围绕教室追着打，肖励就坐到桌上，一只脚蹬到凳子上，所有女生都爱听她讲书。当肖励背出《牛虻》最后一段："我们就像两个失散在黑暗里的小孩子，互相都以为对方是鬼。然而我们终于找到彼此，紧紧拥抱着走回光明的世界"，李小路忽然流眼泪了。

6

肖励也是个怪人。有一回，她把小路叫到学校前那个臭水塘。

"我要自杀。"她说。

"为什么？"小路吃了一惊。

"要么自杀，要么我杀了他。"肖励喃喃自语。

"谁？"

"我操他妈他凭什么打我，我都十六岁他还用皮带抽，皮带都抽断了。"知道肖励说的是她爸后，李小路劝道，"等考上大学就离开家啦。我也挨打的呀，我妈打我。"

"那能一样吗？你妈力气多大，我爸力气多大？把皮带都抽断了。他拿我当牲口啊。"

"我妈喝醉了也很可怕。她还说要把我吊起来打。"

最后，小路只好说："那你跳下去吧。你想好就行。"

那条河又黑又臭，狗也不肯跳进去洗澡。肖励实在办不到，扭头走了，她恨李小路。

小路还老跟着肖励。她走到哪儿，她就跟到哪儿。

她俩一块儿逃课，跑野外偷东西，拿回来给同学尝，杏酸得要命，一口也不能吃。桃子倒很甜。苹果还发青呢。要么就摘花，一人扛一把野花回教室。大多时间，要想找她们，肯定在老市场那个租书摊后面。一人坐一个小板凳，抱本书，你走到跟前都不会惊动她们。

老师说她俩是坏学生。

肖励她爸是部队上的，过几年，他们就搬一次家。她留过两次级。

她去过天山，她读过《牛虻》，她坐过火车。

小路不知道怎么表忠心才好。开始，她每天偷一只苹果，带给肖励。

那时候，小路的爸爸变得很奇怪。他骂所有人，他讨厌所有人，他变得对什么都不关心。他埋怨家里人没给他买最好的药，没去最好的医院，他说着说着就吼起来。

别人看他时拎的水果，要放在他能看见的地方，不许别人吃。最后一屋子都是烂水果味。亲戚走时，如果没给他留下钱，他会生气，高声骂起来，他的嗓子还是那么亮堂。他说等到自己好了，就跟他们断绝来往，一个也不原谅。

肖励生日到了。小路想买本《刀锋》送她。肖励说她在图书馆看了个头，就搬家了。

《刀锋》，上海译文出版，封面左上角印着"世界文学名著普及本"，印数二十万，定价六块八毛钱。封面是一个女明星。小路跑新华书店跑了三趟，看得清清楚楚。

她一毛钱也没有。

7

肖励生日头天，到半夜，小路热醒了。

她坐床上发呆。窗户外头是一个平房屋顶。每次睡不着，小路都会趴窗台向外看。她老觉得屋顶不是屋顶，却更像一个舞台。夜里的时候，就会有穿着白衣裳的男女，在上头跳舞。

她从来没见过他们。但她坚信，他们一定在自己睡着的时候出现过。

这个晚上兴许是今年最热的一天。汗糊在皮肤上，凉席被浸成赭红色，窗外的月亮不像月亮，倒更像太阳，把平台晒得像化了的冰糖，柔软而冰凉。

小路下楼，到厨房又洗个凉水澡，嘴里念叨着六块八，六块八。

一楼门开着，月亮照在爸爸床上——自从他生病后，他就在客厅支张床睡。这会儿他睡着了，不像病人，又像是接送她学琴的爸爸。

小路不知不觉走到屋里，在他床头站住。妈在里屋，四周一片安静，只听到远处池塘青蛙的呱呱声。他这两天要去医院，钱在枕头下。

想到钱，她脑子忽然一片混乱。她看见自己的手伸到枕头下，抽出来一张一张的钱。她拿了几次，不是五毛就是一块。她越来越害怕，最后也不管钱够不够，转身就跑。

门在拉开时"咣当"一声巨响。小路血都凉了。半晌她脖子僵硬地回头看，爸爸还睡着，他的脸色多温和啊，他这时显得真熟悉啊，他又是那个呵护她的爸爸了，生活好像恢复到很久之前一个瞬间，她不必担忧，也无须害怕，因为有父亲拉着她的手。

她忘记了害怕，就那么站在门口，一个劲地看。

回到房间，数了数钱，十八块。

8

肖励要走了。回北京跟奶奶住，考高中。几个女生请肖励吃饭，在县城最大的一条街上的"万金坊"。

六个女生，结账时一算，五十六块钱。大家正在掏书包凑钱，小路已经把帐结了。

所有人大吃一惊。小路手一挥："都别跟我争。这个账我来结。"

肖励看着小女生为结账打成一团，笑了笑。大家纷纷告别，肖励留到最后，收拾礼物。小路磨蹭到最后一个。她拿鞋蹭着地板，一步一步蹭出来，外面天色将晚，她觉得心里像有个看不见的洞，好像这个门关上，自己就再也看不见肖励。再也不。永远不。

她又惊又怕，转回去推开门："肖励……"她脸皱起来，马上要哭的样子。

肖励神色温和："怎么了小路，好好说。"

"肖励，你现在有空吗？我们去走一走好不好？"小路看着她。该死的老天爷你可不能你千万不能拒绝。

"好。"

肖励背上装满礼物的橙色书包，挺直腰，跳一跳。这年她十六，要回到北京念书。小路想，她的前途一片光明。她以后再也不会想到自己。

她们走出饭店，外面就是县城最大的一条街。落日正好，端端落到大街的另一头，正对着她们俩，那落日中央的青红色火焰，纯净而狂暴。

两个人一时无话，顺着路走了下去。

肖励，你知道我常到你家楼下看你家的灯吗？你知道，每次下雪我都很绝望吗？你知道我窗户外的阳台，半夜的时候，会有人在上面跳舞吗？……这些话几乎要顶破她喉咙，喷涌而出。可是她说不出来，一个字也说不出来。她只觉得脚不停地抽筋，几乎摔倒。快说啊，再不说就来不及了。快说啊。说啊。

她们还是什么也没说，一直往前走。太阳消失了，路灯齐刷刷亮起来。

天黑了。

卖馒头的，卖烧鸡的摊子都上了灯。灯在玻璃匣子里，照着一个个摊子，远处看，像一个个璀璨的发光体。一个亮匣子又一个亮匣子，一个烧鸡摊跟着一辆馒头车。人越来越少。她们来到环城马路，马路横在她们面前，卡车在面前过去，一路洒着煤土。

肖励停住脚，随便选个方向。她往南走。小路也向左转。她们又变成并排走。

再走，烧鸡摊、馒头摊都不见，只剩一条大马路，笔直地伸到黑夜里头。好多天没下雨，路面上浮一层干灰，脚踩上去腾起一片。这层灰，是黑暗中唯一的白色。

"肖励，"小路说，"咱们一直走下去，走上一夜好不好？看看会走到哪儿。"她的声音，像特别薄的小刀，用这种刀削水果，你会担心它割破手指。

"好啊。"肖励说。

小路又不急着说什么了。光是这样走就很愉快。她想要的就是现在这样，有人陪自己走下去，走得远远的，一直不说话，一直走。

能走多远走多远。她想抛弃自己生活。她想走到世界尽头。至少走到另一个城市。至少走到另一种生活。

慢慢地，她开始讲后窗那个平台，那对夜里出来跳舞的男女。即使是刚被人打一顿，她的声音也不可能更紧绷。可她一定要说。

老天。你让我说出来吧。这是最后一个机会了。

让我们一直走下去。至少走到天亮。因为天亮也许会有奇迹。比如说我被车撞死了。比如说我们一直走到北京去。你跟我，我们俩。

"你会给我写信吗？"小路问。

"不会。我讨厌写信。"肖励说，"写信的意思就是：刚开始我们每月通两次信，然后一次，然后三个月一次。最后一年寄一次贺卡，第二年终于停止联系。"肖励继续说，"我不要这么拖拖拉拉的牵挂。我要干脆。一开始就不写，要记住总会记住。"

"哦。"小路想，可是我想给你写信，我不会那么快就忘记。我还要在这里生活很久呢。你可是不一样了。你要到北京去。

马路在面前分成两股，一道向南，一道奔北，路两边不再是房屋，而是田地。肖励停住脚，"够远了，咱们回去吧？"

小路不说话。

不是说要走到天亮吗？不是能走多远就走多远吗？根本都没多远，为什么骗我。

肖励已经转身，朝向来时方向。小路拽住她，哭了。

她哭得像要把心吐出来一样，却还是什么都说不出来。

肖励沉默。

小路抢着结账，她家里是什么情况，她跟着自己走来走去，自己怎么会不明白。她有点怕小路那种热烈的，好像要穷尽一切的渴望。

要走了。她松口气。

再见，肖励。

再见肖励。

再见。

不要忘了我。

9

过完这个暑假，小路明显不好看了。

大轮廓没变，可细节都走形了。皮肤晒黑了而且粗糙，手太大，不弹琴，就显得粗笨。最重要的是，她失去了从前那种温柔。

因为自尊，因为自卑，她学会拒绝别人。邻居吃饭叫她，她会锁上门，关灯，一个人坐在黑暗里；阿姨给她压岁钱多一些，她坐长途汽车找上门，把钱还给阿姨。

她不懂得高深的道理。她只知道，与其等别人嘲笑你、怜悯你、殴打你，不如从一开始就拒绝。不期待别人给你好处，也就没有痛苦；不期待被拯救，也就不会有绝望；不希望，也就不失望。

她老以为别人在嘲笑自己。

她走在路上会突然回头。

她以为自己变得坚强、冷漠，不会为什么事轻易动心。

然而多年后，夏永康说："你有一张冷漠的脸，其实你这种人更容易狂热。你容易冲动也容易衰竭。你做什么事总全力以赴，但这样更容易崩溃。李小路，你要学会控制情绪，你要学得跟正常人一样。"

第

二

部

一 荒城之春

1

做时尚杂志五年，赵小微有很多准则。比如去发布会，一定要成为场内焦点；必须拿到当天主角名片，与之交谈并给其留下深刻印象。

她几乎一年四季都穿裙子，尤其冬天，在穿得鼓鼓囊囊的人堆儿里出现，长靴短裙，打众人惊讶眼神中走过，脸上露出皇后般耐心的微笑，一遍遍回答：不冷。

她雪白凛冽的长腿总会让别人记得她。

2

今天这个发布会意思不大。

小微拿一杯矿泉水，来回扫视了一遍场内，打算离开了。人群里出现一张熟面孔，乔舒雅。她踟蹰一下：是装没看见还是过去打个招呼？可是乔舒雅已经走过来，一阵刺鼻香水味儿扑面而来。

"亲爱的，好久不见，你怎么变得这么漂亮了。怎么搞的嘛。"她大呼小叫地扑上来。

"亲爱的，你可是瘦多了。怎么减下来的，你也教教我。"小微微笑着摸摸对方肩膀。老女人不能瘦，一瘦，就山倒房塌，没了样子。

小微曾在她手下干过两年，不算是愉快经历。小微跳槽后，听说乔舒雅也辞职去写剧本。现在又冒出来，总是影视圈不好混吧。

小微笑眯眯问："你的剧本怎样了？开拍了吗？叫什么名字？"

乔舒雅也笑嘻嘻答："我是交出剧本就不管了。谁知道他们要整多大一个摊子。反正我只拿编剧这份钱，才不操那么多闲心。"

她穿的还是几年前那件 GUCCI，打折时买的。看来这两年她完全是在吃老本。小微很解气，也有些怜悯。谁说乔舒雅的现在不会是自己的未来？哪怕你年轻，漂亮，手里攥的全是好牌。

想到这里，她的眼神柔和起来，"改天一起喝茶吧，老领导。"她笑嘻嘻说着走开。

乔舒雅又妒又恨地盯住她的手包，TOD'S新款，市价一万多，在心里骂了声：贱人。

3

跟客户聊完天，发布会已经散得差不多。

外面天阴着，要下雨的样子。小微只穿了黑丝袜的腿上，层层不绝地起着鸡皮疙瘩。

是下班时间，打车处，衣冠楚楚的白领们挤成一团。小微停住脚，她累了，在去肉搏前，她得抽支烟缓缓。

雨将落下，身边有个女人也停住，仰起脸在看什么。顺着她视线望过去，小微发现整条长安街的玉兰树都开花了。妈的！那还这么冷？！

她骂一句，丢掉烟，准备加入战团。走得两步，忽然又回头看看，对方疑惑地看着她，说："赵宏伟？"

唉。她们都多久没见了，她叫的还是这个名字。

这时节下起雨来，小微张望一下，旁边有家"永和豆浆"，"咱们进去坐一会儿。"

两人先是走着，雨下得猛，她们跑了起来。

几年前一个夜里，小微接到一个电话，是小路的号码。电话里没人说话，只有重物敲击玻璃及玻璃破碎声音。大概是小路无意中碰到手机按键吧。重物敲击的声音很闷，像在一个极空旷场地，听得她心里难受。过一会儿，她给小路打过去，小路说，"我现在不能说话，等我打给你。"她的声音非常冷淡。她一直没打过来。后来，听说她去了广州。

小微听到消息时，先是错愕，她的脸因为气愤而扭曲。

你就这样走啦？我们不是朋友吗？不是说到老了以后一起住吗？你怎么能先跑了？这算什么朋友。谁没有失恋过，凭什么你的痛苦就比别人的更珍贵。你失恋啦，所以就夹起尾巴抱着痛苦跑得谁也看不见，那我呢，我一个人留在这鬼地方，我怎么办，我怎么办？！

好像心灵感应到她的气愤，小路一直没有主动联系过她。

这么多年以后，隔一张乳白色塑料快餐桌，她们面对面坐着，小微又感到一股愤恨从喉间涌起。与愤恨一起来的，还有熟悉的亲近。

"对不起，没跟你说一声就走了。你现在怎么样，还好吗？"小路的第一句话是道歉。妈的，谁要你道歉了。小微扬扬头，没说话。她找不到合适的话，来对这个曾经非常亲近的老朋友说。她不知道她们还是不是朋友，她对自己该扮演什么角色拿不准。毕竟她不再是那个刚来北京，没有钱，没有朋友，什么都没有的赵宏伟。

"你变化……蛮大的。"小路谨慎地说。赵宏伟，不，赵小微跟以前很不一样了。眼睛变大，脸却变小。她化了浓妆，戴上墨镜后走在街上，很像一个不出名的小明星。她的上衣衣料极少，露出里面黑色内衣。印象里，她的胸没有这么大。

"别瞎琢磨了，做过的。这儿，"小微捏捏下巴，"垫的。

眼角动了一刀。隆胸是我唯一后悔干的，胸前负重的感觉很不好，累起来特别想锉平了它。"

小路笑起来。小微又说："陈豪抱怨，不小心碰到，像硌到俩硬邦邦的篮球。他为这个很是不爽了一阵。"

小微心不在焉想，是哪个主编对她大吼以后，她气冲冲去隆了这该死的大胸，一边粗暴地打量对面女人，想在她身上找到一些变化，或相反，不变。

娃娃头，休闲装，但是是三叶草，显示出她仍然在意自己"时尚编辑"这个身份。说到底，对面这个女人，跟自己一天见到的上百个时尚编辑有什么不同？一样疲于奔命的神态，一样的时尚装扮，一样的"上进"，那种上进隔一百公里都能闻出来。她想起有人骂自己："赵小微，你身上的 Bitch 味儿站在南极都躲不开。"那是一个被她斗败的女孩的临走遗言。

小微闭上眼。她在镜子里看见过自己眼神。的确是掩饰不住的"Bitch"，或者说，强势、上进、凌厉，随便怎么说。她揉眼，用力得像要把眼珠子揉出来。小路伸过来一只手，轻轻拉住她的手指："别这样，会搓出皱纹。"她倒还是那么温柔。

小微睁开眼，现在她们在一个非常近的距离里。她看到小路眼睛里的了解。这就是小路跟上百个时尚编辑的不同之处。她了解自己的过去，她们曾在寒风中坐在马路上喝过啤酒，聊到天亮。

"小微，我在广州给你带了礼物，可是我不知道……"半晌她才接着说，"我买了《京华烟云》《上海滩》的碟，可是我不知道……我不知道你现在还喜不喜欢看老片？"

"你问我要不要《京华烟云》？你问我喜不喜欢《上海滩》？他妈的你今天才认识我啊？"赵小微，这个平时 Bitch 的不可一世，同行眼里的头号贱人，为两部老掉牙片子跳了起来。

"你喜欢就好。我还买了《杨家将》《大时代》《决战玄武门》……我还怕你现在不喜欢了，怕你笑话我。"

旧连续剧，曾经是她们之间的接头暗号。一次次在马路边坐着，聊各自喜欢的男主角，那些已经人到中年、销声匿迹的男人们，是她们少女时代的梦中情人。直到现在，如果外面没有更好娱乐，小微还是宁愿在家里看老港剧。她很久没有为自己的事情哭过，可是老港剧里的恋爱、死亡，总会让她热泪盈眶。

"我还买了《射雕》。"小路又说。

"哇！我刚把《射雕》看完，但我不介意陪你再看一遍。你住哪里？周末我找你或你来找我，我们吃零食看片子好不好？"小微热切地看着对方，"你记得吗，我们那时喝完酒，在马路边坐着，大声唱'浪奔，浪流'？"

"记得。还被下夜班的人当成神经病。"

她俩越说越大声，旁边吃饭的人频频侧目，她们却浑然不觉。

"这次回来是长住吗？不会再走了吧？"小微想起来问。

"嗯，打算住下来。"小路拿出一张名片。

"《明丽场》？嗯，你们老大欧阳可是个狠角色。以后有得忙了。"小微扫一眼名片，她是主任编辑。不错，是她们这个年纪该有的资历。

"还不知道怎么样呢，先干干试试吧。"小路有些跃跃欲试。小微笑，当小路这样上进时，她就觉得她们太像了。

"怎么忽然想起来回来？广州房价要比北京便宜吧？你买房了没？"

"就是因为考虑买房子啊。买了就不能再随便跑掉了嘛。我犹豫好久。后来有天看书，看见一句话，说：莫斯科注定是个有很多痛苦的城市。我一下子就想起北京。这个鬼地方，冬天又长又冷，冷得能把人脖子生生冻折。夏天是暴晒，绿化稀稀拉拉，躲都没地方躲。还有寂寞，别的城市也寂寞，可不是北京这种。它是生硬粗暴，跟捂上嘴把人活活腰斩了一样。可能就因为这儿有这么多不好，"小路笑笑，"像我这样的人可以走在里面而不觉惭愧。我在上海还有广州都不行。我觉得我配不上那里。可是北京不同。"

"管你什么理由。回来了就好。说好了，这周末去你家，我带零食，我们看碟逛街吃饭，好不？"小微已经把整个周末都安排好了。

"好。"

回去车上，小微想她们算不算是好朋友呢，跟以前一样？她想来想去，还是点了点头，好像放下来一颗石头，心头一松，她几乎在出租车上睡着了。

4

四月终于拖拖拉拉地来了，还带着不情愿的反复。今天是必须穿 T 恤的二十度，第二天却又要穿毛衣。李小路的心情也像这四月天，反反复复，有些无赖。她无数次跟自己开会，端正思想，明确了今后一段时间的中心思想是赚钱。为此，她接受了小微对她的外表改造工程：抛弃休闲装这没有前途的风格，而回归时尚编辑的穿衣之道。

漆皮长靴，短裙，宽腰带，灯笼袖绸衬衫，维多利亚式的蕾丝边，后两项任选其一即可，若全穿到身上，看起来就会像十足的土蛋。小路一边试，一边疑惑问："这种装束似曾相识啊。你不觉得跟小姐很像吗？"小微颔首："你已经领悟到了真谛。对，我们和她们最相似之处，是第一时间就要引起别人注意、欲望。一个发布会上千号人，如果你不能引起客户注意，这一趟就算白来了。所以你的身体不属于你自己，它是块广告牌，装点着一闪一闪的廉价彩色灯泡。所以我们未必要穿多么昂贵的牌子，首先是没那么多钱，其次是不需要。彩色灯泡不需要高贵品质，越艳俗越好。唯一要投资的是你的包或鞋，这两样不能假。但等你有了十件真品后，你就可以随心所欲搭配 A 货，因为别人不敢怀疑。你以为我们主编全身都是牌子吗？开玩笑。她跟我们一样，也是日坛商务楼跟秀水二号出品的多。"

小微送了小路一个 agnès b. 的手绘彩色布包。配上她的白衬衫，灰色短裤，圆头靴，现在小路看起来，一望而知就是一个时尚女编辑。她有些不安，也有些喜悦。因为至少，她第一次和一些人保持了一致，这种"属于一个团体"的感觉让她心里踏实。

这些制服花费不菲。但小微说，舍不得孩子套不着狼。

狼，是小路想在北京买房。

她想买一间屋子，能放下行李不再搬走。她想有个属于自己的地方。工作可以变，男朋友可以换，可是这间屋子一直在这里。小微照例反对："何必买房呢，嫁一个有房子的男人不得了。"小路装作大吃一惊："那我要五十岁才结婚呢？"

小微看她一眼，柔声说："不会的。你会嫁个有钱人，而且很快。"

"是吗？可是我怕这辈子我等不到了。"小路又干巴巴地说，"我的办公桌永远是最干净的。因为遇到情况，我不想自己太慌乱。我在两个城市里搬了八次家，我不想再搬来搬去。我不想永远把书放在箱子里。我讨厌什么也不敢买的日子，连买一个影碟机，一本书，都要反复想：搬家时不又要费事吗？"

"小微，我不想再跑来跑去。我想在一个地方固定下来。"她干巴巴地说着，什么表情也没有。小微最受不了她这种表情，粗暴地回答："真受不了你，北京现在的房价，你想买房真是要气死我。那能买多少衣服哇。你这头驴。"

这个四月就是这样。小路一边接受着小微的全盘改造，一面心不在焉的，在上班路上踢石子，踩水洼，踢踢踏踏地走。

秃了一冬天的北京，一夜之间，仿佛忽然冒出来无数潜伏的地下画家，把它画到了春天。垂柳的绿是鹅黄绿，娇嫩得简直不知道怎么办才好。而更多的杨树，槐树，是干了一冬，死了一冬，忽然间惨白树干泛出青润。不废话，生直接开在死上面。再没有哪个季节，比此时更能看清楚这一点。生命就是一场赤裸裸的战争。必须死亡，为了复活。一切都是在光天化日之下发生，如此迅速。

还有风。北京一起风就是飞沙走石，像孙长老在半空施法。沙尘暴的日子，行人拿纱巾裹住整张脸，满街都像恐怖分子。可是到三四月，也会刮另一种风。此时，空气中好似流淌牛奶和蜜。仅用鼻腔呼吸已经略觉窒息。那种风是温的热的美好的，却让被吹拂到的人心头一酸，双腿一软，不知道该怎么才好。小路在二十三岁时才知道这风的含义。她每个春天都要消耗极大精力与之对抗，与体内开冻的血液，与春天的一切对抗。是的，春天对于孤单的人来说是种酷刑，比冬天还甚。

重新回到北京，重新认识它。小路常走路回家。从办公室到家，长约五公里，快则一小时，慢则两小时。小路很快知道，她这一条路两边都有什么植物：明黄色的迎春，刚抽条时是鹅黄色的垂柳，青玉色的白杨，脏乎乎的冬青。这条路上有十几个公汽站牌，但只有团结湖那一站，有烤红薯和煎饼卖，隔老远就能闻到。

小微不能理解她走路回家的乐趣。当然，小微那么忙，她不能理解的还有很多。比如为什么喜欢去办公室，为什么要走路回家，为什么睡前要大量阅读——你还有空看书？小微不明白，一个单身的人的时间是很多的。

白天越来越长，如果天气晴朗，六点多钟，路灯已亮，太阳刚落，余晖均匀柔和地晕满半边天空，粉红接着浅紫，一个色阶一个色阶地弱下去，直至深蓝。那一瞬，天空就像一座花园。

二 还将有陌生人来临

1

星期六上午十点，孙克非本来应该在办公室。他的生活是一丝不乱的，周一到周五，六点半起床，遛狗，七点回家，洗澡更衣，八点二十到办公室；周六，六点半起床，遛狗，七点回家，洗澡更衣，看凤凰卫视，十点钟到办公室。误差不超过二十分钟。

但四月末的星期六，他的时钟乱了。

这家宠物医院收费高昂，环境清幽。窗外一片树林，全是移植过来的几十年的白杨，眼下正是绿色满眼。

五分钟前，医生问他是否同意给狗实施安乐死。

他的狗叫皮球。他养了五年。每天早上六点半，如果他不起床遛它，皮球就会跳上来，咬他的枕头。每天回家开门，皮球会叼给他一只拖鞋，他一瞪眼，呵斥它："另外一只呢？"皮球飞快把另一只也叼过来。他看电视时，皮球想跟他玩，就围着他的腿蹭来蹭去，如果他不陪它玩，作为报复，皮球会在夜里把他的拖鞋藏起来。

皮球老了，又生了疮，毛掉得一地都是。它整天趴在地板上，不爱动弹。他想逗它高兴，丢给它一个毛线团，这是皮球最兴奋的玩具。现在，它只是懒懒看一眼，闭上眼，过一会儿才撑起身，纯粹是为了敷衍他地拨弄一下。

皮球快死了。医生当着它的面，问是否现在安乐死。皮球已经不能大声叫唤，它只是轻轻哀鸣起来，他不知道这哀鸣是什么意思，是它不想死，还是相反？

对面椅子有个女孩，挂着耳机听 MP3，声音很大，连他也能听到。孙克非在香港待过，听得懂粤语，他听到一个男声在唱着：惶惑地等待你出现……他闭上眼。

惶恐地等着。皮球等自己救它。医生等自己下决定。自己等……什么？

他走进去，跟医生点点头。宋医生安慰他："很快。一点痛苦也没有。"

皮球一直睁着眼睛看自己。它温顺的眼里全是信任，依恋。

然后它死了。

孙克非走出来，又坐回到两分钟前他坐过的位置。只是这回他不需要再等待谁。他觉得心里有个洞，好像有什么东西在向外流，一直流，越来越快，越来越多。有点儿像几年前女朋友刚离开时，他每天下班走出办公室的那一瞬，天色青灰，而心里似乎有个洞，向外喷涌着空虚。

他茫然坐了一分钟，起来，开车回家。

上楼，开门，他踢掉一只皮鞋，踩着另一只脚，习惯性等皮球叼拖鞋过来。然后他反应过来，皮球已经死了。

他穿上鞋，锁门。这次他忘记开车，就顺着马路往前走。不知道走了多远，他听到附近有狗在哀鸣。他停住脚。一条泥巴黄的土狗，卧在一个纸箱子里。下着雨，箱子湿塌塌的散了架，狗也湿透了。它在雨里轻轻地哀鸣。

孙克非觉得心里那个黑洞又回来了，而且永远也填不上，填不满。

电话响了。一个朋友问他在哪儿，他这才想起，朋友要给自己介绍女朋友。他推不开，当时答应了。本来想昨天晚上打电话推掉，皮球一生病，把这事给忘了。女孩已经到了。

2

男人一进来，小路就认了出来。上午她帮小微带猫看病，在医院见过他。他没刮脸，显得又老又疲惫。她猜他离开医院后根本没回家，他的外衣淋湿了，皮鞋上溅满泥水。不过，他现在跟上午时截然不同：是精明的，老练的，可是他的脸仍没有刮，泄露出他的秘密。

他没有认出她，很客气地请教名字，交换名片。小路知道他的心不在这里。奇怪的是，她并不气愤。她以为会是一场正式而无趣的相亲，可她却看到了一个人。

小微和孙克非的朋友坐了一会儿，孙克非看起来十分疲倦，小路也不怎么说话。他们对看一眼，找个借口先走，留下他们单独在一起。

孙克非靠回到沙发靠背上，搓搓脸，像要从脸上把脸皮搓下来一般。

"累了吧。"小路说。

"有点。"孙克非歉然回答。他不该来，他高估了自己的能力。

"如果你想走，我们再坐几分钟，等小微他们上车，咱们就走。"看到孙克非愕然眼光，小路笑笑，"没关系。看得出来你今天很疲倦，不如早些回去休息。你有我电话，改天再约一样的。"她没有说，我上午在医院见过你，你的狗死了。她猜那是他的秘密。

孙克非点点头，他第一次正式看了一眼李小路。她不漂亮，但舒服。她穿衣服跟赵小微很像，但她们可不是一路人。他不无厌恶地想，那女人为一点钱能立刻把自己卖了。可李小路还懵懂着呢，虽然她竭力装得干练。他不禁微微一笑，"好吧，那就再约。今天对不住，家里有点事，忙了一上午。"

孙克非起身付账，两人从咖啡馆里出来。

傍晚时雨停了，柏油路上闪闪发光，仿佛由银子铺成。风吹过来，想着会冷，竟却不冷，反而像踏进一条温热河中。六点钟，路灯还没亮，天已经黑了。这是升炊烟的时刻，是孩子看动画片的时刻，是妈妈叫玩耍的孩子吃饭的时刻，是大部分人回家的时刻，也是人感到彷徨之时。

孙克非转过脸看着小路，踌躇一下。他的迟疑落在小路眼里，她微笑看着对方，心里却无比厌倦。她厌恶相亲，厌恶人会感到孤独这件事，她厌恶六点钟这个时刻。但她只能微笑地看着对方，等待他说出来的下一句话。这时，孙克非说："如果你晚上没事，就一起吃饭吧？"在话说出口之前，他已经明白，对面站的，跟自己一样，是天黑之后无处可去的人。他们是一伙的，今天。

过马路时，孙克非碰碰小路，示意她看车。察觉到她肩膀上肌肉的僵硬，他立刻缩回手。

3

吃什么，对初次见面的两个人，总是个问题。

"去麦子店吃日本料理怎么样？我在那家还存了半瓶清酒。"孙克非建议。

"日本料理？"小路转转眼睛，"咖啡是你请，晚饭我请好不好？"

"不好。是我建议的地方，应该我请。"

小路笑起来，"美得你。谁说要去日本料理啦？如果我请，当然是吃便宜的。钱粮胡同里有家'阿达西'餐厅，烤羊腿和烤脆骨是一绝，再配上二锅头，啧啧！"她说得摩拳擦掌，恨不得立刻就去。

孙克非忍不住失笑，"好吧，就去这家。不过，你喝二锅头？"

"是啊。这是北京最可爱的特产，之一。有钱没钱都喝它，不因为它只卖十块钱、五块钱就觉得掉价。你不觉得这很棒吗？"小路喜欢看到陌生的异性听到自己喝白酒的反应。她没有说的乃是，她的酒量还不到二两，一瓶小二没喝完，便要醉卧了。在这个话题上，她的虚荣心像小孩一样可笑。

"那你酒量一定很大了？"孙克非果然问。

"不敢，不敢。我是喝酒的气势大，酒胆大，唯独酒量小得很。"小路的语气好像并非在承认事实，却是在谦虚。

"你一个人喝吗？要喝掉一瓶大二锅头，一个人可要喝好久呢。这种酒，还是一群人一起喝比较有气氛。"

小路知道，孙克非想知道自己平时的酒伴是谁。她蹲下来，装作系鞋带，没有回答。这次回北京，她还一次也没喝过二锅头。他说得对。二锅头应该跟一群人一起喝，她曾经有这样的朋友。但她不再有了。因为每张脸都让她想起同一个人。

4

李小路有许多不解之谜。其中之一是，"阿达西"的生意为何那么好。它不是在一个偏僻的胡同里吗？它门口不是不能停车吗？它那个德行也不像会做广告的，那为什么，每次来都只剩最后一张桌子？甚至有次，夜里十一点，这里也坐满了吃饭的人，那景象还真的很诡异。

她喜欢钻到这种破烂饭馆吃饭。在这种地方，喝五块钱的二锅头，一块钱的普京，也可以喝得理直气壮。高档餐厅里，吃饭的人都压低声音说话，餐布是雪白浆洗好的，葡萄酒是上好的，一切都是品质高贵的，它只是不能喝二锅头，不能让人喝高了滚到地上。小路倒没用过这种自由，但她永远要为自己保留此权利。

况且，这里的价钱多么便宜。两个人吃，四十块钱就搞定。而四十块钱，只够到高档餐厅里喝一杯果汁。

当然，"阿达西"就没有缺点吗？它的地上，经年累月，积满油垢，一个不小心，衣服掉到地上，就像过了一趟油锅。它的桌子，再三用纸巾擦，也擦不出它原来的颜色，仿佛从造出来，它就是这么油乎乎的。你只能小心抱紧外套，提防不要滚到地上。又小心你的袖子，不要蹭到饭桌上。至于碗，到底有没有在消毒柜中清洁过，或，"阿达西"里到底有没有消毒柜这种东西……是以小微甚为嫌憎这种小破饭馆，任凭小路吹得天花乱坠，也从来不来。

孙克非看到的就是这样一家"阿达西"，如果抛开小路充满感情的推荐语，这家和北京上百家低档饭馆毫无区别。这不是他熟悉的环境。

在他们身边坐的人，也甚为古怪。有几个民工，几个小混混，两个老外，还有一桌，是跟他和小路一样，衣冠楚楚地坐在油乎乎的桌子中间，等着几个小孩来上菜的人。他因此有强烈的不真实感，不知道自己怎会在这里，对面为何会坐着李小路。他们下午才第一次见面，现在却坐一块儿喝白酒。这不是孙克非习惯的相处模式。他感觉这一切都很荒唐。

他停住话头。他一静下来，沉默就出现，随之而来的，是横亘在他俩之间的距离。它一直都在，只是被刚刚两人莫名其妙的兴奋所遮盖。现在，一切都水落石出。他们还是陌生人。原来。

"你为什么来相亲？"小路突然问。她喝了点儿白酒，两颊上泛起微红。

"因为周六没事。"孙克非有些狼狈。

"我也是……你为什么还没结婚？"这女人的问题都是这么突然而来。孙克非迟疑一下，看看对方。李小路一双眼，挑衅地看他，遇到视线也并不退让。

孙克非是谨慎的人。他只喝了三分之一个小二，那对他来说几乎像喝水。可现在，他的头脑里有点眩晕。他可以现在起身，回家去。他为什么要跟一个甚至不漂亮的女孩，在这么破的饭馆里喝酒，还要忍受她的鲁莽挑衅？可是回家？他又看见心里那个黑洞，它像狗的眼睛一样空洞。

"以前有过女朋友……"孙克非迟疑着。女友离开后，他很快对女人失去了兴趣，狗多么善解人意，狗不需要你去猜它的心事。狗的信赖和忠诚让人感动。"说实话，我不懂得你们女人。"他决定用这句话做开场白。时间还很多，那么，慢慢说吧。

孙克非的第一个女友，是他在学校就认识的。女友是第一代外企白领，她月薪一万时，他是公务员，工资只有一千。两人住一起，女朋友不停往家里添家具。孙克非从没告诉她这样自己压力很大。后来，他辞职自己开公司。

开公司第一年，他几乎没有收入，勉强能保持不亏损，可是往家里拿钱就不可能了。女友一直鼓励他。

第二年，公司开始盈利，他把所有利润都拿去扩大规模，公司从三个人变成八个人，又变成十二个人。他回家时间越来越晚，越来越少。女友越来越沉默，但她本来就是一个沉默的人，他分不出她是更不爱说话，还是一向都这样。

第三年，可以往家里拿钱了。他傲慢地把存折扔到桌子上，"辞职吧，我养你。"可是女友却要走。那是他们认识的第七个年头。"我不懂你们女人。"孙克非重复说。

"她一定很伤心。"

"嗯？"

"女人肯在你这里花七年时间，成本这么大，不是彻底绝望，一般她不会离开。"

"什么也没有呀，她什么也没说，就搬走了……我不知道。"

"她一定很痛苦。"

"没有吧。"孙克非不太确定。

"七年呀！像人长出来的另一个器官，如果砍掉你的手或腿，你不疼吗？你根本不懂女人！"

"我想她可能外面有人了。"

"你是个笨蛋。"

"她太高傲了，什么也不肯说。"

"有些女人很独立，但这种女人才更需要男人呵护。你不懂。"

5

"她之后呢？"

方晴离开后，他意识到自己在男女市场上有多抢手。没有比这更败坏男人的胃口。他知道自己有点钱，能让一个女人过得很好，于是越发挑得厉害。最开始时，他仍然惦记方晴，拿每个女人跟她比，怜惜她跟自己苦了那么久，而这些女人并没有。渐渐他习惯了单身生涯，发现这比从前跟方晴在一起时要自由得多。可也有偶一时刻，他忽然想到，身边女人都是冲他的钱来，不由他又暴怒：既然你们并没跟我同甘共苦过，你们有什么资格来花我的钱？

他有时想，难道像方晴那样的女人就再也没有了么？可是，像方晴一样，是不是也会像她一样难以理解，难相处，最后仍是个分手了事？这样想想，索性断了这条心。

从小到大，他只明白一件事：世界就是弱肉强食，从皮鞋到汽车，错一点就是一个等级，而次一等，就是次一等。所以，男人一定要赢，要有权，或有钱，然而女人却未必要这样。女人是另一种动物，用来审美。要漂亮，但不能太漂亮；不能笨，但也不要太聪明；要感性，不要像男人硬邦邦的，但也要通世事。他曾经相信存在这种女人，只要自己赚够钱，手一招，她就会从成百个候选人中现身。但是，赚钱的过程太辛苦，他想到这个女人的时候越来越少。

当然，孙克非说的是另外一套语言。奇怪的是，小路却懂了——或许是，看着他灰色冷漠的眼睛，就什么都明白了。她叹口气。

又一个因为赚钱辛苦而自怜的男人。

钱，小路想，我们经常表现得对钱不屑一顾，仿佛它不值一提，可到最后，最重要的仍然是关于钱。

酒原来会越喝越清醒。刚坐下时的那一点儿笑盈盈的酒意，已经随着夜深而清醒。小路觉得有些冷。她抬头看看周围，好像第一次发现这里的环境如此简陋，而孙克非，穿着那么贵的西装坐在对面，是多么不合适。

"走吧？"她说。

"走吧。"他起身。

两人往胡同外面走去打车。夜风凛然，小路穿短裤，她抱紧双臂，用力跳了几下，活动冻得咔嚓响的骨头。孙克非脱下西装："披上。你穿得少。"他说话习惯用陈述句而非疑问句。小路迟疑一下，披上了。西装很大，几乎比她短裤还长，里面有烟味，还有柔软剂的香味，像被一个刚出炉的大面包整个包住了。她醉意上涌，"我今天上午见过你，在医院。你带你的狗去看病。它还好吗？"

在一天之后，忽然听到有人提起他竭力想忘掉的事，孙克非蓦地一怔。现在他想起来，在医院他见过小路，她听着MP3。他也想起来，在心里盘旋了一上午的那句歌词：惶惑地等待你出现。还有他的无能为力，还有痛苦。他觉得愤怒，好像自己的秘密被人窥破，好像他赤身裸体，而别人穿着衣服站在离他极近的地方瞅着他。这种逼近令他愤怒。小路前面的那些笑脸，那些静默温柔，全都成了讽刺。现在孙克非明白，在咖啡馆，小路提议他们改天再约时的善解人意。那不过是她看到过他的软弱。

他不动声色说："它死了。"

这一天之后，两人没有再联系。

三　封面封底

1

九点钟，欧阳在水里泡得太久，手指肚上皱起一圈圈白色皱纹，像老年人的皮肤。她举起双手，在眼前看一看，又重新放回热水里，并全身都更深地缩到水里。她经常想拿吸管做试验，也许能通过一根吸管，连脸也没入水下，被水包裹。

手机响。周六晚上九点钟，连老板也不好意思打电话的时刻。通常，这时候的电话都不是什么好消息。

"小路？什么事？"

"Shery 刚刚打电话，他们老大回来了，不满意咱们找小范拍他们大片。这组首饰他们今年在全球力推，每个国家都要找一个国际明星。"

"人选一个月前就告诉他们了，现在才要换人？"欧阳没叫出来的是：半年的封二广告也配要国际明星？！

小路不作声。欧阳平静下来，"他们希望谁来拍这组大片？"

卡地亚的老大，希望国际影星张小姐来拍。

欧阳顿了几秒钟。半年封二广告也是钱，而且并不少。"问问小张最近在不在北京，好像她最近有电影要上。"

"老大，她只拍封面，这期咱们封面早就拍好，是她对头。后者这个月发唱片，咱们如果不按协议这期上封面，她经纪人买凶杀人都不奇怪。"听起来小路也快崩溃了。

"这期上双封面。她一张，对头一张；这件事交给你了，卡地亚的单子来不来，不但关系到钱，它不来，咱们不算一本时尚杂志，就这么简单。"欧阳压着声调，平静说完，电话那边没有吭声，然后挂了。

欧阳再次缩回水中。她不知道晚上她会不会又失眠，不知道小路是否真的能搞定，不知道《明丽场》能撑多久。她不知道自己能撑多久。她伸出右手，在地上摸到酒瓶，拿起来，就着瓶子喝了一口，一条冰线，顺咽喉直冲到胃，在腹部变成一团微微火苗。

很好。她又喝了一口。再一口。现在她缓了过来。

Leo敲门，问可不可以进来。他进来，侧转身，半对着她，撒尿，离开。他又没把马桶盖掀起来。上面淋了些黄色黏黏的液体。欧阳探出一只手臂，捏着纸，一点点擦掉它。

缩回到水里，她觉得渴，便又喝了一大口酒。心脏里像有一个太阳在燃烧。她想，Leo 和她这样已经多久？他们像兄妹，像住在一起的合伙人，分摊房租水电还有问题，可是不再做爱。他们只是睡在一起。

结婚几年，她还是不习惯跟人一起睡，并且越来越不习惯。Leo 喜欢四肢摊开，长手长脚滚来滚去，把身体摆成大大的不规则几何体。而她为了避免被碰到，不得不两臂贴紧身体，像一个整夜站岗的哨兵。

欧阳很想问问她的朋友，夫妻如果不再做爱是正常的吗？这样的婚姻可以维持多久？你们有没有这种情况呢？

问谁？ Cathy 是个大嘴巴；Mina 正跟她谈广告；周美华自从她当上主编后，就没有来往了；赵昕眉呢？赵昕眉一定能了解。她什么都能了解。欧阳兴奋起来，拿起电话，从头翻到尾，都没有赵昕眉的号码。她这才颓然想起，她们最后一次喝酒，都已经是三年前了。

欧阳有很多朋友，都是在多年职场生涯中，和她一样，奋斗到一个较高位置的人，是经过时间淘汰后剩下的。她们可以一起去香港买衣服，去法国出差，圣诞节互送昂贵礼品。她们之间唯一的禁区是心之阴暗面：焦虑、脆弱、痛苦。她当然可以跟她们讨论自己的无性婚姻，以时髦的，《欲望都市》式的口气。但她永远不能说出口的是，她为之焦虑。

她又想起赵昕眉。六年前，她们常一起喝酒。那时她是一个编辑，赵昕眉是自由撰稿人。她们都有不同程度的不适应社会。赵昕眉的家里永远放一条睡袋，是专门给她留宿所用。她们喝过最便宜的酒，也喝过发布会上拿到的极昂贵的洋酒。有年夏天，她们到海边露营，自己喝多了，从沙滩椅上翻下去，躺到沙滩上，索性唱起了歌。星星像羊群，布满天空。

她又喝一口，看看瓶中所剩不多，干脆一口气喝完，顿时一股巨大暖流充斥全身，大脑里有把铁锁应声而落。欧阳觉得周身暖洋洋的，觉得自己被爱充满，心里有巨大的温柔和爱要扩散。她要唱歌，要给赵昕眉打电话，要给爸爸妈妈打电话，她忽然想弹吉他。她站起来，擦干身体，急急忙忙往外走。是的，她要弹吉他，唱《爱的箴言》。手机又响，她转身，脚下打滑，砰的一声磕在浴缸上。

欧阳坐在地上，她觉得这一切都很好，自己非常非常幸福。她向后一倒，睡着了。

2

办公室在七楼，再向上是天台。小路有时上去抽烟。办公室里不准抽烟，员工也不准到天台去。她想抽烟，必须犯其中一个错误。

上面风很大，刮得她睁不开眼。她转身挡住风，点上烟，想找块石头坐下来。抬头见天台另一端还有个人。那人低着头踱步，步子又大又急，她穿裙子，裙子下摆紧紧裹在她腿上，每一步都几乎要被撑破。那人浑然不觉，好像她穿的并非裙子，而是裤子；好像她并非一个瘦弱女人，而是巡视阵地的将军。

她化妆后极为精致的脸，沉浸在严肃而狂热的情绪中，那让她显得凶猛。

那人是欧阳。

这一周小路和她的对话都是关于国际影星的经纪人，林。

"林说她要指定香港的阿麦做造型。阿麦是专为王菲和郑秀文做造型的，这次非他不拍。"

"阿麦说他要坐头等舱，住处不低于五星级。"

"阿麦坚持他助手跟他享受同等待遇，因为这关系到他公司形象。"

"林要的那批衣服，从米兰调，过海关最快也得半月后了。"

……

几分钟前，摄影师打电话来，说与林无法沟通，他不拍了。摄影师是从意大利回国的大腕，深知拍摄之前，一定要取得拍摄的主动权，这涉及拍片时谁听谁的。

放下他的电话，林的电话也进来。她说既然你们摄影师这么不合作，我们不拍了。听起来，她好像很高兴有借口推掉她们。

到处找不到欧阳，没想到她在这里。小路想一下，拿出电话，拨欧阳号码。

"她真的不拍了？摄影师好商量，咱们换。她希望要谁拍？"欧阳的声音听起来极空旷，没有表情。

"我问过了。她说没有商量余地。我怀疑可能答应了别的杂志。"

"小路，"欧阳说得很慢，"不管她答应了哪一本杂志，不管用什么手段，把这个封面抢回来。"她等一下，看小路不说话，才挂掉。

小路坐到楼梯上，又点一根烟。她总能多抽一支烟。

天台上，欧阳的脚步停住。她走到靠门背风处，开始打电话。

"Vivien啊，是我，欧阳，一直约你吃饭你老没空，这周有时间见见？你要出差？哦，我就问问，你们下半年广告预算什么时候做？对，把我们杂志带上呗。对啊，是《明丽场》，嗯，新刊。我知道你们不投新刊，但我们算是一本成熟杂志呢。在香港台湾那边销量是老大呢。这边势头也很好。嗯，我知道……这样吧，等你出差回来，下周吃饭？那下个月呢？……"

"Lingling啊，是我，欧阳……"

她一个电话接一个电话，小路手脚冰凉，一动不动。

她可怜自己的上司。对，她，一个月入六千的小喽啰，可怜她这个穿Prada、开MINI Cooper的上司。

欧阳一口气打了五六个电话，大部分是她做另一本时尚杂志结下的客户朋友，她忘记一件事，在时尚圈，人们的交情是以相互位置测量。从前她在《NANA》做主编，客户当然对她爱死。现在的《明丽场》刚进国内，能做成什么样谁也不敢说，而且，现在欧阳要谈广告，一个跟人要钱的人，遇到什么样的冷脸，都不奇怪啊。

第七个电话，她打给自己的好朋友，说自己这些日子的遭遇，说人情冷暖，世态炎凉，那边一直在安慰她，说到最后，欧阳重新燃起一股希望："Ada，本来要来的卡地亚单子眼看要丢，你不是在 IBM 吗，给我们投点广告吧。我这几天晚上都没睡觉，老在想，咱们这些朋友，要是能合作赚多点钱该多好……我知道你不管广告，你帮我跟你广告部的同事牵牵线呗，有提成。要不咱们什么时候才能够发财呢……我知道，我知道……Ada，你就当帮我的忙了，帮帮我，帮帮我……"欧阳再也忍不住，大哭起来。

3

小路给林发短信：这期是《明丽场》全球十周年庆。香港，台湾，大陆同步上封面。

半小时后，林的电话进来，说："OK，我们拍吧。"

小路打无数电话出去，衣服，摄影师，场地，灯光，造型师，一切都被启动。

MSN 上小微忽然跳出来，"小路，有空吗？"

"忙。啥事？"

"没事。你让我在这儿骂骂那个老婊子，再不发泄一下我要生癌。她把我们所有人折腾了半个月，摄影师都要从香港过来了，她忽然说这次时间不够，不拍了。不知道是哪家杂志撬墙角！"

小路慢慢靠回椅背。欧阳从她身边过，看她一眼，说：

"聊什么呢，这么开心。"小路看显示屏里自己的脸，那表情十分诡异。

她在对话框里写下：是我。林把封面给了我们。

停一下，删掉，又写：我不知道她也答应了你们。

停下手，看看，再删掉。

最后小微收到一句莫名其妙的回答：在烈日和暴风雨下。

终于到了拍摄这天。

摄影棚里人山人海。衣服挂满半间屋子，十几双华丽璀璨的鞋子，东倒西歪地铺了一地。卡地亚的人守着珠宝寸步不离。珠宝盒开着，里面的宝石有几个世纪的年龄，大得不像真的。

摄影师还是那个大腕，明星看过他作品，笑说她要今天的片子超过上次他拍张曼玉那组。摄影师拉开帷幕，露出搭的景。这次的创意是从文德斯的电影《柏林苍穹下》而来。他要拍女飞人与天使之恋。阿麦拿出他做的道具：一顶水草般绿色长发，一对白羽毛翅膀，一张水晶面具。明星兴奋起来。

化妆间的灯光明亮柔和，照着整间屋子，像戏要开演之前的后台，华丽而兴奋，并带有隐隐的激动。

拍到一半，刚下飞机的欧阳来探班。她拎一盒在上海买的点心，跟明星说："想着你也该饿了，买了你喜欢吃的夜宵，咱们可真是好久不见了！"明星抱住欧阳，按法国礼节，左右各亲一下脸颊，两人坐下来，笑嘻嘻地说了一会儿话。这是夜里十点，所有人的脸上有了倦容。刚开始的兴奋热烈，被更浓烈深沉的平静代替。人们不再大声说话，他们比刚才更有默契，仅一个眼神，就能明白对方所要。

小路这才坐下。这个大场面她是组织者。她看到前面的琐碎难堪，也看到这时的激动精彩。这个最初是为了珠宝的聚会，现在却变成一群天才、疯子，兴致勃勃地讨论，人在秋千上荡到多高，可以拍出最美妙的角度，宛如天使俯飞人间。小路的心一直剧烈跳动，她不知那是什么感觉。又像痛苦。又像喜悦。

4

拍完已是凌晨。众人眼睛都半睁半闭，嘴角下垂，有了睡意。

小路结完账，人都不见了。摄影棚关了灯，大厅黑漆漆的，角落好像有人。她站住脚，"谁在那边？"

一个人应声而起，声音里都是困倦："拍完了吗？"

"欧阳？我还以为你早就走了。"

欧阳走过来，身后拖着出差箱子，"没想到睡着了。拍得顺利吗？"

"很棒。最后都玩疯了。摄影师说至少能做二十个 P。"

"我哪有那么多页面给他玩艺术。"欧阳喃喃说了一句，但这是以后的事了。明天的难处明天再担，她有她今天的就够了。

外面下着小雨。欧阳站住，脱袜子，卷裤腿，赤脚走路。

这是五月的凌晨，下雨却不冷。地面被雨洗得干净。小路无由觉得心痒，十分想跟她一样。

走出胡同，欧阳打到一辆车，示意小路也坐上来："我们顺路，先送你回家。"

坐上车，外面雨越下越大。电台里放着罗大佑的《爱的箴言》，欧阳想起上学时，整夜在楼下弹吉他的男生。先唱罗大佑，后来是唐朝，再后来他自组乐队，唱自己写的歌。她想着刚毕业时他们住的那间平房，冬天时她学会烧炉子，并且终身不忘。那时她是一个报纸的实习生，他是北京城里数以千计的摇滚歌手。再后来，他的乐队撑不下去散了，他剪短头发去面试。欧阳闭上眼。她不愿意想起下面的事：她怀孕，在厕所里大哭。他在哪个公司都待不过试用期。她开始不敢看他的眼。

有天深夜，他们走出四惠东地铁，来到旁边的铁路桥上，抱紧对方躺下。下着雪，火车很长时间都不来，她几乎要睡着。他说了一句什么，站起身走开。"你说什么？"她问。

她始终不知道，他最后一句话是什么。

从铁路桥上哆嗦着下来时，欧阳只有一个想法：活下去，不管怎样活下去。

欧阳侧转脸看向窗外，窗户被雨气封锁，变成一面镜子，她看到自己的脸。她厌恶自己这张脸。

"小路，你不工作时都做什么？"其实，欧阳真正想问的是，李小路，你怎么生活，你觉得开心吗？

深夜在出租车的后座，这是一个危险的距离，它让人说出半吞半吐的真话来。小路不想跟自己上司谈心。"看书，看电影，如果不加班，我每天看两部电影。"小路说，警惕地看到欧阳笑了。她笑什么？她不知道，欧阳笑自己看见了一个更加孤独的人。她笑这个女孩，还那么年轻，却已经如此适应孤独，并依赖孤独。

"你喜欢你的生活吗？"她又问。

小路不作声。欧阳问了个很私人的问题。她仰着脸，把头抵住车窗。从这个角度，每一盏路灯都是对准她的眼睛扎过来，一盏接一盏，快速锐利地扎进她的眼中。忽然她很想说话，哪怕身边只有一个对象，哪怕这个对象并不适合谈心。

"这星期我有好几次想辞职。"她说，"我喜欢今天的场面，它让我觉得我的工作有荣耀，可是我恨之前的事情。它让我觉得无力，感觉自己微不足道。我不知我是不是真的适合这个行业，它让人看到最好的，最昂贵的，也让人感觉卑微。"她一说完就感到厌恶，厌恶自己表达得笨拙而矫情。她恢复了冷漠，扭头看着窗外。

欧阳看看她，她的头抵在车窗上，是封闭和拒绝的身体语言，跟自己一样。

"你知道吗，每天晚上我都想辞职，"欧阳说，小路身体动一下，没说话，"可是每天早上，我都告诉自己：去上班，穿上你最贵的衣服，把他们都斗垮。因为我想知道我到底会变成什么样。你知道这城里，每天晚上有多少人不想干了，不想活，可是第二天，所有人都抖擞着去上班。这就是生存。就算你要离开，也该在体验过之后，体验它提供的最好的机会，最好的享受，体验工作能给你的最痛苦的伤害。在此之前，你没资格说离开，因为对这个圈子来说，你还什么都不是。"

欧阳还想跟她说，你让我想起以前的自己。事实上，小路的神态更像她曾经的好友，赵昕眉。她很想听这个女孩说说她的生活。年轻是什么样，欧阳自己已经忘了。这时小路说："我到了。"

四　北京小兽

1

皮球死后，孙克非的生活有些变化。因为不需要遛狗，他不再每天六点半起床。于是有几次他十点钟才到办公室，相应他离开也越来越晚。他喜欢一个人在办公室，干点事，上网看新闻，升级软件，拖到不能再拖才去吃晚饭。公司附近所有饭馆都让他厌恶，可他也没有别的地方可去。

他有固定的几个朋友，每周都有饭局。男人的话题，无非是钱和女人，最后以多数人喝高而告终。他看过他所有朋友的醉态：哭，呕吐，打滚，他送他们回家，交给女人，或扔到床上。他冷静地料理这些，心中不无鄙夷。他看不起无法自控的人。这种聚会无聊，但如果不参加，他又不知道怎么打发多余时间。

朋友知道他养的狗死了，纷纷要送他更名贵的。他拒绝了。

　　这一阵北京经常阴天，这种天气，在办公室里会觉得气闷，如果没事，他会提前走，把车停在地库，走路回家。遇到阵雨，就拐到路边小店站一会儿，买包烟，跟老板聊几句。有家小店货架后面放两张床，绳子上晾着全家人的衣裳，待得久了，还能看见儿子放学回来。这是一家人都住在这儿；有个小店的女老板，男朋友在服刑，有时碰到她往劳改队打电话，说得眼睛都红了；还有些小店，今天还开着，明天就关了门，过一个月再营业，里面人已经换了。

　　一场雨一场雨下着，不下雨的时候，他发现头顶的树叶变成深绿，阳光一照，像啤酒瓶碎片一闪一闪。还有一次，他发现路边的池塘里，开了半沟荷花。从那时，他路过那里总要拍张照片。有时雨不大，他就不躲，路过池塘时，雨水打在荷叶上，扑扑嗒嗒地响。

　　离开办公室，他便换上运动鞋和休闲装。腰间小包里放相机，看到什么都拍一拍，回去存到电脑。他拍了许多张小店老板的脸，下雨前的乌云，下雨后的彩虹。树叶从小变大，荷花由盛而衰。

　　他喜欢上摄影，并渐渐变为习惯。节奏又一次被确定，像跳舞的人，又找到了节拍器。

　　他只是偶尔才想到皮球，像在想很久之前的事。

2

朋友们给孙克非介绍女人，带他去俱乐部。那里有许多模特，未成名演员。有几个他还能叫得上名字。她们的妆太浓，喜欢睁大眼睛，惊诧反问："真的吗？"孙克非已经过了能享受天真的阶段，觉得她们头脑简单。他对女孩说："我并没说什么了不起的话，你太夸张了。"他很快知道她们的价码，美国游学，或欧洲进修。她们要进修的都是艺术类，音乐，美术，影视，这也无法降低这里头的交易气息。他觉得索然无味。

在他的圈子里还有另外一些女人。她们有高等学历，自己开公司，穿名牌。多年财富的浸润，使她们在天生丽质外，更有优雅气质。她们是大家的女朋友。孙克非知道她们存在的合理性。男人做到一个阶段，就开始束手束脚。他们不敢轻易交女朋友，更不用说结婚。但性的问题仍然存在。而这些女朋友们，她们有根有底，这比到夜总会要强。

但孙克非不喜欢。他太精明，没法相信她们乃是喜欢自己这个人。又太骄傲，不能接受一个公共属性的身体。可他也不想找女朋友，那太麻烦。

朋友们给他介绍女人，都被他推掉。他们说他古怪。孙克非在这件事情上有些不合群。

进入七月，走路回家就嫌太热。他又坐回到车里。打开冷气，关闭车窗，外面有多热，有多吵闹，他都不再知道。这个空间太狭窄，在长时间的气闷后他感觉狂躁，仿佛有大力度要破体而去。这时他会开到高速公路上，向车速最快的挑衅，狂飙直至精疲力竭。

他还是会想起皮球。奇怪的是，他发现自己也会想起方晴，他已经分手六年的女友。

但他从未感觉到孤独。相反，他认为自己要努力一番，才能争取到一点孤独。比如这个周末，他一共有三个聚会邀请，但他一个也不想去。他想去办公室。可欧阳秀丽打电话追问他到底去不去。她说，她的 Party 女多男少，他必须去江湖救急。

Party 的理由是，庆祝她别墅游泳池落成放水。欧阳秀丽又挑衅道："我的女孩里有很多游泳健将，敢不敢来比一比？"

孙克非听笑了："你说话越来越像妈妈桑。"

"不然怎么办，世道这么差。"欧阳秀丽赖着不肯放电话，"来嘛，我给你介绍女朋友。"

"叫你的女孩给我拍两张照片就好，女朋友我自带。"孙克非也想见识一下，所谓时尚杂志的女孩们，跟他认识的女人有何不同。为免麻烦，他带林朗一同去。林朗是他拍过的花店老板，才二十岁，边上学边开店，所以她的花店都在傍晚、周末营业。孙克非知道她是有故事的人，可从没听过她抱怨，这让他颇为欣赏。

孙克非说明来意，林朗立刻就要关门。他叫住她，买了店里最贵的"蓝色妖姬"包起来。终于要走，林朗又踌躇起来："就这样去吗？她们会不会都穿礼服，穿高跟鞋？"孙克非笑着看她，这女孩一听去玩，什么也不问就跳上车。她穿白色运动衣，一望而知的廉价，可她穿上却青春逼人。

3

还没进门，已经闻到烤肉的味道。孙克非心怀大畅。这是一个晴天，天空里只有烧烤升起的几缕轻烟。别墅在怀柔的乡下，这时乡间寂静，只有一个磨刀人，担着挑子，偶尔吆喝一声，长而响亮，反而觉得寂寞。

院子里热闹非凡。他很快扫了一遍：像他这样的中年男人，中年并且娘娘腔的男人，娘娘腔的年轻男人，穿比基尼游泳的女孩，穿比基尼做烧烤的女孩，穿比基尼躺椅子上晒太阳的女孩。他仔细观察她们，觉得带林朗来还是对了。这个穿几十块钱运动服的孩子，凭一张不化妆的脸，就把她们都比了下去。

孙克非这里那里都站站，泳池里在玩水上排球，后院在打网球。早上多云的天空，现在一朵云也没有，只有一片纯蓝，蓝得刺眼。欧阳在烧烤架后面，看他一眼，走过来："不会吧，我这儿就这么无聊。你看你几乎要睡着。"

"今天到底什么事？"孙克非认识这女人很多年了，知道她不做无目的的事。

欧阳看着他笑，"庆祝游泳池落成放水啊。"

"你最近怎么样，工作得不顺利？"孙克非懒得跟她兜圈子。

"真瞒不过你。"欧阳笑笑,"刚接手一本新刊,同时管内容跟广告。这是我第一次做抓钱的职位,真要命。今天是跟客户联络感情。不过你不是客户,你是老朋友,我想跟你讨些主意。脑子不够使了。"她笑嘻嘻说着,眼中流露出几丝恳求。孙克非知道她在使女人手段。有何不可,他喜欢聪明又勤奋的女人,也不讨厌在她职场生涯中充当一个顾问。

"我们坐下来说。"欧阳带他进屋,到二楼阳台。那里有两张沙发,沙发十分柔软,这张沙发让他坐得舒服,所以听完欧阳的叙述,孙克非从同为老板的角度,给了她几条对付老板的办法。

过一会儿,欧阳下楼去。孙克非留恋这张沙发,坐着没动。闭上眼,风里有清脆的打铁声,还有淡淡桂花味。在院里没觉得,一坐下来就闻到了。

有人噔噔噔走上来,坐到地板上,打电话,"……总之一句话,好的买不起,买得起的都不好。我都想去燕郊看房啦,可是听说那儿也不便宜……最后一屋子的售楼小姐、销售经理都不作声,看我一个人哭,还给我拿了两打餐巾纸放桌上。"女孩大笑起来。

孙克非有些尴尬,起身在阳台上来回走动。一走动声音就变得零散,但还能听到大部分,"我在欧阳家呢……没赶上班车,打车打了一百多……是啊,好……",声音停了。点烟的声音。然后女孩走到阳台上,见到孙克非有些意外,但什么也没说。

她脸上是暴晒后的不均匀的红，灰色 T 恤，凉鞋上全是土，她像是在工地上折腾，又顶着大太阳走了二十公里，浑身都是土都是汗都是不耐烦。她的眼是哭过的眼，神情冷漠。

"你也来了？"孙克非确定他们见过，但不记得是在哪里。

女孩抽烟，一口紧着一口，让旁观者也为之焦虑。她把攥的小册子放到茶几上，全是户型图的宣传册。

"打算买房？"孙克非问。

"不是打算，是已经。"女孩没好气答。

"已经？"

"付了五千块的定金。"女孩焦躁地又点一根烟。她浑身像堆满火山。

孙克非不以为然，"房价现在这么离谱，你该等等看。"

女孩像被踩到尾巴，叫起来，"你说得容易！几年前别人就叫我等等看，他妈的，我等了一年又一年，每年都涨，越涨越离谱。本来觉得广州房子够贵了，北京更他妈的贵。去年还九千多的房子，今年快两万了。本来能买鸡大腿，现在只够买鸡屁股。再等等连鸡屁股也没有。"她越说越粗鲁。

孙克非忍住笑，"买房是大事，草率不得。我要是你，就再等两年。"

女孩尖酸地说，"对，我要是你，我也不怕。要是我有钱，要是我早就买了几处房产，我也不怕它涨。你知道有个词儿叫'逼空'吗，逼的就是我这样又没钱又心理脆弱的。我知道这是个套，可是我还得往里头跳。我跟风，我跳井，怎样，我是睁着眼往井里跳的。我不傻。"烟熄了，女孩一把揉碎摔到地上。

"可我不是有钱人，也没有买好几处房产。"孙克非逗她继续说话，这女孩发火的样子很好玩。

"你不是有钱人？"她一腔怒火，现在全都对准孙克非发作，"你开车来的对吧，车库里有三辆车，宝马，奔驰，奥迪，哪辆是你的？奥迪是吧，你说你不是有钱人？你的鞋哪儿买的？王府是吧，你还说你不是有钱人？还有，有钱人脸上都带着目空一切、刚愎自用的神气，你不会从来不照镜子吧？"

"有钱人怎么你啦？"

女孩愣一下。她在他跟前大步流星走来走去，攥着烟却忘记点，团皱了，烟屑洒的一地都是，"到处炒房的不是有钱人？暴利售房的不是有钱人？把房子越变越贵的，不统统都是有钱人？就因为你们有钱，整个世界都变成为你们准备的。本来我喝五块钱的小二就很高兴，可现在我喝什么都不会开心啦。现在我一睁眼就想到欠银行几十万，我再也不能辞职不能失业不能生病，他妈的这种世道简直该死。"

听到二锅头，孙克非想起她的名字，"李小路！"她讽刺地看他一眼，"这也是有钱人的标志，记忆力差。"她坐回沙发，又点一根烟。她抽烟抽得太凶。

"上次你可不抽烟。"孙克非温声说。

"上次我还没买房呢。"

"你今天吃枪药了？"孙克非取笑她。她跟几个月前判若

154

两人。那次她穿得十分性感，又温柔，竭力表现得成熟干练。今天穿得像跑工地的，又粗鲁无比。从她对两种角色的熟练程度来看，今天的她更真实。"买房是好事。既来之，则安之。"他说。小路像在听，又像出神。

"今天我大闹售楼处。"

"我听见你打电话……是哭了一场吧？"

"先是大哭。付定金时又急了。房子我并不满意，条款又没有修改余地……今天我可真是出尽风头。"她捂上脸，半晌说，"刚刚我抽风，你别介意。"

她捂着脸时，全身都是无可奈何和消极。孙克非踌躇一下，伸出手，拍了拍她肩膀。

她在哭。没有声音，但全身发抖。

孙克非起身。下午即将过去，傍晚尚未到来，天上有一条厚重云带，自西向东，横跨整个天空，像一座镶金边的长桥。桥周围的云变幻莫测，仿佛有许多神仙自桥上经过，熙熙攘攘，和高峰期的人间一样；泳池里，一个女孩把一个男人拉下水，男人浮出来，狂呼着，捞住人的双脚往水里拽。人群尖叫四散。也有故意往里跳的，也有被欧阳推下水的，最后连欧阳也被拖下了水。她喃喃怒骂着游上岸，头发披散下来，衣服贴住身体犹如一头湿漉漉的母豹。他想拍照，却忍住了。

回头，屋里光线已暗，地板在暗中发着栗色的光。

"你一个女孩，买什么房子，嫁人不好吗？"他忍不住又说。她这么草率地买房，他十分不赞成。

小路扫他一眼，没作声。

"定金还能退的话，不如退了。就算买，也应该多比较比较，找人帮你参谋参谋，怎么能哭一场就决定呢。"

"男人都这么说，女人何必买房呢，嫁人不好吗？好像房子是胡萝卜，女人要像驴跟着胡萝卜一样，跟着有房子的男人走。我又不是驴，对别人的胡萝卜不感兴趣。"小路哭过又恢复尖酸，"我信不过男人，也信不过婚姻，更信不过自己。像我这种人，买房虽然痛苦，可比虚幻的嫁人前景要更实际。"她拿起餐巾纸，擦完泪，大声擤鼻涕。

孙克非觉得她简直太好玩了。他伸出手，"那我们可以握握手。我也不相信婚姻。"

小路瞥他一眼，欲言又止，下巴点点楼下正往这里看的林朗："女朋友？"

"不是。"

"随便吧。或者红颜知己。"小路不耐烦。

"她还上学呢，太年轻了。"

小路不知道孙克非为何要撇清自己，但是，一个男人愿在一个女人面前撇清自己，至少——至少什么，她也想不到，难道自己就该为此欣喜若狂？想到这里，她的态度又朝恶劣上偏了偏："现场采访一下，男人不都喜欢年轻女孩吗？越年轻越好？是因为带出去有面子吗？"她侧转头，眼睛放出飞镖，射死这个玩弄小姑娘的老男人！

孙克非笑了，"可见你根本不了解男人。女朋友并不是越小越好。就我来说，小十岁还可以，小一轮以上，给人看着就不像话了。假设我们是男女朋友，她年纪那么小，长得又漂亮，除了图我的钱，难道图我的人？"他不急不慢说完，看一眼她，起身下楼。

4

小路靠回沙发。屋里越来越暗，外面夕阳正好。她就坐在这明和暗的交界处。

即使心事重重，她还是为孙克非的变化吃惊。上一次他走进来，疲倦，苍老，外套湿了，脸没刮干净。他的痛苦昭然若揭，好像他的心脏，是袒露在外而毫无遮盖。她从未在别的男人脸上看到这么强烈的孤独。

可是今天这个男人，他精明，警觉，圆滑，这个孙克非是无懈可击的。他不会有痛苦，也从来不会孤独。也许这才是真实的他。

小路羡慕这个孙克非，她希望成为这样的人。冷漠，淡定，什么事都不会让他失控。一颗强大的心，外面披着盔甲。她希望有天自己也能如此强大，她为刚才的失态感到羞耻。可那时她是情不自禁了。在说那些话时，她感觉喉中起火，脑浆沸腾，一整天的挫败都涌上喉咙，像要爆裂开来。

她恨自己的微不足道，这种无力与失败感。不管多么努力赚钱，她还是会遇到这种感觉。而今天的挫败，是她花了几十万去买来的。

世界仿佛铁板一块，南三环或北五环统统一样，一样的条款，一样的离谱价格，一样在涨。她不知道都是谁在买房子，不知道别人是怎么买得起这房子。头一个看的楼盘，她满意但买不起，离开售楼处时她回头张望，那么多的房子，在这里住的人，都比她强大吧？！

铁板一块，并且是烧红的铁板。她想打烂它。

她为在这个男人面前失态而羞愧。小路感觉自己简直什么都做不好。一个失败者。但是残余的，因买房而生的对有钱人的仇恨帮助了她，她想，不就是一个有钱人吗，那么老的男人，还跟年纪那么小的女孩一起混。自己大吼大叫是够丑陋，可并不比这个家伙更丑陋啊！

她吐出一口气，起身眺望。

太阳正是落山前最辉煌时，把所有云朵都染成金色。天空犹如一座黄金之城。她看得眼睛都变成金色。眨眼之间，云朵已变幻图案，犹如万马奔腾，金色的、紫色的、灰色的野马驰骋天空，狂野壮观。

她彻底平静了。

书架上有黑胶唱片，竟然还有京剧唱段。她拿一张李少春的《野猪林》，四下张一下，果然有老式唱机，不知道欧阳从哪儿搜罗来的。

唱片放进去，她坐回到阳台。隔一个房间，老生的唱腔听起来格外遒劲苍越。周围暮色四合。李小路曾经害怕傍晚，不能一个人度过。多可笑。这不是一天里最温柔的时刻吗？在过去几年里，她学会很多，最有心得的是如何跟自己相处。学会这个，一个人就能保持独立，不再需要依赖别人。

身后传来脚步声，有人走近，"你怎么还在这儿？他们在后院评选泳装公主，欧阳出两千块做奖金呢。"还是孙克非，他回来拿相机，发现她一个人坐在黑暗中。不知为何，这景象让他有似曾相识的触动。

小路没作声。他又说："你怎么会喜欢京剧？"

"嘘！要唱《大雪飘扑人面》了。"她摆手，让他别说话。

孙克非站着，后院灯火通明，笑声隐隐。这里一片黑暗，一把苍凉男声在唱着：望家乡，去路远。

对面人的轮廓消失在暗中，只有一对眼睛，闪动着微弱的光。

听完这段，她长吁一口气。

"是李少春吧？"他问。

"你也听啊？"

"小时候跟着老人一起听过，"孙克非想起来，"小时候院子大，关起门来听。学会一段有点心吃。好久没听，忽然一听还挺亲切。"他坐下来。他又不急着走了。就这样坐在暗中，听一听京剧也很好。

白天时，他们这样坐没什么，可黑暗缩短距离，他离她太近。她感到厌恶，他凭什么大咧咧坐过来。他带的小女孩还在楼下。丑陋的老男人。她站起来，"我下去看看。"

现在，孙克非独自坐在黑暗中。唱片还在转，但他已经听不进去。他想起这景象为何熟悉。小时候，每当他做错事，或考试没考到前三名，妈妈都会把他关进储物间。直到现在，他睡觉都要开着灯。这种感觉，与其说是厌恶，不如说是害怕。可他又不能立刻起身下楼。那无疑是太孩子气了。

　　他一个人坐在黑暗中，等待随便什么人过来，把灯打开。

五　在烈日和暴风雨下

1

夏天时，尼克又离开家，晃到北京。她背一个三十五升的蓝色背包，里面有她所有行李。她在不同的沙发上居住，一周或是两周，熟人或陌生人。她感觉自己像漂流瓶，在庞大的北京中航行。

尼克并不擅长与人交往。相反，她认为漂流生活的要诀在于保持绝对独立，把跟人的交往降到最低。

尼克是朋友介绍过来的，说住一段就走，小路不好意思不让她来，但她一个人生活已经四年，每一样生活习惯都是按照单身生活设计。她不知道，自己能不能接受屋里多一个人。

她进门时，小路请她睡床。尼克看也不看她，径直走到沙发边，放下背包："沙发很好。"小路暗暗松口气。她担心的事情一件也没发生。尼克的话很少，她对小路也没什么交流的兴趣。她们一天的话不超过十句。

她渐渐习惯回到家看到尼克，像一件固定家具。尼克总是坐在沙发上，电视里放着《新白娘子传奇》。小路终于意识到，尼克跟自己是一种人，她们像成分稳定的化学元素，即使放在一起，也不会消融界限。

2

八月的一个夜晚，下起大雨。小路湿淋淋回到家，看到尼克坐在沙发上，抱着自己，像一只大鸟。她洗脸，刷牙，收拾好要去睡，尼克还是那个姿势。她的孤独如此明显，小路不由坐到她身边，可是说些什么呢？

外面雨很大，击在雨篷上，蓬蓬砰砰，沉闷且激烈。

"还不睡？"小路说。

"睡不着。咱们喝酒吧。"

"二锅头，伏特加，你喝哪种？"

尼克选伏特加，小路自己倒上二锅头，在冰箱里掏半天，摸出半袋小熊饼干做下酒菜。

尼克的故事很简单，她从小辍学，十五岁开始漂流，从一个城市漂流到另一个，一张沙发漂流到另一张。尽管早早开始看世界，她却对自己看到的这个世界越来越抗拒。她每天思索一次生命问题，然后问自己不死的话在这个世界该如何活下去，

"我害怕自己被生活吞噬。"她看过太多人在生活里变得精疲力竭。可是青春的尾巴越来越短，她不确定自己还能在里头待上多久。

"你要什么样的生活，尼克？"

"我想要没有目的的生活，到处走，看书，如果这样生活，我就没有时间赚钱，可如果我去赚钱，我就连生活都没了。"

"换言之，你想要过一种相对自由的生活，可是你没有钱？"李小路感觉这个话题似曾相识。赵宏伟，不，赵小微曾经问她，"你愿意坐在奔驰车里哭泣呢，还是开心地露宿街头？"欧阳则说，"一个人没有钱而轻蔑钱，没有权力而轻蔑权力是可笑的。弱者无法蔑视强者。"她们总是对的。

但她同时也想起另一个人，"尼克，你记得夏永康，我跟你说过的。他有个哥们，大二时退学，欧洲，美洲，走了很多地方。我们在一起时，听说他回国了，在工地干活。夏永康想接济他，他说他不需要钱……我想你们大概是一类人吧，跑来跑去，总想发现点儿什么不一样的。我说不好。"她困了，又刷了一次牙，上床睡觉，睡意朦胧中，她想起一句话，关于一把刀的锋刃难以逾越，她记不清这是谁说过的。外面雨很大，闪电下来时，屋内亮如白昼。那个瞬间，她忽然想起这是一本书扉页上的话，买那本书时，她处于生命中一个特殊阶段，生活缓缓摘下面具，她有幸目睹到它的另一面，从那之后，很多词语，诸如家庭，婚姻，母亲，父亲，孩子，相信，承诺，爱，都变得像一具浸泡太久的浮尸。剔掉这些，生命变得极为具体

163

寂静。荒野里的一棵树，是否也有这种感觉。找不到同伴，最后一只恐龙是否就是这种感觉。她怀疑别人的生命是否也同样荒凉，大概并不，因为仍然有很多人愿意生育。她感觉自己一直在爬坡，想越过自己有限的生命经验，去看看别人的世界，如果可以，加入他们。最后她发现，构成世界的元素非常简单。活着，有钱，爱。有的人这些全有，少一样通常就连另一样也没有，更多的人只是活着。现在她站回小微他们一边。或许还有更多生活方式，那就留给能干体力活的男人，或者意志比较强悍的人们去冒险。等他们试验出来，她去使用就可以了。她是消费者。她不是科学家。

在一个巨大闪电之后，尼克说，"我可以到床上睡吗？"小路让出半边床。他们都睡不着，但不再说话。又一个炸雷，整栋楼似乎在左右晃动。尼克小声说："抱抱。"

小路摇头。她感觉全身的肌肉都变僵硬。

尼克没作声，只是拿起枕头，轻轻走开。

屋里很静，只听到大雨打在空调铁皮上，小路走到沙发前，"回去睡。"但尼克已经睡着。闪电照在她脸上，惨白而平面，像纸做的娃娃。那扇门又关上了。

第二天，醒来时天已放晴。沙发空了。她在一个炎热的下午，背着一个三十五升的登山包出现，又在一个月后忽然消失。

小路看着空了的沙发，感到释然，但又像掉了一颗牙齿的牙床，某个部位空荡荡到不能忍受。

3

尼克离开第二天，小路回到家忽然觉得受不了。

她习惯沙发上有个人，习惯家里有电视声，习惯客厅里有灯，习惯失眠时听到尼克也没睡。

她知道，人是习惯性动物。尼克刚来，她以为会不习惯，但慢慢就习惯了；现在尼克走，她不习惯，但慢慢也会习惯。可是这个习惯的过程会很难受。因为这个原因，小路从不养宠物。她不能避免一段关系的结束，至少能让它永不开始。

所以她没法交男朋友。每一种关系，对李小路来说都是痛苦和折磨。她看着空荡荡的沙发，再次确定这一点。

她忽然想起初次见到的孙克非。她明白了他眼睛里那层空洞。好像是，原本结实的墙壁被抽掉几块砖头，于是不再挡风；或者说，习惯了一天二十四小时，忽然变成二十三小时，于是有多出来的力气、热情用不上，积存下来，无处疏导，变成心里面的一个洞。

小路开始看电视。在此之前，她只看 DVD。但电视让时间过得更容易。而且电视能确立生活节奏。七点钟新闻联播，七点半天气预报，八点钟电视剧。回来晚的话，正赶上第二轮电视剧，通常是韩国片。守着电视机打发时间，这曾是她最痛恨的生活方式。小时候，为了不看春晚，她曾经在大年三十的晚上离家出走。李小路想，到最后，我们或多或少，总会像自己的父母一样生活，而且越来越像，不管曾经多么激烈地反抗过。

4

不过小路没时间孤独。八月起，原本一百八十页的《明丽场》增厚到二百八十页，所有人都累得跟狗一样。整个八月，小路的周末都在拍片。没有了周末，生活变成一列永不靠站的火车。八月北京，烈日灼身，她踩着高跟鞋在国贸和王府之间扑来扑去。因为来得勤，所有店里的小姐都认识她，见她就笑："又来了？"

周六这天，小路九点起床，摊开记事本。有十几个电话要打，每打一个就划掉一行，笔记本很快被划得血肉模糊。

确认摄影师记得今天的拍摄；确认灯光师知道时间地点；确认那个"迟到大王"化妆师准时到；确认作者；确认咖啡馆；确认今天天气晴朗……她的"外拍焦虑综合症"越来越明显。每次有外景拍摄，她在头几天就出现明显躁狂，拍摄头天，焦躁达到顶点，她一遍遍听天气预报，如果降水概率超过百分之五十，或预报有阵雨，她就要面临选择：照常拍摄，还是推迟？偏偏八月雨水多，早晨晴天，中午也许就倾盆大雨。上午阴天，下午却大晴。今天的拍摄，是她东挪西凑，在雨天间隙，揪住这队人马，好不容易凑齐的。

打完电话，她赶到国贸拿衣服。商场里冷气太足，她打个哆嗦，滚热的皮肤冰镇下来。这里她一天要来上好几趟，每次来却都看不够。这些衣服，美丽到恰好能引起观看者轻微的焦虑：购买的焦虑，拥有的焦虑，想过上好生活的焦虑。她眯缝着眼看了一会儿，又接着往前跑。李小路没有方向感，所以每次来都迷路。她像漫游仙境的爱丽斯，在陌生的四周都是玻璃镜子的迷宫里奔跑。两旁都是橱窗，摆满设计师的作品，昂贵而迷人。她感觉这样非常之童话。

她跑进一个店，出来肩上扛着一个纸袋；拐进另一个店，出来另一手里也拎满了纸袋。后来，巨大雪白的纸袋遮住她半边身体。她感觉过路女人的眼神，有分量地落到自己身上。可是它们没有一件是我的，她想，我还要负责它们不被弄脏。我要花一个月工资买一件弄脏的男式衬衫，你可不用啊。

继续跑。已经是上午十一点。

摔倒时她正跟着商场广播里的莫文蔚在唱歌，鞋跟一崴，整个人都飞了出去，在光滑的地面上滑行老远，动静响亮。回过神时，发现自己跪坐在地上，纸袋在身后洒了一地，有件白背心滚到外面。她冲过去捡起来，万幸！背心干净，袋子没破。她这才发觉脚踝疼得钻心。莫文蔚还在唱着歌，你，还记得吗，记忆的炎夏？行人从她身边来来往往，不动声色，或明显好奇地看她一眼。她刚刚离开的那家专卖店的小姐，见她摔倒，掉转眼光，看向店里另一侧。

一个清洁女工走过来，"你没事吧？"她说话带南方口音，面色黝黑，小个子，一双大手拿着抹布与水桶，"能站起来吗？"她的手粗糙结实，像木头的质感。小路用力，右脚踝一动就痛。她松开手，"我再坐一下，谢谢你。"

现在，连清洁女工也走开了，只剩莫文蔚寂寞地唱着歌。

商场里喜欢放莫文蔚与刘若英，因为她们的歌总是关于寂寞，轻易让女人感到自怜、满腹心酸，大肆消费。

小路忽然哈哈大笑。她可不要自怜。

她看过《圣经》，奇迹由相信创造，相信可以令瘫子行走，瞎子看见，死人复活。相信是一切之基底。她不是基督徒但她也相信，她相信自己，她相信人的意志，她相信如果一个人不愿意他就不可被战胜。她相信自己这双手，这心脏，这大脑。

地面很凉，地面很滑，地面很硬。小路让自己坐得更舒服，体会着石头给她的不同质感。别人看她，她就看回去。

她摸出块口香糖吃，情况好多了。

一个小女孩吵着要滑冰，一屁股坐到地上，不答应不起来。那个年轻女人，走出去老远，终于还是回来妥协。小孩临走前，看了一眼小路，她说："你妈妈怎么还不回来找你？"小路揉揉嘴巴，什么也没说。

脚不疼了。她站起来。

套上鞋，继续跑。

在镜子里跑，在仙境中跑，在童话里跑。跑啊，爱丽斯。

5

跑啊，爱丽斯！在拍摄现场，当周武对她大吼之后，现场一片寂静，她却忽然想起这句话。

当时是傍晚七点钟。小路一身一身地出汗。从中午拍到现在已经有四个多小时，超过四小时，灯光就要加钱，这不是什么好消息。咖啡馆的服务员第十次过来找她，说老板让他们快点拍，赶紧走，晚餐时间还不走，一小时五百块的场地费麻烦先结一下。替我问候贵老板伯父啊，小路心里想，她立刻去找老板，好话无数，终于又搞到半个小时。

周武是老摄影师。在上世纪九十年代，北京刚刚有时尚杂志概念时，他是最好的。可到了二〇〇六年，这个圈子充斥着从美国、法国、意大利归来的大腕，连香港摄影师也来讨生活。他们的作品更时尚，也更商业。周武几乎被时尚杂志遗忘，但他的艺术家脾气反而愈加张扬。

小路喜欢找他拍人物。他的人物，敏感美丽，好是真的好，可他的脾气是真糟糕。

半小时前他就在打灯，左打也不满意，右打也不满意，小路后背上的汗滚滚直落，"周武，麻烦您快点，天快黑了。"

天离黑还远着呢。太阳明晃晃的。周武看也不看她，让助手把灯挪来挪去，测光测个没完了。明星经纪人过来，轻声说晚上他们还有个通告，七点半一定要走，小路点点头。

"周武，"她不知道怎样才能让他听见自己的大声疾呼，"周大爷，求你了，快点吧。"没想到这次他有了反应，周武转过脸瞪起两只眼睛："瞎鸡巴催什么催，你催什么，催你妈逼！懂不懂拍片，我在打灯呢，瞎鸡巴嚷嚷什么？"

现场一下静住。

跑啊！爱丽斯！

小路攥紧手掌，"周武，"她嗓子哑了，声音出来是破的，像歌手在唱一个力不从心的高音，"周武，"她大声说，"去你大爷的，你耍什么威风，赶紧干完活大家都能回家。你冲我瞎鸡巴嚷有什么用！"

所有人都笑起来。咖啡馆老板，明星，身后还有人笑。小路迅速转身，看见孙克非。他满面笑容看着自己。没看过泼妇骂街还是怎的。小路兀自瞪着眼，"你怎么在这儿？"

顾不上他，她回身又冲周武吆喝："操你大爷，还拍不拍了？"

周武摸摸脑袋，操，现在娘们怎么都变成这样了，笑嘻嘻回了一句："我大爷早死了。"他抬头看看天，"好了。"他说。

小路立刻招呼歌手。闪光灯亮起来，一切正常了。她松口气退回人群，身体微微发抖。她靠住一堵墙来止住颤抖。

这时天已擦黑，暮色围拢，用做背景的咖啡馆亮起了灯。灯火阑珊时的光线，柔和，脆弱，像这歌手的音乐，人心里柔软的地方。她猛一回头，孙克非已不见。

照片拍完，人很快散去，小路留下结账。等她出来时，天暗得可怕，空气里像有无数条细线在颤抖，充满期待。可是期待什么？她摸出手机，没有短信，没有电话，没有人等她，她也不期待任何人。不对，她期待明天还有后天，今天是这个月最后一次拍摄，在下次拍摄之前，她有两天时间喘息。她等这两天等了一个月，想到这里，她两脚一软，几乎走不动路。小腿有点哆嗦，像运动过量或饥饿过度的身体。小路这才想起来，她中午没吃饭。腿哆嗦得厉害，心脏也不争气，她就地坐在马路边上。摸摸包，烟在下午就已抽完。五十米外有小商店，她可以走过去，可她不想动。她站了一下午，喊了一下午，走动了一下午，现在她只想，舒舒服服地坐在地上。可是想抽烟的欲望，像海水拍打堤岸，来了又去，退了又涨。小路哭了。其实没什么好哭的，她干完所有的活，骂了脏话让工作进行。可她就是忍不住想哭。或许是因为体力透支，肉体崩溃了。然后她摊开手，让身体里那个软弱的李小路只管哭下去。她总会累的。

一辆宝马从身前开过，车窗摇着，开车的漂亮女人哼着歌。又有一辆奥迪经过，车窗紧闭，隐约有音乐声传出来：一切就像是电影，比电影还要精彩。

起风了。这风也是滚热的。雨还没有下，但风里已经有了强烈的土腥味儿。天空是紫色的，暗得可怖，却迟迟不黑。

要下雨了。

6

孙克非约人在798谈事，意外看到人群里的李小路。她大步走来走去，说着地道的粗口。他忍不住笑，她立刻回头，眼睛瞪得老大，过几秒才慢慢恢复成她平日的细长形状。他觉得她跟他认识的女人都不一样。李小路有点像野生的小动物，恶狠狠的，可是根本又没什么危险。

离开时他又看见她。不管不顾地坐在路边，不知道在想什么。快下雨了，他想叫她上车，送她一路。犹豫一下，车已经开出去老远。算了吧。刚谈完事，自己也累，多一事不如少一事。

刚开出来，雨就下来了。开始很小，要不是挡风玻璃模糊了，他还觉察不出。后来就越下越大，打在玻璃上砰砰作响。希望李小路已经打到车了，他想。

快到家时，他放慢车速，寻索一圈，没看见他想找的。回到家，换上T恤短裤，躺在沙发上看电视。遥控器换来换去，始终心神不宁，觉得有事没做。最后他终于下了决心，拿两根火腿肠，匆忙下楼。

外面雨很大，打在身上，隔着雨衣都疼。

积水来不及流，大街上像发洪水。骑自行车的，半个身子都在水里。汽车跟船一样，一辆接一辆地接在一起。底盘低的熄了火，一条街上的汽车都在按喇叭，谁也走不动。他庆幸自己早早回来。

眼镜被雨气弄得模糊不清。身边一切，都被水泡得发胀变形。前几天，就在这儿附近，他常看见一只黑狗，一只眼瞎了，向外渗着脓。那条狗冲所有过路的人哀号，昨天也是这样。他走出去老远，都能听见狗叫。最后他忍不住拐进路边小店，买了火腿肠出来。黑狗很怕人，见他伸手，向后跳一步，眼睛却盯着他手里的火腿肠不放。孙克非放下食物就走。过两个红绿灯，他发现它跟着自己。看见他停下脚，它不无讨好地摇起尾巴。孙克非跺脚，它就跑开了。

今天下雨，回家路上，孙克非不由想它还活着吗？这两天下雨它睡哪里？发现自己竟然惦记一条有病的土狗，孙克非有些恼怒。他想把火腿肠扔了回家。这时他看见那条狗。

它身上全是巴掌大的疥疮，眼睛仍在流脓，看上去丑陋无比。孙克非扭断火腿肠，扔到地上，转身走开。他不知道自己为什么来喂它，这条又脏又臭的老狗。

等红绿灯时，他有预感。果然，它跟在自己身后，可怜巴巴地摇着尾巴，轻轻地呜咽。孙克非跺脚，它跑到街对面，边小步跟着跑，边看他。它的眼睛黝黑，像一个无底黑洞。

忽然间，孙克非怒不可遏。他想冲过去一脚踹倒它，踢死它，弄死它。他受不了它这么丑，受不了它竟然敢依赖自己。他受不了自己，竟对一条脏狗放不下心。他想养狗，随时有纯种的任他选。他怎么了！

他站在红绿灯前，宰了它和带它回家的想法交替出现，像自动转换的红绿灯。他站着不动，绿灯亮了两次。最后他静静走回家，看电视。

7

下雨了。

刚开始是热热几滴水，落在小路手臂上。她坐着，一动不动。渐渐雨下大了，鞋被溅湿。她站起身，茫然地四下看看，决定走回家。

公汽站牌下站满人。一个发传单的男人，站在一块竖着的广告牌下避雨。那牌子有几厘米那么厚，男人就站在这几厘米的阴影里。他的西装全湿了。这情形虽然滑稽却让小路笑不出来，人生局促，大家都一样。每一辆开来的公汽都挤满了人，站在车外看，里面人们的面部表情极为痛苦，犹如鱼缸里缺少氧气的鱼。车里亮起灯，有人在雨气笼罩的玻璃上涂写：某某我永远爱你。还没等她看清楚那个名字，公汽已经开走，连同它上面的爱情誓言。

没人下车，更多人挤上去，好像溶化在已经爆满的车厢里。车发动时全身一抖，大喘气轰隆隆地开走。

李小路曾经喜欢走到站牌，跟等车的人挤在一起。这是她跟人群发生关系的办法之一。后来，就像她的黄昏恐惧症，这种对人群的渴望也不治自愈。现在她只用两种交通方式：打车，或者步行。

以前她喜欢站在公汽上，拉着吊环，看身边的每一张脸。冷漠，疲惫，但除了这些还有些别的。每个人都有秘密，秘密让他们的脸与别人不同。她在心里为无数陌生人画像，编故事。就在刚才，她不是还在费力辨认车窗上的名字吗？可她渐渐明白，别人永远只是别人。她没那么多精力时间好浪费，她不再去辨认每一张脸，它们也放弃了她。现在，它们不再对她窃窃私语，讲出自己的全部经历。它们变得一模一样，就只是陌生人的脸。

再往下走，雨变得凶猛，激烈地打着空调铁皮，听起来倒像冰雹。小路想打车，但没有一辆空车。所有的出租车里都坐着人，他们漠然看着公汽站牌下的等车人群，漠然里有种平静的优越感。

头发早打湿了，牛仔裤温热窒息地包裹着腿。鞋子里灌满雨水。既然这样，她身上就没什么可以再损失。一旦人发现自己再没什么可失去，他就会放松下来，进入一个自由之境。小路索性慢慢走起来。

又路过一个站牌，人被挤到遮雨棚的外面，女人把皮包顶到头上，给自己营造出一点干燥之地。小路没有再看，径直往下走。早上崴过的脚踝隐隐在疼，这点疼或许就是她的秘密。她变得像跟谁在赌气，跟老天吧，它好像存心欺负她，大雨浇个没完。街上的水已经很深，一个涵洞下面，积水几乎没顶。公汽关紧所有窗户像船一样驶过去。

小路从旁边台阶上爬到涵洞上面。脚下大水漫延，这情景也非常魔幻。她快步走起来，像是跟她较量，雨也随之而猛烈，几乎变得狂暴，眼眶里全是雨水，看不见任何东西。

小路仰面看天，现在她确定那里有一个主宰者，他的幸福标准极为狭隘，而且只给一小部分人。她说，操你大爷。

一个闪电，世界变成银白色。之后，天空恢复了漆黑。从高处看，这个城市像在水中漂浮起来，像是天空里有一座城市，水底又有一座城市，两座城市都被雨线不断击碎，愈合，再打碎。一座不断被打碎又愈合的城市。

小路脱下鞋拿在手里，开始跑。柏油路被水洗得干净，闪闪发光。

跑啊，爱丽斯！

8

宏伟：

这是我第一次给别人写信。为什么写给你，因为除了你，我不知道该写给谁。现在是夜里十二点，我睡不着，脑子里一行行自动显示这些句子。我只好爬起来，拿笔，拿纸，把它们写下来。我的心里有东西在膨胀，像要把它胀破。

该从哪里开始写呢？我不知道该怎么跟你谈夏永康。我们在一起很少谈他。你不喜欢他，也不明白我为什么喜欢他。其实我自己也不明白。

上大学时我看过他的诗，后来我搜索这个名字，我不知道有没有名，反正他在网上的帖子，总有好多人追捧，我只是其中一个。后来，我来到北京，见到他。

写到这里，我知道你会狂笑，笑我这个死文学青年。你说得对，事实上，我见到夏永康后有些失望……他是这里所有文学女青年的导师，同时跟所有女孩调情。我有点儿可怜他，他可能从来没真正爱过什么人。我更可怜我自己，因为我竟然还是喜欢他。我固执地认为，眼前这个自私懦弱的男人身体里，有一颗孤独暴烈的心，它跟我自己的息息相关，我们是灵魂上的弟兄。

刚生下来的猫，会把第一眼看到的活物当成它妈妈。夏永康是我第一眼看到的那个人。

其实我并不想接近他。我太喜欢他，不想破坏他给我的感觉。而且，我怀疑我所谓的恋爱感觉只是情欲。我找了一个人来解决这个疑问。我们互相当对方是仇人，恶狠狠地相互发泄。那真是烂极了的经验。

扯远了。我们的事你其实一直都知道。你只是不赞成罢了。

不过，我们还是在一起了。你不看好我们，虽然你不说。我看得出来。其实我心里也没有把握。我不相信自己能跟一个男人长久相处。我不相信他，也信不过自己。我从小就知道，每个人的生命里只有他自己。我没有依赖别人的经历，并对此充满恐惧。这种独立，一直都是我往下走的动力，可现在，它让我痛苦。

我想恢复信任的能力。我厌恶透了背着自己到处走的命运。我想把它卸下来，交给我第一眼看见的人。可不管我怎么渴望，我就是做不到。我放松不下来，我背着一个硬壳太久，现在它跟我血肉相连，我除非把它连血肉带肉一起扯下来。

昨天是元宵节，他约我看灯。你知道，我们交往半年，但还没相互说过"我爱你"，我不确定我们的关系。也许是男女朋友，但有时我也忍不住想，或许我们不过正好能安慰对方的情欲。元宵节是中国的情人节，我有些想入非非，猜测他是不是在暗示我什么。

开灯展的公园在四环外，所以可以放烟花。我们买了很多焰火，我急得不得了，想赶紧吃完饭去放花炮。他呢，不紧不慢，又要了一碗汤圆，招呼我吃完汤圆再走。只要了一碗，两把勺子。宏伟，我忽然间窘迫得不得了，比跟他上床还要窘迫。我不知道哪儿来的印象，两个人在一个碗里吃东西，是只有夫妻才有的亲昵。我笑话自己傻，可是脸已经红了。连他也看出来，问我怎么了。我怎么能告诉他。

吃完汤圆，我们一起往公园里走。他买了几百块钱的烟花爆竹，足足放了一个小时。他把长串的鞭炮挂到树上，一直拖到地上绕了三圈，点着芯子后立刻跑过来。我半捂着耳朵，靠住他。这串鞭炮时间真久。我觉得这情景似曾相识，后来我想起来，原来这就是过年啊。我小时候家里都要放长串鞭炮。后来我爸生病，只剩我们就玩些花炮，可是长串的鞭炮就再也没有放过。我不知道自己为什么哭起来。他看看我，摸了摸我的头。

他的手很粗糙。摸到我头发时，我觉得我浑身寒毛都乍了起来。我摔开他的手，跑到一边放焰火。昨天也真是邪门，月亮特别大，大到不像真的。风太暖和，简直不像冬天，倒像是到了三四月份。我一边放焰火，一边想起来，有一年春节，刚到元宵节，家里的对联就被风刮破，掉到地上。我拿碗剩饭，拼命想把它们粘回到原来的位置。后来爸爸妈妈都不吵架了，看我在那儿粘。我妈说掉了就掉了呗，这孩子怎么傻里傻气的。我大哭，说我不傻，一点儿也不傻。其实我只是觉得，春联在，家就还是完整的。

蹲着放焰火时，我想起来这些，一直哭。我哭的时候，他就在我身边打转，不知道怎么办。后来他把我带到一条小道上，他坐椅子上，让我坐到他怀里。那条路黑乎乎的，坐久了，才能模糊看见对方的脸。他抱着我，我慢慢哭累了停下来。我们就那么抱着坐在一起。他用羽绒服裹着我，我把头埋在他衣服里，什么也看不见，只听见他的心脏跳动的声音，平稳，安静。漆黑里还有一股衣服柔软剂的味道，还有他身上的烟味儿。我说我们就这样坐到天亮吧！他说好。

坐了不知道多久，他问我冷不冷，我说不冷，他抱得更紧些。我真想融化进他的身体，跟他的血液，他的骨头，他的皮肤都融化成一体。

他叫醒我时，天刚擦亮。周围景象从昏暗里浮现清楚。我们坐在一棵大树下，有两只小鸟在头顶唱歌。后来小鸟多起来，然后它们一下子全都飞走了。

天亮了，可是还没有人走动。好像一切都还没有名字，非常陌生，无法辨认。我们就是这史前黎明里的两只动物，相互挨着。他问我冷不冷，把我的手放到他衬衣里头弄暖和。还给我时，他顺势在掌心里亲了一下。

我就，傻掉了。

我站起来，往外面走，想离他越远越好。我有种大难临头的感觉。

我攥住手放进裤兜。被他亲吻过的手掌好像在融化，化成一个洞，它扩大到整条手臂、整个身体、整个心脏，全部土崩瓦解。我感觉自己在一瞬间看到世界尽头，它在我眼前，像水晶一样透明。我苦苦想了很久的问题都豁然开朗。我看见躲避妈妈棍棒时磕破下巴的李小路，肖励离开时的李小路，自以为不需要任何人的李小路，"可是，你没有爱啊。"我轻轻对她们说。

她们全部，离开了我。这些纠缠我这么久的影子。忽然间，她们都放松了，走开了。我感觉背上那个沉重的东西被我卸下来，交给他保管。

我的心在膨胀，好似与某个神秘事物合而为一。我不知道这是怎么回事，它让我极为痛苦，又极为狂喜。

宏伟，我恋爱了。

小路，二〇〇三年二月十七日凌晨四点。

六 别把隔壁的痛苦吵醒

1

清晨五点钟，孙克非感到无所适从。

手头的项目终于完成，秘书在夜里十一点离开，程序员在早上三点离开，现在是五点钟，办公室里空无一人。

在过去的两周里，他习惯每天跟这些人待到半夜，回家倒头就睡。今天他给所有人放假一天，这间办公室会一直空到明天。他思索着这其中的含义。外面是二十一层的高空，天亮了，但楼下不见一个人影。所有人都还在睡觉。

他很累，但不困。像从身上拿掉两百斤重负，他轻松得不知道怎么办才好。

他打开窗，狂风吹进来。桌上纸张毫不犹豫地飞起，飞到半空，落到地面，贴住饮水机。他无意识地看这一切，不知道自己下面要做什么。

他回座位关电脑。MSN 上只有一个人在线，"小路长夜奏鸣曲"。

"起这么早？"他问。

"还没睡。写稿子，刚完。"

"一起吃早餐？我接你。"他忽然说。

沉默一下，"好。"她说。

<h2 style="text-align:center">2</h2>

五点半，孙克非到达小路家楼下。要下雨了，风中树叶摇摆不定。

小路穿灰背心，宽裤子。上车时，他闻到一股雨后青草的味道。

他没征求她意见，直接来到自己常去的"老城隍庙小吃"。下车时，他看见天空是淡淡的珠母白。推开门，屋里灯火通明。此地仍是夜间。

即使这个时段，这里仍坐了许多人。一个男人挎着电脑包在吃面。几个中年女人坐一桌，看她们的蓝色制服，应该是夜班公汽售票员。还有两个少男少女，沉默地坐在一起。所有人看起来都疲倦，孤独。这个时辰在外面吃饭的人，大概都有些古怪。

"他刚下班。"小路说。

"谁？"

"那个拿电脑包的男人，他自己吃完，又打包两屉包子，应该是带给家人的早饭。小时候——"她停顿一下，接着说，"我爸爸也经常这样带早餐给我们吃。我要一碗鸭血粉丝汤，一只糯米粽，你呢？"

孙克非没看菜单，要碗大排面。

小路胃口很好。吃完自己的，看他大排面吃得香，也叫了一碗。一边吃一边赞叹：真好吃！真好吃！汤也不错！真好！看她吃都觉得有胃口。

天色越来越亮，屋里灯光终于暗淡下去。街上骑车行人多了起来。屋里那些疲惫不堪的食客，被早起上班的职员取代。后者精神抖擞，冲进来打包食物，在回到街上之前便已吃完。他们一批批冲进来，踩得地板咚咚作响，打得收款机不停尖叫，这一切都在宣告亢奋、狂躁的白天即将开始。

"走吧。"孙克非提议。实际上他已经困得不行。他希望小路自己打车回家，可他当然不能这么说，"来，送你回家。"他抽根烟来抵挡困意，不过好像没有用。疲倦像一大卷棉花，将他轻轻裹在里面。

小路坐在副驾驶座上，轻轻唱歌。她的歌他大部分都没听过，却有几句歌词听得清楚：波浪追逐波浪，寒鸦一对对。姑娘人人有伙伴，谁和我相偎。他不动声色瞥她一眼：她坐得离他尽可能地远，整个身体都倾在车门上。她的距离感昭然若揭。可同时她又充满渴望。她的渴望像她身体周围的红外线，同样有欲望的人，到她身边就会现出原形。

她来回唱着一句"大家一起来跳舞，生活多么美"，可她的声音里并无"多么美"的意思，却是热烈，并且绝望的。孙克非感觉身边这女人，像树上的一颗苹果：熟了，颤抖着，随时会掉落地上。可你不知道它到底什么时候会掉，一秒钟，一分钟，一年，还是永远不。

孙克非忍不住想，假如这时他伸出手触摸她又会怎样。他眼中闪过一丝笑意，可这念头竟然紧紧抓住他不放，像老鹰死死抓住一只兔子，猛禽的利爪陷入他的心脏的肉筋里。

到地方时，小路睡着了。她睡着时脸上线条就柔和下来。早上的太阳照着她的头发，头发也变成了浅金色。孙克非忍不住碰了碰那头发，她的头发真硬，像晒干的草垛。然后他闭上眼，等她自己醒来。

小路睁开眼，天色淡青，将要落雨。孙克非睡着了。睡着前，他把座椅调成四十五度角，又用帽子遮住脸。帽子滑落下来，下面是他毫无遮掩的脸，苍老，疲惫，孤独。这张脸似曾相识。

她小心翼翼开门，打车去办公室，留他一个人在车上，睡着。

3

从办公室出来，天已黑下来。阴了一天的雨，终于迟迟疑疑地落下。小路靠住座椅后背，立刻跌进黑沉沉睡眠。她实在是精疲力竭了。

她梦见一个人，面容模糊，看不清楚是谁，他说着话，却听不清楚，仿佛在重复着什么，又仿佛在等待着什么。最后他声音越来越大，"是在这里转还是下个红绿灯？小姐？小姐？！"她陡然惊醒，是出租车司机问她路呢。

雨点是温的。她站定，没急着往家跑，而是深深呼吸。空气里像打翻一桶橙汁一桶伏特加，又涩又烈。她正要往里面走，身后不停有人按喇叭，你大爷的，等一下会死啊。她一脸光火转过身：孙克非坐在车里，冲她笑。"上车，一起吃晚饭。"他说。

这次是去一个意大利餐厅。小路根本没脑子去想吃什么，她想的是，一天之内，第二次跟他吃饭，这意味着什么？她来这里拍过封面，知道墙上油画价格不菲，服务生直接可以去竞选"加油好男儿"，所以，此地物价不菲。相对于五块钱一份炒饭的"阿达西"，这里坐的是另一群人，他们是另一个北京。这是她的朋友赵小微渴望抵达之地。

一楼坐满，他们走到二楼。整个露天部分都空出来，雨击打玻璃屋顶，跌宕清脆，好似琴声。"我们就坐这里，好吗？"小路高兴起来，抬头看个不够。孙克非笑吟吟看她，路上那么沉默，却因为一个玻璃棚顶就高兴成这样。感觉到他的眼光，小路蓦地端正一下面容，笑意收敛了，可笑过的痕迹还在空气里，一波波荡漾开去。

"你们招牌菜是什么？"孙克非不看菜单，问。

"银鳕鱼，牛肉奶酪卷，千层面都很不错。芝士蛋糕也很著名呢！女士应该尝尝。"服务生十分殷勤。

"好，按你们的拿手菜，给我们安排两人分量。"他想想，问小路，"你喝什么酒？"

"我想喝茶！"小路知道吃意大利菜，喝茶，够古怪。可她不想装模作样，在她喝来，大部分红酒都是酸的。

孙克非笑笑，转头吩咐："一壶普洱。"

服务生款款离去。

两人又陷入沉默。

吃饭时大家无话。上菜后，小路尝了所有食物，羞愧承认自己最喜欢吃面包蘸香料。看她爱吃，孙克非把面包篮朝她跟前推推，又忍不住笑，"面包是免费的！你可真知道替请客的人省钱。""是啊，便宜你了！"这会儿小路已经吃饱，拿把叉子，把盘中沙拉叉得乱七八糟。她又想说她的"阿达西"，她的"小破饭馆"美学，随即想起来小微的告诫：你的要求代表你想成为什么人。

她想成为什么人？同时，她感到一股力量自对方而起，为了表示自己不害怕，她迎着孙克非的眼睛看回去，那是双精明、深沉的眼睛，他静静地看着自己，什么也没说。而她比他还紧张，脸上线条都绷紧了，像一把弦调得太紧的小提琴，轻轻一碰就要折断。

看吃得差不多，孙克非让服务生撤干净，又吩咐："你可以去一楼。这里没事了。"

"不好意思先生，我们必须站在客人能看见的位置。"

"需要人我会下去叫。"

服务生默默退下。

这时雨势正是凶猛，在他们头顶演奏一首气势澎湃的钢琴曲。

孙克非沉吟一下，轻轻问，"小路，你现在有男朋友没有？"

"啊？"

"如果没有，你看我可以吗？"

"啊。"

"你不用马上回答我。慢慢考虑，我们有的是时间。"

"啊！"

孙克非没看她，一直说下去，他的脸色平静，"我们认识也快半年了，我挺喜欢你，我看你也不讨厌我。我想说不定我们可以在一起生活……我在弄一个小公司，想把它盘上市，卖个好价钱，然后就去新西兰买个农场，钓钓鱼，种点菜……我以前喜欢园艺没时间弄，买个农场也就够我打发时间了。你看过《指环王》吧，就是在新西兰拍的，风景很美。"

小路想说，我没看过《指环王》啊。她还想说，我一晚上没睡觉现在头昏脑涨。她耳边全是雨声，这么喧嚣，几乎不像是发生在一个人心里，而是在一个广场上。她抓起茶杯，一口气喝光，心里却烧得更厉害。像有个口子裂开，从里向外舔着火苗。

"我觉得跟你在一起很安静。到我这个年纪，就喜欢安静。

我觉得你很好。不知你觉得我怎么样。"他略微眯起眼睛，像猎人一样看着小路，眼神里怜悯和残酷交替出现，而他的声音仿佛受一台机器控制，自动、冷酷、清晰地向外吐露，"不过我早就打定主意，这辈子绝不结婚。现在我三十八岁，更没道理去结婚，你要体谅一个老男人的固执。但我不会让你吃亏。"他犹豫一下，"你可以相信我。"

好像从梦里惊醒，小路微微一动，茫然一下消失，她笑起来，有些不在乎，有些自嘲。她不自觉摸摸自己嘴巴，又把双手摊在桌面，低头凝视，好像要从上面看出来什么玄机。她没抬头，粗鲁地问："我凭什么相信你？"

"我们有很多时间。公司上市的事一时完不了，移民最快也是明年。你会看到我是什么样的人，你可以来我办公室参观。你可以……信任我。"他吁出一口气，靠回椅背。从早上就抓住他，让他心神不宁的狂暴力量终于离他而去。那只老鹰放松了它的利爪。他甚至不记得刚刚都说过什么，这一刻，他内心平静无比。

"我们才见过几次面。"当然，这不是爱。它不过是物质带来的安全感，是年龄大又有些权势的男人身上的权力感，是两个卑微男女的相互试探。它当然不是爱，可它自有动人之处：她在他身上看到的，正是自己渴望成为的那种人，一个强者。她攥紧拳头，喉头干涩，"我愿意试试。"

孙克非松了口气，"好，我喜欢你这样说。"

两人一起笑了起来。屋顶雨声这时正响得喧哗，可是小路犹如置身一个玻璃罩中，大雨滂沱都跟她隔得很远，罩子当中一片凝滞与平静。

平静。心仿佛一面光滑水平的镜子。没有渴求，没有痛苦，也没有幻想。他们走出餐厅时，服务生给他们撑着伞，孙克非打开副驾座的门。小路坐进去，孙克非上车。他专注地看了她一眼。小路的手放在座位中间的杂物箱上，他很自然地，把手放了上去。

4

宏伟：

我又给你写信了。上封信还没寄走，或许永远都不会寄走。不过，现在我对"永远"这个词十分怀疑。

上次写信，我说我恋爱了。我很想让你明白这对我意味着什么。在此之前，我对生命悲观厌倦。我的生活充满焦虑。我害怕上班，害怕打电话，害怕回邮件，害怕做采访，我甚至连小区里穿制服的保安也害怕。但我没有告诉任何人。你有次问我，李小路，你为什么总是这么冷漠！而我从来不问你，在人多的场合，你为什么要表现得咄咄逼人。你用挑衅掩饰你的不安，而我用冷漠。我生活在一个让我焦虑不安的世界，我所有生命体验都是"负"的，我怎么能够不悲观。

可是忽然之间，像一个总是输钱的赌徒忽然赢了，而且赢得很大。我接触到世界的正面，它开阔明亮，而我置身其中，竟也毫不惭愧。

但这还不是我的恋爱的全部。下面我要写到一些事，你一定不要生气，不要骂我，也不要骂他。

我刚刚发现，夏永康跟别的女人还保持来往。刚知道时，我说不出一句话。她是他的初恋，他让我设身处地想一想：陈卫红并不是妙龄美女，而是一个三十六岁的女人。他只是跟她叙旧。我能理解他们躺在一起时的那种平静，那是我给不了的。因为我身上没有东西可供他回忆。我完全能理解他，我只是不能理解自己。

我不能理解的是，如果我们的爱跟别的男女也没什么两样，也一样会有偷情，会有背叛、衰败时，我还怎么能再相信它，相信世界正对我敞开正确一面。那一刻，我冷得要死。我觉得自己像站在野地里的一头驴，头上暴雨没完没了，而最后一片遮蔽的屋瓦也被拿走。我冷到极点。

我站起来，在屋子里走了一圈不知道自己要干吗。然后我想起来，我要出去走。我不高兴时就得出去走，从小到大一直这样。我就往外走，走得很快，夏永康叫我的声音一下就听不见了。

昨天是阴天，下午五点不到，天就黑了。我发现自己挤在下班的人流中。奇怪的是，我跟生活之间，好像什么阻碍也没有，我轻易地看到别人内心。开车人脸上的不耐烦，刚下班的女白领大衣底下露出来一截的小腿，打着哆嗦，在路边打车。还有挤得要爆炸的公汽，人们麻木地挤在一起，忍耐地等待，像一头头麻木不仁的驴。

我觉得饿，就买了块热汉堡。拿到手里还是滚烫的，过半分钟就凉了。我用最快速度吃，可在我吃完之前，它还是变得像冰块一样。我只好把它扔到地上。我的胃里塞满刚刚吃下去的巨无霸，可还是饿，我饿得不行。迎面走过来一个拾破烂的，一个瘸子。他穿一件夏天穿的单衣裳，嘴里嘟囔着什么，右手拎一个袋子，里面是他捡的塑料瓶。他瘸得厉害，肩膀一耸一耸的像一把尖刀，对准天空捅来捅去。我不知道他为什么要在这么冷的天气出来捡塑料瓶。

我不记得自己走了多久。在工体附近一个过街天桥底下，有人睡在地上，裹的被子跟地面一个颜色，只有脸露在外面，那张脸跟被子一样黑。这是冬天，晚上零下十度，还在持续降温。我没带钱包，就把裤兜里最后几块钱放在他身旁。可是走不远，下一个过街天桥下面，我又看见另一个睡在外面的人……我像被人拿掉眼罩，第一次看见这个世界的真相。每一个人都活得毫无遮蔽。我们都是荒野尽头呆呆站着的驴。痛苦这么多，我可怜不过来。

尽管下着雪，三里屯和后海还是热闹得不得了。这么冷，大家干吗不在家里待着，而要跑到酒吧里？而那些挤公汽，骑着车，急急匆匆往家赶的人，我也对他们冷笑：你怎么能指望一堆被生活榨干的肉，还有精力去理解什么是爱，什么是活着意义？

所有一切，在我眼前都变成透明的。原来我们活得这么孤独，没有意义，也找不到意义。

　　雪越下越猛，我觉得冷。手指头里流的不像是血，倒像是带冰碴儿的冰水，每走一步，都撞得我手指头疼。耳朵冻木了，脚也冻麻了。麻了好，我想，要是肉体不疲倦，我是不是就能一直走下去，一直一直走下去。也许我可以离开北京。我来了两年，找工作，租房子，去银行排队交费，谈恋爱，可我感觉自己还是个外地人，是个格格不入的陌生人。我不知道要怎样才能融进去，是不是赚更多的钱，买一个房子就会好一些？顺着平安大道往前走时，我想如果我不累，是不是就可以一直走回家？但我立刻又想起来，我跟我妈上次通电话是在两年前。我已经没有老家了。我没有老家了。我把这句话又念一遍，号啕大哭。

　　有一阵，我发现自己站在一栋六层烂尾楼上。楼梯没有扶手，楼顶四周没有围栏，直接延伸到空气中。我刚走上楼顶，就觉得地面在吸引我，它像是在我脖子上套了根绳子，用力地把我往下拽。

　　我趴到地上。我害怕我自己，怕我身体里另一个李小路。她劝我放弃，松开手，站起身，顺其自然。她说，你也看见了，生命并无意义。

　　放弃很容易。只要松开手，只要不再抗拒，只要不再去寻找什么狗屁意义。

　　我脑子里同时有无数个声音在争辩。我的手掌贴住地面，我的身体贴住地面，楼顶上是粗糙不平的水泥地，冰冷如铁。

我能感觉这一切，这怎能说是毫无意义。我泪流满面。

　　我不记得自己是怎么从上面下来的。后来我瘫坐在马路边，腿软如泥。夜里有大雾，汽车一辆辆从我跟前开过去。每一辆到来之前，雾里只见一对明亮大灯，像眼睛喷火的龙，破雾而来，排空而去。我看啊看，觉得累，我也想躺在地上睡觉了。

　　夏永康说他找到我时是后半夜，在一个露天健身区。他说我发烧了，用衣服裹起我要送医院。可我一点也不冷，我清醒得很，我说我不再要求他什么，我不怕付出，不怕去爱，不怕痛苦。我只有一颗毫无掩饰的心，活生生的，我把它拿在手里给他看。他看不见，可是我能看见。奇怪，一个人怎么能看见自己的心脏。我大概真是有点发烧了。

　　今天早上，醒来时发现我在医院，他坐在我床头，睡着了。他这一晚上老了好多，脸上灰突突的，添了些皱纹。我目不转睛地看着他，床前靴子上全是泥，证明昨天晚上我不是做梦。同时我慢慢想起了，在发烧之前，我下决心要爱他，不再作任何要求，因为爱就是痛苦，生命就是痛苦。这时他醒了，一睁开眼就问我：小路，我们结婚好吗？

　　宏伟，恭喜我吧（其实我拿不准这值不值得恭喜），我要结婚了。

小路，二〇〇三年二月二十四日。

第
三
部

一　麦当劳里的男人

1

　　半夜两点，尼克爬起来。离她上床的时间过去了八十分钟。她不再跟自己较劲，穿裤子衬衫，放一张德彪西在 CD 机里，离开家。

　　在床上翻来滚去时燠热无比，出来后才发现外面十分凉爽。

　　她套上轮滑鞋，慢吞吞向前溜过去，在她面前，两排路灯笔直向前，长安街空空荡荡。一个没有演员的午夜场。这景象她无比熟悉。她更像是一个黑夜的居民，而不属于白天。

　　离开小路家，她找了份工作。她十八岁了，自尊心不允许她再花家里人的钱。但上班是比从前所有的噩梦都更可怕的噩梦。她总担心自己会发疯，是像凡·高一样在疯狂中死去，还是在发疯前就自杀，这是个问题；是待在北京，像所有人一样上班赚钱，变老等死，还是自私地但却是痛快地去流浪，这是个问题。

这么多问题，却找不到一个答案。

她常常夜里失眠。在父母家失眠，在小路家失眠，在自己租的平房里也失眠。世界上简直没有一个能让她睡好觉的地方，除非是，高速公路上一天骑上两百里，晚上一挨枕头就能睡。

她有颗变态的心。她知道这样不对，可她管不住自己。或者她管得住自己不乱跑，可她管不住自己不失眠。

她拿出手机看看，这个点儿，人都睡了，但李小路还醒着。手机上她十分钟前发来的短信，嚷嚷着睡不着，要疯。在自己失眠时，知道也有人没睡着还真是令人安慰。

"小路，怎么了？"

"折腾俩小时也没睡着。"

"出来吧。咱们去那个二十四小时的麦当劳。"

"现在？两点钟？"那边大声，然后蓦地同意了，"好吧。我四十分钟后到。"

"随便你，我已经到了。你爱什么时候来就什么时候，天亮来都可以。"尼克说着推开麦当劳大门。

她惊奇地发现，那个 T 恤男也在。

在整个世界杯的夜里，她每次来都看到他坐在那儿，面前放一杯咖啡，很明显那是可以免费续杯的。他吃自带的食物，有时拿指甲刀剪胡子。现在已经是秋天，他竟然还在这儿，这么说，他不一定是个球迷。

他可能只是无家可归而已。

她模糊想到这里，已经走到收银台。柜台后面没有人，她站了三分钟，一个女服务员才匆忙过来招呼她。服务员走得急，腿在桌子边磕了一下，站到柜台后问尼克要什么，同时抬手揉了揉眼，眼里充满血丝。

各有各的难题。深夜值班的服务生，或是无家可归的流浪汉。尼克接过食物，跟T恤男背对坐下。一车又一车的面包胚从她身边滑过，数量庞大，她吮吸着汽水，想，它们这会儿说不定在打赌：你会夹牛肉成为巨无霸而我会夹鱼肉成为麦香鱼。

失眠时尼克会吃很多。高热量的，香甜的，一切不利人体健康的，她都痛快地大吃特吃，以此缓解过分剧烈的心跳。她的心脏，坐着不动也能跳到一百二十下。那种心慌感，像饥饿到极点。

2

她看见李小路从车上下来，心不在焉地往这边走。她走路很有劲，步子又大又急，头微微向右偏，像是在学校里被什么人欺负了的小学生。她看见尼克。两人隔着玻璃，一个在外，一个在内，笑了笑。

这是茫茫黑夜中，两个失眠人相遇时的那种笑容。

小路要了一杯红茶，在尼克对面坐下。尼克一脸找麻烦的神气，把一大份薯条吃得七零八落。

"吃薯条。"尼克往她跟前推推。

"怕胖。不吃。"小路点根烟。尼克往她脸上瞅瞅，忽然说："你有眼袋了。"

不用照镜子，小路也知道自己脸上现状。为了皮肤，为了这张脸，她应该回去睡觉，不吸烟，戒咖啡，停止喝可乐。应该做的事情太多，而她只是用力揉脸，像要把这层皮从颧骨上搓掉一般用力。这动作好生熟悉，她蓦地停手，想起小微还有孙克非，他们全都喜欢做这个动作，搓完脸好像换一个人，露出神采奕奕下的疲倦无奈。这像是这个城市的标准动作，两层皮，积极与消沉，去面对不同的自己。

"你有什么不爽的？"尼克问她。

"我没什么不爽的。我老大要我找三个年薪五百万的上流阶层做采访，我老板嫌我穿得不够暴露，有个老男人邀请我一起移民，可他是个自私冷酷的老混蛋，找我只是图有个伴儿。我估计我也就填补他死掉那只狗的空缺。我有什么不爽的？"小路按熄烟。虽然它还有半根。她决心尽可能对自己好一些。

每个时期的失眠主题都不相同。这一阵是因为孙克非。小路知道大部分家庭争吵的原因不外是钱，大部分恋人分手的原因是有一方太过狂热，一段关系，如果解除了经济压力，也没有恋爱的幻想，她想不出比这更让人愉快的相处之道。

而留下来，就要忍受北京这该死的堵车，该死的房价，该死的夏利车的消失，从此打车都是两块钱的恶劣现实；忍受老板挑剔你的穿着，忍受工作是寻找一个上流阶层，他们身家千万挥霍无度，只是生活里谁他妈也不认识半个这种人。

她只是还没下定决心。这迟疑像一个鱼钩，夜夜把她从睡眠里捞出来，钓在半空，徒劳地拍打尾巴，却不能把自己解下来。

"尼克你说，我是不是该就此上岸，去做个家庭妇女？"她自己也觉得这种日子不像真的，它不像她李小路的生活。可是如果有机会，每个人不都想过这种生活吗？

但尼克并没听她说话。她让她看背后那个T恤男。

T恤男仰起脸，用一把指甲刀剪胡子，因为动作熟练，看着倒不觉得难受。他的衣服还算干净，旁边搁着一个黑色电脑包。如果不是尼克说夜里常在这里见到他，小路会以为他是加完班，过来喝杯咖啡的。

他的头发有点长，对一个上班族来说。

尼克跟她打赌他是个流浪汉。小路摇头，他的T恤虽然皱得厉害，但不脏，证明他有地方洗衣服。还有他拿电脑包，而不是塑料袋。他的皮鞋也不是捡来穿的便宜货。

"我去续水，你还要吃什么？"她问尼克。

"一对烤翅。"尼克已经吃到要吐了，可她还想吃，拼命吃尽可能地吃。死于胃壁破裂好过死于发疯自杀。

小路从收银台回来，路过T恤男，她放慢步子。迟疑之间，男人已经叫了起来："李小路？"

是夏永康。

小路无数次想过重逢场面，但生活比她更有想象力。

她看清楚他，他有白头发了，他惊喜地望着自己，眼睛十分浑浊。他脸上一切都跟记忆里不一样了——他的脸好似在福尔马林中浸泡太久，膨胀几欲开裂，她知道，那是长时间的酒精，还有长年累月的夜生活。

　　"小路？"他迟疑地站起来，慌慌张张地让她坐。小路把盘子放到尼克面前，"我遇见个熟人，过去一下。"

　　尼克用力压抑，才没有大笑出来。

　　"好久不见，你怎么样？"小路先开口。

　　"我很好，你呢？怎么这么晚？"他周身都慌里慌张，好像随时要从座位里站起身来。

　　"我也很好。"小路打算起身告辞了。

　　"收到我的短信了吗？我换电话了。"夏永康说。

　　"我换手机了。"

　　"我再给你发一遍。要存下来啊。"

　　"好。再联系。我过去了。"小路起身。夏永康张张嘴，好像还有话说，但小路并不想听。无疑它会是段很长的故事。他是怎么从一个圈内人人追捧的著名编剧，落到在麦当劳里通宵独坐。初相识时，小路把他的疲倦看成是从容，是浪子收手后的沉静。原来现在他的神气才是真正收手：那是不可能看错的，毫无疑问的颓败。

　　回到座位，尼克一脸嘲讽地看着她。小路小声说："咱们换个地儿。附近不还有个通宵营业的永和大王吗？"

　　她们起身，小路对夏永康说："你慢慢坐。我们先走了。"

夏永康急忙站起来，但只走了半步，待在原地，他无疑有些恍惚，"我还再坐会儿……等个朋友。"小路知道他无人可等，他不过是在这儿一晚上一晚上坐到天亮。她的声音因为怜悯而温和了："是。我们先走了。很高兴见到你。"

走到门口时，夏永康忽然叫住她，从座位一直追过来，追过来又不说话，他迟疑时，额角有皱纹涌动，好像一本摊开的书。小路静静等着，终于他说："我可以给你打电话吗？如果你有空，我们可以出来喝茶，吃饭……"小路意外之下，本能答应下来："呃，好啊……"

她稀奇着自己的反应，一边走出麦当劳。她们没有一个人回头，就顺着长安街往下走，留那个男人坐在窗边，对一杯冷咖啡，打发他的茫茫黑夜。

3

几年前，小路一夜未归。那晚有雪，夏永康找到她时已是后半夜。她坐在雪地上，脸色绯红，时而大声说话时而喃喃自语，夏永康试图用羽绒服裹住她，小路却像小孩子一样乱动，头一下转到这边，一下转向那边，声音响亮地说个不停。她说我爱你，就是说，你发胖，衰老，偷情，都不改变我爱你这个事实。因为我对你没有变，因为爱跟自尊，跟羞愧都没关系。

"咱们去医院，别闹了。"夏永康想让她看着自己，她用力从他怀中挣脱，她的双手冰凉，她的脸却滚烫。夏永康试图抱住她，都被她推开，"别闹。我在跟他说话呢。他会明白我的。如果痛苦不意味着更大的爱，活着就毫无意义。因为一个人活着，本身就是痛苦。"

最后，夏永康强把她拖上车，去医院挂急诊。她一路都在兴奋地说个不停，每一句都像一粒粗糙沙子打中夏永康的心。半路，她忽然没了声音。夏永康急忙停车，转头去看她，小路睁着眼，脸上红扑扑的，眼睛明亮地看着他，有些好奇，仿佛刚刚认出来他，"你在这儿啊，"她说，"我头疼得厉害，我要睡着的话，你可别走啊。"

"我不走。"他说。

她立刻睡着了。他看着他的病人，他的情人，他的姑娘，他的包袱，他的受害者，他尝到了痛苦的滋味儿，这力度近于爱情。他从来对什么都能一笑了之，这种洒脱为他赢得不少人的喜爱，可现在他笑不出来。有种尖锐沉重的东西，像把剪刀，把他的生活剪开了，撕碎了，不再完整。这女孩发了蛮力要爱他，要他的爱，她绝不是有着洁白翅膀的天使，反而像是来自一个黑暗的什么地方。她像一头野兽，把他多年来在生活表面覆盖的光滑外表冲撞得七零八落，露出这后面狂风暴雨的一个荒野。

她发高烧，转成肺炎。他在医院床前心事重重地守着她。她的脸色一会儿通红，一会儿惨白，显示出药力在她身上争夺控制权的过程。他如坐荆棘。现在还可以走开，回到他以前的生活。可说也奇怪，与此同时，他心里也有种完全相反的感觉：他以往的生活都是零零散散的漂浮，而现在，他体会到一种完整之感。

第二天，小路答应了夏永康的求婚。他们搬到一起住。

4

在遇到李小路时，夏永康一直在写一部小说，他想看看自己还能不能再写，就像最早给心爱的女生写一封情书那么单纯喜悦。但现在的写作既不单纯，也不喜悦，令人痛苦。他发现也许还需要好几年，至少三四年，他才能接近目标：写出一部好小说。但他已经不能等了。他这个年纪，需要立刻能证明自己的东西，别说三四年，一年，就足以令他被遗忘，被边缘化，成为弱者。

春去夏至，夏永康又开始晚上饭局，饭后第二局的生活。老哥们一见到他都嚷嚷：你可忒不像话了！有了家就不要老哥们了？他陷坐在酒吧间柔软的大沙发里，鼻端是熟悉的酒精混合雪茄的香味儿，一切都跟以前一样。如果说有什么变化，就是他们聚会得更勤，散得更晚。大李离了婚，老丁带着他十九岁的小女朋友也加入进来，他们的人数像滚雪球一样越滚越多，终于在达到一个临界点时固定下来。他晚上不论去哪个酒吧，见到的全是熟面孔。有一次，他听见旁边一个黑脸膛男人说："怎么大家都像地震前的耗子，一天到晚全泡在一起？"他盯了男人一眼，过会儿找个茬儿跟他打了一架，第二天他们就熟到可以一起喝酒。

重回新生涯的开始，头一天出去，他就喝了个大醉，醒来是在洗浴中心，一间屋两张床，旁边床上是另一哥们。两人洗个澡，去金鼎轩喝个早茶，暖烘烘地往家走时，身边全是大清早上班的。

回家路上，有道阳光正打到他鼻梁骨上，照得脸上亮堂堂的，暖洋洋的。他摇下车窗，粗粝刮脸的风涌进来，塞满整个空间，同时进来的还有干燥空气。那里头有一种说不清道不明的力量。他好像睡了一长觉，刚刚醒来。外面是六月份，人声鼎沸的北京；在他里面绷着一股劲，那股躁动，上下浮动，起起落落，模糊难明，却又极为有力。他为这股劲道仍然存在，只是换了个方向而吃了一惊。可快到家时，他又为如何向小路解释这一夜未归而不安。

他担心她会跟好多女人一样，整夜不睡，等他回来吵架。不打电话当然是他不对，可他喝失忆了嘛。他一路想，一路忐忑地往上走。

家里很静，水磨石被阳光倒影到白墙上，像大方格子水田，整个房间波光隐隐。卧室门关着，他轻轻推开，小路还睡着呢，窗帘沉沉放着，屋里有股沉厚平静气流，在他开门一瞬柔软淌出。小路睁开眼，"早啊，"她笑了笑。

夏永康松口气回到客厅。小路走出来，穿着他的拖鞋，鞋子大，吧嗒吧嗒跟着她的脚一块儿往前跑，"都十点了！下午我还有采访呢。"她旋风般在洗手间和卧室里穿梭，收拾停当，坐到电脑前开始做功课，"为什么一夜没回来？"这句话，她一次也没问。

并且在日后，在他无数次凌晨三四点，喝多了回家的日后，她也永远不问，绝口不提。

倒是他，时常有些愧意，借着酒劲，伸出手摸她耳朵，摸她头发，摸她眉毛。他知道，一只伸出来的手，就像一声"我爱你"，总是能让恋人心软。

5

八月份时，夏永康谈好一个活，是个急茬儿。他要跟鲁岳一起到怀柔封闭写作。他告诉小路，没想到她反应激烈："在家不能写吗？不要去。"他知道女人总是这样，哄哄就好了。何况他们是要结婚的。这是一个男人能贡献出来的最大的礼物。他所有的自由，他整个的百八十斤都交给你了，离开一两个月又有什么要紧？

可是临走的晚上，小路哭了，说："别走。"

她穿着他的灰蓝色短裤，裤腿肥大，蹲在地板上，像一头困兽，"能不能不走。我现在需要你。"他有些心软，问她到底怎么了，只是分开一两个月。她又说不出来什么，只是反复求他不要走。

"傻姑娘，这是工作啊，从六月份到现在，你也看见了，来来回回，吃了多少饭，开了多少会，扯了多少淡，才有这一个活儿变成定局。我可不想再折腾啦。写完这个咱们出去玩，你说去哪儿就去哪儿，好不好？"

他又哄了她几句，看她不哭，两人才睡。

第二天，天热到不行。这种天气，人是一动也不敢动，一动身上就流汗，连头发里都是汗，顺着头皮，　　　　，滑过头盖骨，痒到人心里发毛。他们住处的空调坏了，夏永康冲了澡，刚套上衣服，背上已湿了半截。他找旅行包，却见挨着它，地上放着另一个箱子，小路还在往里塞东西。

"怎么了，又？"

"没什么，我也该走了。"小路手不停，箱子被撑得像一个汉堡包。

夏永康的愤怒变成了惊奇，她到底怎么了？一直不都好好的吗？男人遇到这种情况，真是百思不得其解，只恨自己不是孙悟空，能钻到对方心里打听打听，"你去哪儿？就算要走，至少你得先租到房子吧？"

"我去哪儿要你管？"小路拖着箱子往门口拉。东西太满，一路打饱嗝一样向外蹦东西，"你管我去哪儿，我回家！"小路说完就哭了。他明知道她没地方去，还问她。

她还穿着他的蓝色短裤。

夏永康站着不动，浑身汗津津的。因为热，他脑子有些反应不上来。他看小路一时半会儿恐怕哭不完，心里烦躁，给鲁岳打个电话，让他坐制片人的车子先走，自己一会儿开车追他们。挂了电话，他坐下来，看看小路，忽然笑起来，"哎，你去照照镜子！"她手上脏，一哭，一擦，脸像花猫。

"你心里想什么，你不说我怎么知道，"他放缓声音，"说说，怎么了？"他拍拍沙发另一边，示意她坐过来。他想，要是能抱住她，这事就算解决一半了。

"我一直睡不着，每天晚上我都失眠。我一直等着你看我一眼，我脸上就剩一对儿眼袋了。"

"夸张，你哪有眼袋。"夏永康轻轻抱住她一边肩膀，"这几个月怪我，我回来得晚，又累，没关心你。为什么不吃安眠药？要不，今儿不走了，我陪你去医院开点药？"

"不是为这一件事，"她摇头，"我说过，跟你在一起，我不怕痛苦，不怕付出，不怕去爱。我什么都能忍，唯一不能忍受你不需要我。"小路略微口吃地重复了一句，"我对你没有用。"

"胡说八道，完全胡说八道。"夏永康一口否认，"我不需要你，干吗还要跟你结婚？"

"我也不明白。为什么？"

"我知道，这几个月，我晚上出去得太厉害，喝酒太频繁，冷落了你，这是我不好——不过你从来也没说过什么啊。"夏永康现在发现，从来不抱怨的女人，一旦发作，要比天天唠叨的女人强烈一万倍。

"我不埋怨，因为我不想让你觉得不自由。"小路奇怪地看着他，"你真的不明白吗？我还不认识你，就看你的文章。我觉得我们是精神上的兄弟。我想，如果我是你女朋友就好了，我一定照顾你，让你永远这样写下去。我不想看见现在这个夏永康，因为跟我在一起，变得上厕所也要拿着手机。我不喜欢现在的你，也不喜欢现在的我。"

夏永康静了会儿。阳光照着地板，像地心里喷出一团火来。

奇怪的是，她的每一句他都赞同，只是他没法跟她这么说。就像他们关系的每一步，原来都是小路主动，而他只是被动地反应着，小路用一种不可能的强悍，把感情推到他们两个都没有后路。然后她先退了。

"你想好了？"他决定实行缓兵之计，他后背上全溻湿了，"冷静一下也好。等写完这个剧本，我去找你。"

"你就是不敢告诉我，在怀柔等你写剧本的，除了鲁岳，还有一个他师妹吧？你本来用不着这么降低自己，你可以有什么说什么。"小路平静看他。

"我就知道你闹这一场是有事……"夏永康一副被她冤枉死了的表情，"不告诉你就是怕你多心。你也知道，我们从前有过一段，但早就断了。这次是制片方指定，我没办法。"

小路轻轻咳嗽了几声。没什么可再说了。她坐在箱子上，不再看夏永康的脸，但又茫然不知要做什么。

"反正我只想跟你结婚，换任何人都不想。"他说。他还想再试一下。

"为什么？"她还在问。

"我喜欢你。"

"这不管用。我要得比这多，多得多，我一直不敢说我怕吓到你，可我要得比你能给我的要多得多，我要很多爱，源源

210

不断永不枯竭。"她几乎是在喊了。

"那好吧，我爱你。"

"你不爱。"

"废话，爱不爱我自己不知道。"

"你爱我就不会这么对我。"她的眼睛里，又出现了那种强烈的恨意。他们刚认识时，她看他的眼中常有这种神色，好像她在无情评价他。现在她又恢复了那种冷酷无情。

"别这么凶，"停半晌，他慢慢说，"人的心思是很复杂的。我又是一个极端复杂的矛盾体。生活也是复杂的，不是你想得那么简单。"

小路不出声。他坐得太久了，沙发也被洇湿了。他站起来，意识到这次她逼他亮了底牌。底牌是他不爱她，或者不那么爱。底牌是，他们的关系里，一直是她在努力不放。

底牌亮出之后，夏永康也就不再说谎。他一直在说，说每个女人都爱听的，可小路不想听。她要听真话。真话就是，在他们的关系里，说了真话就只能分开，再无回转余地。

他不再说谎。他承认自己无力去爱，并由此感到深深释然。

他说："你想好了？别我一走，你又哭。"

他说："你的失眠要不要紧？我帮你找个好大夫再看看？"

他说："鲁岳他们还等我呢，我不送你了。"

大局已定，他反而镇定下来。

看他起身，小路一阵惊慌。她指控他不爱她，他并无提出相反证据，而是接受判决。

"永康。"身后有声音，他停住，不知该拔腿就走，还是回头。"永康，"她说，"我不会跟人相处，我不想变得跟我妈一样唠叨抱怨。我以为让你自由你就会爱我。我老是睡不着，我一直都像是生活在笼子里。我以为你会把我救出去。我一直很孤独。"她刚刚赶他走，现在又想留住他，她到底想要他怎样，或许她自己也不真正知道吧？

"夏永康，"她的声音很近了，就在背后，"你抱抱我啊。"他还是回过身，抱住她。小路哭得喘不过来气。他们之间，明明是她说分手，可是他们知道，她的离开是挽留，他的挽留却是拒绝。

这爱情里的辩证法，真是需要一点点智慧，才能看明白啊。

在他怀里，她说："永康，我难受得很，像是五脏六腑给绞碎了。"

他只觉得茫然，还有孤单。这个女孩在他怀里痛哭，他却仍然觉得孤单。他忽然明白为什么小路会一夜一夜失眠，那并不是说，有个你喜欢的人在你身边睡着，你就不会感到孤单。想起鲁岳还在等他，夏永康硬起心肠，走过去按电梯。他没有回头。天气热得厉害，额头的汗顺着眉毛往下淌，弄得眼睛也模糊了。

小路想叫住他，却发现自己叫不出声。气流擦过声带，发出嘶嘶的空白音。她用双手捂住嘴，弯下腰，过了好久开始剧烈咳嗽，那种剧烈，好像要把自己撕成碎片。

6

这是夏天正午，天空蓝得发紫，阳光是白色的，又干又硬。没有一丝风，皮肤上一层湿答答的。夏永康来到停车场，他一时没有发动引擎，在车里呆坐。

有人敲玻璃。他转脸，在意识到是小路之前他直觉到危险。右边车玻璃被一根棍子敲得"哗"地起了震动，但因为车膜，玻璃并没四处飞溅，只是都碎在膜上，像一张破碎的蜘蛛网。李小路拎着一根长长铁管，看不清表情，她用尽全力又一棍扫来，有碎玻璃飞溅起来，擦着肩膀飞过去，车里溅得到处都是。夏永康回过神来急忙发动车。他只想离开这里。

看他发动车，李小路伸出手想抓住他。但玻璃碎了还是玻璃，挡在他们中间，保护他。她伸出手，捶打着玻璃，一下，两下，三下，"嗵"，夏永康眼睁睁看到一只手，从碎玻璃中伸进来，皮肤被剐破，小臂血淋淋地淌着血。那只手弯进车厢，车门"嘎"的一声，犹豫不决地打开。饱受重创的窗玻璃，终于哗啦一下粉身碎骨。

小路给自己打开门，坐到副驾座上。座位上有许多碎玻璃，她浑然不觉。

夏永康看她已经上车，倒不急着离开了。他点根烟，想一想，转头问："你要不要？"小路摇头，他给自己点烟，才发现双手抖得厉害。

妈的!

抽完一根烟,他转头看看小路,她的右手臂像剥光皮的蛇。血还在流,"先送你去医院,别感染了。"

"嗯。"

他扔掉烟头,竟然不知说什么好。从去年到现在,不过一年时间,他们竟已无话可说。他心中愤怒平息,代之以惊奇,不明白为什么,这个看上去安静内向的女孩,恋爱后就势如疯魔。他一声不吭开着车。小路脱了鞋,把脚翘上来,赤脚抵住挡风玻璃。脖子后面扎了一块碎玻璃,她无动于衷地闭上眼睡觉。

医院急诊处,有人托着半截肠子奔进来叫医生,有人整个左脸被啤酒瓶开了花。夏永康在走廊里等小路,脸上有些热热的东西,曲折流下。他伸手一擦:不知哪里被剐破,流了点血。

小路出来,神情严肃,右手绑着绷带,看也不看他就往门口走。他想就这样吧。但看她用左手拉玻璃钢门,拉一下没拉开,又拉一下,还是没开,夏永康站起来帮她拉开门。她抬头,两人视线接触,她好像不认识他了,直直从他身边走过去。

夏永康看着那个瘦小身影走远,忽然间,他很想把她追回来,像他们刚认识时那样。被擦破的地方火辣辣地疼,他在这一阵阵的疼痛里想着她。她一定是绝望了,才会那么狂暴,他知道自己伤害了她,可自己也并不开心。真他妈莫名其妙,这次,他本来是认真想要结婚的。

他看见门外，一个如丧考妣的中年男人，丧着脸要进来。他下意识后退一步，旋即明白这是自己的脸。他看看玻璃上那张脸，推门离去，心神虚弱之下，一把没推开，又垫了一把力才成。

　　那是他们最后一次见面。

二　在镜中奔跑

1

北京大概有超过五十本时尚杂志。虽然在全球时尚食物链上，大陆排最后一环，所有潮流吹到这里都是最后一站，但这并不妨碍时尚女编辑是最值得人羡慕的职业。果戈理赞美涅瓦大街的行人比其他街上的"更不自私些"，在其他地方，吝啬、贪婪和势利刻画在人们脸上，而涅瓦大街上的行人，笼罩在一种游荡的氛围中，灯光给一切添上美妙诱人的光彩。这种赞美，时尚女编辑这个职业也担当得起。

其他行业的职业女性，习惯于谨小慎微地储蓄，把收入的若干存入银行，为日后买房子养老作长远打算。如果你做IT，那简直更省事。这一行习惯了把女人当男人使唤，而并不在乎你穿的是不是名牌。这种不负责的放任，培养出大批工作好些年还满身学生气的女人们。如果在一个发布会上这两个行当的女人遇在一起，简直像黑夜遇到了白昼。

虽然她们的薪水相差无几，时尚女编辑却慷慨无私得多。她们把全部收入用来购买奢侈品，把下班后所有时间用来装饰自己。人家拿去买房子的钱，她们都用在鞋子和手包上。在最顶级的几家时尚杂志社，每个进来的新人都会受到培训，那培训并不像外界传说的那样，是一次残酷的洗脑，相反，它会是一次有关灵魂的谈话。新来者会发现，这个行业充满热情，充满创造性，充满光芒，它需要你的理想主义和艺术创造的热情——而这两样，是女性恰好都不缺，甚至是急于释放的。

这是一个充满奇迹的行业。每个进来的人都在最短的时间内焕然一新。她们当然也会抱怨工作辛苦，可只有少数人愿意主动离开。毕竟，除了这一行，还有哪个行当，能跟大腕明星、设计师、时尚达人做朋友，能如此频繁地出国，并且是去巴黎、东京、伦敦、纽约，住五星级饭店，享受最奢侈的体验。有位主编说得好：我们是奢侈生活的体验者，而非拥有者。可是能够体验也已经很好了，不是吗？最近，《明丽场》的一个女编辑嫁入豪门，对方是她在发布会上遇到的珠宝行老板，你且说说，别的行业也会有这种奇遇吗？

所以不管什么样的人，一旦做了时尚女编辑，都会变得不那么自私。她们买衣服的那种慷慨，连最吝啬的人看了也会受感染。

2

《明丽场》的编辑部曾经集体去泰国普吉岛旅行，在酒店游泳池边，有华人走过来，小心翼翼打听，她们可是国内哪个选美大赛来拍外景，其美女如云，可想而知。而《明丽场》最好看的是周一开会，到那天，所有人都穿得闪闪发光的来。

不过这个周一，谁也没心思欣赏这一光景。

编辑部空降了一名副出版人，Lily 林中慧。Lily 的睫毛膏似乎太重，显得下面眼睛沉甸甸、湿漉漉的，有着不加掩饰的渴望和贪婪。她说一口台湾普通话，讲到高兴处，会蹦英语和法语，并喜欢碰触别人身体，不时推一推老板肩膀，或碰碰他手，问他"是不是"，"记不记得"，笑起来满办公室都是她的声音。她已经在老板办公室笑了一上午，女孩们都觉得有些压抑。

有手快的搜出她资料，大家在 MSN 上不出声地传阅。Lily 是地道北京人，从八十年代改革开放起，她便开始了国际化步伐。几任先生分别是美国人、日本人、法国人，现任先生为瑞士籍中国人，Lily 自己是美国籍公民。她是圈内顶级交际花，多效力于奢侈品牌。

"她来这儿干吗，不嫌屈才吗？"同事咕哝了句。小路猜测老板可能有大动作，同事撞天叫苦："刚改过版加厚到两百多页，这才消停，又来？"小路想起来一个笑话："你可以叫咱们信基督教，也可以叫咱信仰天主教，但你不能周一让咱信基督教，周三信天主教。"同事叹口气，住了手，不再聊下去。

刚刚的会简直是暴风骤雨。她们坐在外面，老远就听见欧阳发脾气。然后市场部、广告部的同事鱼贯而出，垂头丧气，像被暴雨打过的麦子。看到这情形，她们不由白了脸。《VOGUE》进来后，大家日子都不好过，她们是知道的，但不知道会烂到这个地步。有个别敏感的已经在想：这份工要完蛋的话，该去哪里找下一个？幸而欧阳对她们倒算缓和，只说广告部投诉她们配合不够，看她们惶恐为自己辩护，欧阳半天不作声，最后布置下来两个任务：十二月，《明丽场》要开年终Party，所有人都要配合市场部。另外，年底前拍一次香港的舒可鑫，Prada点名要她做封面。听到这里，女孩们都松了口气。石头没有砸到自己头上，她们出来时，心情还有几分愉快。

照例，这是编辑部内部开会时间。众人围坐，交流些新闻。只有小路想到要拍舒可鑫，这个著名难拍的天后，呆呆出神。她有些恨，为什么别人都没事，只有自己要背这块石头？她恼怒地看向会议室，现在那里只剩欧阳一个人，灯全亮着，她坐在硕大长桌前，显得身子格外渺小，两只手撑住头，肩膀微微塌陷下去。隔那么远，都能感觉到她的疲倦还有无奈。一下子，她又有些可怜欧阳。可是谁可怜自己呢？小路想，在这个城市里，似乎所有人都被逼得越来越冷酷，太多愁善感是不行的，必须像孙克非那样，对别人和自己都极端冷酷，才能存活下去。

谈完嫁人豪门的同事，就说到最近成为头号人物的女主编。她以百万身价，转会到另一杂志，引发三家杂志高层人事连环震荡。这件事中，最令她们咋舌的是传说中的百万年薪。该主编几年前也不过是个小编辑，谁说那不会是未来的自己。

仿佛云彩分开，天空中露出一扇大门。她们做了这么久有钱人的报道，第一次看到真正通向这个阶层的云中小路。

说到这里，就有些沉默，好像窥到了太过美好的东西，有些隐隐的不安。因为想到几十个编辑才出得了一个主编，这沉默里还有一种危险。

为了打破沉默，有人提到另一本杂志的编辑部主任，得了癌症，现在原单位不再与她续约，以绝症之身，还要卖文为生。她们正被刚刚的新闻鼓舞得豪情万丈，听到这种新闻实在扫兴。这有什么好讨论的？谁让她生病？既然生病了还怎么继续工作？她们没人接话，这个话头就悬在半空，像一头无人认领的小动物。她们隐隐觉得那个病人不该到处嚷嚷……这世界不就是这样的，轮到谁，就自认倒霉罢了。更暗暗责怪讲这条新闻的人的不识相。

于是话题再转，有人提到小微。

小路轻轻一动，但没作声。赵小微最近开了辆奥迪TT，这个，所有人都知道了，但不知道这是她男朋友送的呢，还是谁送的。在众人面面相觑之时，有个女孩微微一笑："我想我知道最新八卦。"她环顾一周，在大家催促下慢吞吞说："据说是某个台湾出版人送的，说是要挖她做主编，可是谁知道是怎么回事。她也真敢收，就不怕烫手。还有呢，听说她男朋友已经跟她分手了。也难怪，谁受得了一辆跑车整天在自己眼前晃。

她对外说是自己买的，咱们谁的工资够买辆 TT，你们不妨自己算算。"

小路默默起身，拉椅子回座位。手机上有几个未接电话，一个小微，一个孙克非，一个夏永康。她先给小微打过去，那边轻松愉快地说："小路，下午有空吗？想请你喝茶，还有点事跟你说。"

"好。还是去建外 SOHO 那家茶室吧，离咱们都近。"

"好。我半小时后到。你慢慢过来就可以。"

小路穿外套向外走。这间屋子实在是太闷了，但她又不能起来激烈地捍卫自己的朋友，这太不像成年人了。她只能不吭声走掉。

坐到出租车上才打回给孙克非，听到他的声音，小路发现自己对他并非没有一点眷恋。至少他的稳重声音，在这个下午听来是种安慰。他问今天过得可好，晚上是否有空一起吃饭。小路实话实说："过得很糟，开会，兵荒马乱。"

他沉吟一下，"下午你有空吗？"

"四点以后有。我在建外 SOHO。"

"好，我去接你。"

3

小微照例迟到十分钟，高跟鞋暴风骤雨般跟着她一起冲进来。脱掉外套，里面是一堆黑带子，捆绑成一件 T 恤，交叉处露出白皙皮肤，既香艳又凛冽。小路觉得她跟以前又不一样了，可又说不出来哪里不一样。

"小路，我要做一本新杂志，我要你来帮我。"她坐下来就说。

"别，好朋友不共事，免得到最后连朋友也没得做。"小路一口拒绝，"倒是你，有好机会了吗？"

"一本杂志挖我做主编，它在台湾是龙头老大。你要来，编辑部主任或副主编随你挑，待遇也比你现在好。你不是有好多想法实现不了吗？你不总抱怨《明丽场》日子难过吗？不行，你必须来，快，说你愿意。"小微说话也像下暴雨，劈头盖脸，让人没有喘息余地。

"喝口水，你看你热得一头汗。"小路把凉好的茶给她推过去，小微抓起来一气喝干，像一头晒昏了头的流浪狗。一杯茶下肚，小微的脸色不那么苍白了，她喘口气，问："包里有吃的吗？我饿。从早上就没吃饭。"小路嘟囔着翻出半包饼干，不知哪年哪月扔进去就忘了，变成一包碎渣子，"早知道你没吃饭，约咖啡馆还能吃块三明治。"

"快给我，妈哟，哪还讲究得那么多。"小微抢过去，三口两口吞干净，又一杯热茶下肚，她放在桌上微微颤抖的两只手才平静下来。

小路脸色不太好看，半晌说："老这样，胃要顶不住的。你知道咱们得胃癌的同行？万一咱们也生了病，你老板会养着你吗？还不是自己照顾自己。"

小微微笑而耐心地看着她，过会才说："李小路，你以为你有选择吗？对，你可以选拼命干活累死，或者坐以待毙穷死。她为什么得癌？因为她只是一个编辑部主任，既要干活，又要受气。说她是累死的不如说是气死的。所以，我现在只想尽早爬到一个少干活、少受气的位置。说到生病，那只好自认倒霉。就算她的主编得了癌症一样会被踢出去。这不是咱们这一行的错……要怪，你不如怪社会吧，不过，现在好像不流行愤青了。"

"李小路，出租车涨价，房子也在涨，衣服也在涨，什么都在涨，你没感觉吗？洪水已经漫到下巴颏了。有的女人嫁得好，那不是咱们。咱们都是一手一脚，自己顾着自己往上爬的。我不知道我什么时候能结婚，能不能结婚，会不会有孩子，兴许这些全都指望不上。到老了没老伴儿，没孩子，难道连个防身的钱也没有？咱俩都是没退路的人，你不为自己多想着点还想怎么样？你在欧阳那儿做个主任编辑也到头了，不如趁这个机会往上升一下。"

她笑嘻嘻地看着小路，眼中充满渴望、贪婪，像婴儿一样赤裸裸的贪婪。小路发现她是哪里跟以前不一样了：她的亢奋，她的急切，她的渴望，都像极了另一个人，Lily 林中慧。

小微嗜好整容，在一个缓慢的过程中，她身上凡是能动刀的地方，都整了个遍。小路经常见她，倒不觉有异。可是，忽然有个瞬间，比如说现在，她好像一个第三者，静静打量小微，发觉后者竟如此陌生。

"你不是有陈豪吗？说得这么沮丧。"小路问，看到对方脸色，发觉自己触到她痛处。真奇怪，小微居然还有痛处。

小微沉默下来，一下子，亢奋、急切都离她而去，她脸上竟然有几分茫然，好像在想该怎么措辞，又好像记起来什么往事，半晌她说："小路，我一直催你找男朋友，可我也时常觉得，很多时候，男人真的帮不上什么忙，大家不过是各顾各。我这些天因为这本杂志，搞到失眠，他一句话也没有，拿起枕头就到客厅睡。他嫌我一天到晚在外面跑，说这么累就别干了。可他一个月也不过挣几千块，我怎么敢辞职，我们就这么掰了。"

"啊。"小路说。

小微似乎一下变得瘦小，背也塌下来，她不知道该怎么安慰她。

刚认识时，陈豪是一个清秀里带些痞气的北京男生，广院毕业后，有一阵，他狂热地要做纪录片，拎台 DV，在穷乡僻壤跑了两年，DV 带子放了一抽屉。后来，不知怎么，他忽然踏实下来，进了家影视公司，老老实实上起了班。流浪的后遗症是他变得内向害羞，轻微地不适应社会。

影视公司，编导也分好几等。干得好的，搭上什么红人，过几年也就飞黄腾达了。干不好的，累死累活，钱没赚到多少，人倒累死了。这不是打比方。北京最大的几家影视公司里，哪一家没有累死的编导。陈豪有次上午去做片子，旁边一个熬通宵的同事跟他说："我睡一下。"他睡了一上午，到下一个同事进来还不起来。同事要用机器，推他不醒，大家才知道是出了事。

从那之后，陈豪变得更加沉默，一个月赚够六七千就不再干活，回到家，也只是浇浇花，打打游戏。小微恼怒他年纪轻轻，怎么就像老年人。

"我问他想要什么样的生活，他说，就像现在一样就好，过两年再添个孩子，就不差什么了。可那样我过不了，我不想跟我妈一样，一辈子为钱操心，一辈子为孩子活着，四十岁就像个老太婆。我不想跟大多数人一样，过穷日子我还不如死。"小微猛地闭上嘴，很慢，很慢地闭上嘴，因为太用力，她嘴角有些痉挛。

小路想起几年前，她们深夜里坐在马路边聊天，小微，那时还叫宏伟，会轻轻唱起歌来，她听到有一句歌词反复地唱：生命是否是天黑等到天亮，生命是否只是天黑等到天亮。直到现在，她都能看见小微在寒风中冻红的面颊，有了醉意而明亮的眼睛，她们俩穿得灰突突的样子。这么多年，她仍然能听见那歌声，这就是她和赵小微友情牢不可破的一个根。小微妖冶、明亮、嚣张，而她沉默灰暗，可她们共同的根是愤怒，是一腔恨意，是被同样一股冷酷意志推着向前走的身不由己，是拼命改变命运，同时又发觉这改变竟是剔骨割肉般疼痛。

小微做什么她都能理解，因为她们有相同的愤怒与仇恨，因为她们变得越来越像，越来越坚硬，因为她们在身后都有一堆柔软蜕壳。

如果她会喊，她也会像小微一样喊出那些话；如果她有兴趣，她也会和小微一样收一辆昂贵跑车作为补偿，并不需要向任何人解释；有些女孩无辜单纯就能得到的，赵小微却要豁出去半条命才能拿到，为什么她要瞧不起赵小微？她们是一党。

　　小微搓搓脸，放下手时，她又是那个踌躇满志、亢奋干练的赵小微。她说："你好好考虑，这是个好机会，待遇跟头衔都上去了。你以后再跳槽，头衔始终不一样了。这一关早晚要过，早过比晚过好。"

　　她旋风一样进来，旋风一样出去，隔着窗户，小路看见从地库里，她开出来一辆奥迪 TT，是全无杂色的大红色，阳光一照，艳光四射。也只有她，敢要这个颜色。

4

　　小路很想给什么人打电话，但她发现，小微已经是她跟过去的最后一个桥梁。她找不到第三个人可以诉说此时感慨。除非是夏永康，因为他见过五年前的赵宏伟与李小路。但这又何必。

　　这时她坐在建外 SOHO 的一棵树下，中午下过暴雨，石阶上布满清澈浑圆的水珠。不时摇下来的残雨，打湿了她的衣裳。这是一个极普通的日子。

　　孙克非见到的就是这样的李小路。她穿白衬衫，深蓝长裤，在脚踝处缩成灯笼褶。她坐在树底下，也不管雨后树上会有积水，衣服被打湿，发梢滴着水，像是刚刚从一场雨中跋涉而来。还有，她打量自己的时间未免过长，而她的脸又出卖了她。

小路有一张冷漠的脸，但他早就发现，在以为不被注意的时候，她会流露出一点小女孩的神气，但转瞬即逝。她是一个挑战，他并没有绝大把握能完全驯服。

"去哪儿？"小路问。

"到了就知道了。"

"今天过得怎么样？我们开会像打仗。"

"我也开了一上午的会。累。"他简短作答，看看小路的高跟鞋，笑起来。

"笑什么？"

"一会儿就知道了。"他说。

孙克非穿深蓝西装、白衬衫，这两种颜色，能搭配出权威感，让最挑剔的人也服从于你。他无疑很疲倦，不像剃须刀广告中的美男那样闪闪发光，但他比美男多出一样东西，就是杀气，是刚从厮杀中凯旋的雄性意志力的充溢体现。这让他即使在疲惫状态，也显得比他实际上要强大一倍。他笑起来极为迅速，下半张脸还带着笑意，上边嘴唇已不耐烦地绷紧，这时候的神气让她联想到一头老虎。但很快，他收刀入鞘，眼神和皮肤同时松弛下来。不笑的时候，孙克非非常温和。

他们互相打量了够。两个意志在相互纳闷，不知要拿对方怎么办。

孙克非开到一个公园，下车，到后备箱换下外套，换运动鞋，最后，他拿出一只风筝。他有些不好意思，没看小路，拿着风筝就往草坪上走。

天空里已经飘了几只燕子、蝴蝶、蜈蚣，他的风筝是是一条硕大的灰色的鱼，鱼嘴巴、鱼鳃和鱼尾纹了红色飘带，擎在手里，风一吹，大鱼摇头摆尾，矫若游龙。小路在他跟前倒退着走，眼睛都盯着风筝，高跟鞋留在车里，她赤脚踩着刚下过雨的草坪，感觉到泥巴涌入脚趾。

孙克非拿出线轴，小跑两步，一把把地放线。即便是放风筝，他也是全神专注投入，下巴绷紧了一言不发。大鱼在空中停顿了一会儿，一阵风吹过，"嚯啦"一下跃入天空。他这才回头看着小路笑问："想不想放？"

"特别想！"小路早就馋得不得了，一接过线轴，双臂一通挥舞，风筝反而慢慢跌落，"快帮忙！完蛋了！掉下来了！"她乱跑一气，大喊大叫，孙克非过来，把住她双手，"你要感觉到风的方向，力度，线太紧时就稍微松一点儿，但不要太松，对，就这样。"他们抬头看天，晴空里，大鱼飞得极为高，贴住了云彩。小路忽然意识到自己就靠在他的怀里，她的头靠着他的肩。她手里活动停了停，孙克非也没有动，两人静静地站在草地上，微风一阵阵地摆动着风筝，也吹着他们。风里有糖炒栗子和烤红薯的味道。

这是下午四点多钟的北京，光线由中午的刺眼变成淡金。天空清澈明净，大朵大朵淡青色的云彩缓缓流淌，天空像一条河。

一条河……小路时常感觉生命犹如一条河，身体是用以航行的工具，是船、船帆、船桨和木头甲板的总和。现在她跟另一条船并靠在一起，不等大脑发出指令，船帆、船桨已经互相致意，互致旗语。它们在交流什么？她不知道，她只知道全身的血液、水分，能流动的都向肩膀接触处流淌，他们身体接触的那一部分，变成一座桥梁，两边使者源源不断地交换信息。它们到底在说什么？

　　有一瞬间，她感觉自己体内，她一直保护的，守卫的，也是禁锢的什么东西晃动了一下，世界也跟着，晃动了一下。

　　吃完饭，把小路送到门口，两个人都迟疑了一下，觉得好像还有话要说，却又想不起来那是什么。他们面对面站着，后来他说："晚了，我回去了。"

　　孙克非站在电梯里，四周全是银灰色金属，干净明亮。天花板是面镜子，他无意间一抬头，看到自己的脸，他看着镜子里的这个陌生人，平静里都是心满意足。

　　电梯打开，他走去停车场，出门时一阵夜风，有些凉意，但凉得刚刚好，像冰镇啤酒。

　　身后响起急促脚步，"喂！孙克非！"她从楼梯上追下来，正扶住膝盖不要命地喘。

　　"什么事？"

　　她还在喘。

　　等她的时候，他抬头看了看天空。这几天都在刮风，夜空竟然异常清明。没有星星,一轮月亮白如宋瓷。原来快中秋了。

"我忽然想起来,小区在铺路,我们这儿路灯又坏了,所以拿手电下来送送你。"她说。她手里拿着一个塑料的绿色手电,比玩具大不多少。

他笑起来。她把自己当小孩吗?可是……他不知为何却感到喜悦。

小路却已恢复了平静,边走边说,小时候放假,她常去找一个叫肖励的小朋友玩。回家时,肖励通常把自己送到家门口。可是自己也要讲义气,不能叫肖励一个人走回家。于是她再送肖励。这么送来送去,天色黑下来,月亮也出来了。她有时还为这个挨打。

不用抬头,一地清光就能让人意识到月亮有多好。她还是抬头看了看。他们又变成面对面站着,没有话说。忽然一个想法抓住她:如果他这时吻我我该怎么办。这个念头像老鹰抓小鸡一样把她牢牢抓住。

她用了全部力量控制自己,平静地站在他面前。月光移动,在他脸上制造青灰色阴影,还有种既柔和又强硬的神色。他是个自私冷酷的老混蛋,毫无疑问,她想,可她见过他最软弱最孤独的表情。他邀请她跟他一起生活,但马上又说自己不会结婚。无疑他是个混蛋,他光想找个伴儿而已。他不需要爱情。但我也不需要。我们岂不是正好一对?那我干吗还在胡思乱想,企图了解一个男人?一个人能了解另一个人吗?一个女人能了解一个男人吗?他要是吻我我该怎么办?他干吗不说话他在想什么！他如果忽然吻我我该怎么办，如果我现在拥抱他会怎么样？他为什么不说话他在想什么，他到底在想什么！

"中秋节别安排，我请你吃大闸蟹。"他说。

他又说："回去时坐电梯，不许再走楼梯，以后也不许，听见了吗？"他吩咐她的样子好像跟快递员说：六点必须送到。

小路并没有听他的。她住八楼，声控灯随着她一层接一层地亮上去。孙克非看到了就知道她没听话。一层，两层，三层，四层，为什么停了？上上下下的楼层全变黑暗，她停在五层干什么？

李小路在唱歌。她从一楼唱到五楼，发觉自己唱的是同一首歌，她皱皱眉，停在楼梯拐角处，孙克非还没走。从这里看，他显得微不足道。他为何还不走，他在看什么。小路把头抵住玻璃，看一片青灰色月光里那个渺小身影。他是个混蛋。男人是混蛋。爱情是混蛋。混蛋混蛋混蛋混蛋混蛋混蛋混蛋，在这么久后，她第一次感到心被刺痛，这痛激怒了她，让她一路骂不绝口地走上楼去。

5

宏伟：

好久不见，你还好吗？我在广州，十分想念你还有北京。

来这里的第三年，采访时终于不再迷路，可以熟练地倒公车去到很远的地方。我习惯了跟同事在大排档里喝酒吃消夜，可能因为天气热，这里人睡得很晚，经常我往家走着走着，天就亮了。虽然这样熬夜，我竟也没有瘦。大概因为一边熬夜，一边又喝啤酒。这时候我就想念北京，主要是想念它的二锅头，它喝一点就很管用，却不会让我为发胖而发愁。

来这里后，我搬了五次家，换过四个工作。我不知道自己怎么就安定不下来。在一个单位里，刚待到所有人都熟了，过了新人期，可以偷点懒也有机会升职时，我就不耐烦，要跳。我讨厌在同一间办公室待超过半年，讨厌吃同样的午餐，讨厌听同事讲重复的黄段子。我甚至讨厌升职。来回换，至少能让我有点新鲜感，但它也保持不了多久。

可现在，我连"来回换"这件事也厌烦了。这么换的结果是，我变得越来越支离破碎。走在街上，我经常觉得衣服里是一堆碎片，每走一步就向外抖落。这是不是就叫魂飞魄散？似乎是，我给打碎了再也缝补不起来。而且是越跳槽，越零散。同事问我为什么总穿蓝色衣服，我想了想，颜色鲜艳的衣服只会让我觉得自己更加破碎，而深蓝色让我镇静。裹在里面，我才稍微有完整之感。可我停不下来，搬家，或者换工作。这就像水手厌倦了大海，却还要从这里漂泊到那里。很多时候，不是我们选择生活，而是被它推着走。

我现在的住处是栋老建筑，有一个白色的阳台，阳台外面有许多木棉树。卧室地上铺着木地板。天热的时候，我就擦地板，开阳台，睡在地上。昨天半夜时，我感觉头发上有动静，睁开眼时，还来得及跟那只老鼠对看了一眼。然后它就跑掉，而我再也睡不成了。我不害怕，也不激动，我只是很想，很想找个人结婚。

我不知道自己是怎么回事。我试过跟男人相处，他们很好，但我克制不住厌恶。对他们从思想到身体整个地厌恶。我努力尝试过。你想听吗？为了让自己松弛，我有时会在酒后带男人回家，可只要我还有意识，他的手放到我身上那一刻，我立刻就会寒毛倒竖，全身僵硬。

最后一次做爱是一年前。那个人追了我很久，那天晚上，我们在江边酒吧喝酒，都有些醉意。他问我想要什么样的生活，什么样的伴侣。我说，我想要一个不再让我失望的生活，不再让我感觉无能为力。我要一个比我更强大的男人，他庇护我同时尊重我爱惜我。他听后沉默半晌。那个人跟我一样，是从外地去广州的，他说，我跟生活要得太多。

从酒吧出来时，他扶住我，进而抱住我，在我耳边说，如果不能得到全部，你愿不愿意先接受一部分，一小部分？那时我有些心动，我想再试一次。可是在我家里，当他脱衣服时，我的全部怨恨又回来了。我也不知道我为什么怨恨，怨恨什么，我只是恨男人，好像他们应该为我的支离破碎负责任。同时我又知道，这世界上没有人应该为你负责。于是我就矛盾着，怨恨着敷衍着跟他做完。那一晚真是长。我从来没有那么渴望过天亮，好去上班。

宏伟，你别瞧不起我，我很想找到夏永康，跟他再做一次爱。我想弄明白,到底是我不再能接受男人了,还是我只是不再能接受别的男人了?他还在北京吗?有女朋友了吗?还是已经结婚了?我以为我早就无所谓,淡忘了,可在男人身上的挫折又让我想起他。每一个男人都让我想起他。

昨天晚上,后来我到阳台上站着,天色一点一点明亮起来,天亮了就会好起来,他们全都这么说,为什么我还如此绝望?好像心脏裂开了,从里面缓缓流淌出苦水,浸透了五脏六腑。我手机上已经没有他的号码,我也不知道找到他再说些什么。我甚至想不起来他长什么样。我只有熟悉的憎恨,爱,涌到心口,堵在嗓子眼,咽不下,也吐不出。

我或许再也没办法跟男人在一起了。

宏伟,我很想念你,你还好吗?

小路,广州,二○○五年十月十一日。

三 中秋

1

Lily 空降到《明丽场》后，有两个月，她和欧阳成为时尚杂志的业内头版。焦点是欧阳的应对：她会不会辞职，是奋起攻之或者维持现状？Lily 会允许现状维持下去吗？在这场两个女人的战争中，出于一些难以解释的原因，大部分人认为 Lily 胜算较大。赵小微就不看好欧阳。她对小路说："你老板不满欧阳已久，这次 Lily 来显然来意不善。你自己当心，要么及时投靠 Lily，要么早做退路。"她说的退路，自然是跟她一起去为台湾人打工。但小路既不想投靠谁，也不想找什么退路，她不过想老老实实混口饭吃。

不管想象中风雨如晦，杂志仍然一期期地出，年终 Party 也越来越近。Lily 是天底下最热衷热闹的，一来就碰上这个机会，当真喜不自胜。她倒不惜力，把自己资源都调动得翻江倒海一般，开会时，拿张单子逐条逐条地过，首先是场地问题，"我和老板都觉得外滩很好，但外滩三号和十八号去的人太多，正好有个外滩六号要开业，唯一不巧的是他们已经铺好了地板，可是，一个 Party 没有上好的木地板用来跳舞，是无论如何也说不过去的……"她沉吟一下，断然道，"这倒也好办，可以撬了重铺。完了再给它恢复就是了。我在上海认识一个台湾设计师，当天的室内装饰可以让他拿个方案。"又拿起先前拟的客户名单，皱眉，"人还是请少了。回头我从巴黎请几个大客户，他们都是我的老朋友，会很乐意来。"放下文件，她展颜一笑，面颊因为兴奋微微发红，看上去十分可爱。人们相互看一眼：这女人每句话都是哗哗的钱在响哪。

欧阳面带微笑，频频点头：这女人果然有她的一套。最难是她居然能说动老头花钱。只是她这么个铺陈挥霍，不知道能撑多久。从来公司不景气，都是从会花钱的动手裁。同时她心头一颤：谁先走还不知道呢。她知道老板这时空降高层，对自己之不信任已很明显。她若不想受气，就要早作打算。但天下乌鸦一般黑，像她这样没有显赫背景、名校、老公傍身的，去哪里还不是做苦力，那倒是做生不如做熟。不过，Lily 作为新来者，现在是可以指手画脚，到年末财政季结算时，她在上面，却也要分担压力。欧阳想来想去，觉得她的到来也不完全是坏事，只是保险起见，自己还是要留心退路。

在这场暗战中，《明丽场》的编辑都成了待罪之身，他们的原罪是他们是被欧阳招来的人，可能的指控有他们必须为《明丽场》的内容僵化、广告低迷、市场失败而负责。直到现在倒还没人来降罪，所以表面上看，一切都还风平浪静。但出于某些原因，大家穿得比以往更加性感，办公室里笑声更多，下班后加班不走的人也大为增加。这一切汇总起来就是：暴雨将至。

李小路不记得这是第几次目睹这种景象，但她永远记得第一次的恐慌。从那时到现在，她对很多事变得视若无睹，满不在乎。有时她想起当年的小路，几乎像在想另一个认识了很久，但始终不熟的人。

她的任务是拍香港的舒可鑫，以及请国内一二线明星参加Party。她想一想，这回只好上门去找 Amy 陈，国内最大的明星经纪公司老板。之前她们为她旗下艺人没少通电话，舒可鑫的内地经纪约也在她公司。

2

约了 Amy 周二见面，那天她要去香港，"但是，如果你不介意早上九点跟我喝杯咖啡……"她笑起来，声音好听。

于是周二早上八点，小路挤上上班高峰向国贸方向的地铁。那趟车风扇坏了，整个车厢，像夏天菜市场的生肉区。有个女孩吐了，大家别过脸去，默默向周围退让，原本已挤无可挤的车厢，奇迹般地出现了一个圆形空缺，圆心是脸色苍白的女孩，还有一堆呕吐物。

国贸地铁附近，也许是北京人口密度最高的地方之一。人群密度之大，移动之快，使人流本身成为一头有生命、有自己意志的怪兽。尤其上下班高峰，置身其中，很容易有"身在乱世"之感。地铁口离 Amy 所在的建外 SOHO 不过百米，这一百米布满卖水果的，卖藏族首饰的，卖假烟假包假月票的，卖发票的，卖报纸的，掏钱包的小偷，专业行乞的骗子。小偷工作是悄无声息的，骗子工作是呼天抢地的，卖水果的拼命想盖过卖烟的叫卖声，这当中，却有一个快乐嘹亮的声音抑制不住突围而出：买《新京报》送矿泉水喽！

从地铁出来的人群遇到这地面陷阱，速度立刻放慢。他们从大步流星变成犹豫不决，企鹅一般你推我我推你，大部分人都以惊人的麻木与冷漠忍耐着。

走完这非同寻常的一百米，就来到建外 SOHO。此地房屋售价每平方米两万元起，价格限定人口，一转进来，猛然安静，与外面仿佛两个世界。

外界传说里，Amy 是个传奇。她首开内地专业明星经纪公司先河，网罗众多一二线明星一起，逐渐做得有规模，整个被国内最大影视公司收购。她在那里养了一年，大手笔签下数十位港台艺人的内地经纪约。起初不过是几个过气艺人，然而这几年港台艺人青黄不接，这些过气明星，竟由此在大陆找到事业的第二春。Amy 大赚一笔，之后拉票人马单干，组织国内最大的艺人经纪公司，"明星"。先前那帮艺人，大陆也好港台也好，都跟着她过来，重新签了她的公司。

这样的女人，娱乐圈可不要把她说成一个传奇？有说她早年经历复杂，曾经下过监狱；有说她有背景，是某某后人；有说她长相奇丑，也有说她极为美丽，不比任何一个明星逊色。

小路到早了，星巴克里还一个人也没有。

一个年轻女人走进来，戴墨镜，短裙，手绘彩袜。是她吗？那女人走到柜台买杯摩卡，径直走出去。

门又打开。这次进来的女人略胖，雪青色收身小西服，系一条爱马仕印花丝巾。她看也不看别人，快步走到小路面前："小路吗？我是 Amy。"

两人坐下，早晨光线横过桌子，即使离得这么近，也看不清她的脸，她有一张轮廓模糊的脸，像被时间侵蚀得过分厉害，只有眼睛保留着某种痕迹，让人猜想她年轻的样子。她右手的小指缺了一截。

但 Amy 有种瞬间使人心生亲切的能力，外表看她不过是一个中年发福女人，说话比别人快，笑得比别人大声，可这无损她语气中毋庸置疑的权威感。她眼神锐利，但能迅速转换成恳切的关注。小路想，为何她什么也没做，自己却已感觉到她的全部意志，含而不发，那种精准和力度只能出于长期训练，犹如一个健身的人，全身无一丝赘肉，线条简洁优美。这时你会忘记她的外表是如此平平无奇。

小路把《明丽场》的年终 Party 吹嘘得天花乱坠，大牌云集，百家媒体，档次高级，礼物丰厚，以及众多跨国企业老总聚头，对明星绝对是优质展示平台云云，连她自己都有点脸红，这哪儿是《明丽场》的年终 Party，这简直是《VOGUE》。

Amy 微微一笑，反问："除了我们公司艺人，你们还会请哪些艺人到场？一共都有谁？不能太少，太少会让我们的艺人显得尴尬；也不能比我们的艺人身价低太多，否则变成是我们替你们撑场面，那是要按商演收费的。还有，请明确我们的艺人到晚会上做什么，是只需要走红地毯，还是另外有事情要做，比如要不要讲话？"

"除了贵公司艺人，当天还会有很多明星到场。你说的这些，较晚一些我会用文件形式跟你确定。Amy 你放心，这些规矩我都会遵守，不会让你难做。"

"可以。等你把正式文件发给我，我们再协商当天谁能出席晚会。年底艺人档期都很紧张。"

"我明白。"

小路顿一顿，两人喝咖啡，掩饰她们谈过一轮后的各自感受。小路暗暗点头：怪不得她能做这么大，果然精明练达，更可贵的是，即便是谈条件时，都仍从容可亲。

她开启第二个话题："十二月封面我们想拍舒可鑫。她的内地经纪约也在你们公司吧？"

Amy 笑笑："舒可鑫从来不拍内地杂志，这你也知道。"

"凡事都有例外。何况我们拍一次，可以同步上香港、台湾及内地三个封面。"

Amy 想想，仍然摇头："她已经有两年连香港杂志也不怎么拍了。实际上，她近两年几乎没和媒体打交道。今年香港《时尚》上她的封面，都是她出专辑时唱片公司套拍，杂志社再从唱片公司买的。"

"那就没有可能了吗？"小路心沉到底。知道棘手，但不知竟然没有回转余地。

Amy低头想想，扬眉笑："正好她在北京拍戏，我介绍你们认识。她答不答应，我不能保证。"

"太好了，Amy，你真是太帮忙了。"

Amy换了一种笑容，顽皮而大有深意地看着她："你的忙我当然要帮。小路，我们以前见过，你不记得了吗？"

小路茫然，这个刚刚还像块花岗石的女人，这会儿笑得这么肆意，这笑容她似曾相识，可是在哪儿？什么时候？

"电话里我还不确定，可一进门就认出来了。你没怎么变，也不知道怎么长的。我可是老了，还换了个洋鬼子名字，怪不得你不认识。"Amy看着小路笑，"我们一起在钱柜唱过歌，你旁边是我同学夏永康。"

"陈卫红！"

Amy做个"可不就是我"的表情。

两人一时静下来，仿佛身边的星巴克、写字楼全都消失，只剩她们俩站在一片荒原上面。

对陈卫红来说，这段回忆之路更遥远，要一直倒回到她的少女时代，天天在家门口溜达的身影，录像厅里潮湿的烟味儿，又黑又瘦的少年。而小路最先想起的，却是前几天见到的夏永康。奇怪啊，她想，当初到底是为什么，因为他或者说是陈卫红而在雪地里走了一夜？

两个女人相视而笑。陈卫红说："我去拿蛋糕，你要什么口味？"

两块蛋糕，两个女人，谈论一个男人。

"前几天还见到夏永康，他看起来很糟糕。"

"是。"她看来并不惊奇，"我去过那家麦当劳，陪他坐过几个通宵。天亮就好了，他只是不能一个人晚上在家。"

"他没有女朋友吗？"

陈卫红笑起来，半晌说："我也不知道。"

"他到底怎么了？"

"还不是喝酒，泡妞。他也不想想自己多大岁数了。我让他替我写剧本，他答应得好好的，可是每次都喝得烂醉，然后说：写不出来。最后肝喝坏了，大病一场。从医院出来倒不喝酒了，可也不愿意见人。"说话时，陈卫红神色不变，只是嘴角多了两条皱纹，疲倦地下垂着。

"他有什么问题？"

陈卫红一下没说话，慢慢吃完整块三角巧克力慕司蛋糕，过一会儿才说："你们分手后，我跟他曾经在一起。当时我身处困境。可以说他救了我。但他的问题是——他总有点儿不甘心，他最好的状态也不过是一个畅销编剧，可他又不满意自己只是一个畅销编剧。而他到底要什么，他却也说不清楚。后来我们又分开了。"

244

小路一下明白，当年夏永康说，跟陈卫红躺在一起时的平静是别人所无法给的。她懂得他。

"他看上去缺钱吗？"陈卫红忽问。

"就算缺，也不会让我看出来。"

"那倒是。"陈卫红感叹一声，为这话题画上句号。

小路临走时，叮嘱陈卫红："记得帮我联系探舒可鑫的班。拜托拜托。"

"忘不了。"陈卫红也起身，这时她又变成了 Amy 陈，那个传奇女人，"你也别忘了把正式文件给我。"她又说，"如果你再见到夏永康……"她顿住，半晌才抬头一笑，"算了。"

3

过几天就到了中秋节。

还不到六点，办公室就人走茶凉，灯也关了半壁，黑灯瞎火的，剩下的人就有些凄凉。

小路整理文件，等孙克非的电话。

电话声响，孙克非的声音听起来有些犹豫："小路……对不起，今天晚上有些公务必须处理……"来了，小路想，她一声不响，等他自己往下说，他沉默一下，又说："要不你先吃点东西垫垫，我大概十点就能完事，过去找你再一起吃饭？"

"忙就算了。什么时候吃饭不是一样。"

"你没生气吧？"他小心翼翼问。

"不，我勃然大怒。"

两人笑起来。

"明天我给你打电话。"他说。

看。不相爱有不相爱的好处。

办公室里只剩欧阳一个人，小路探身进去跟她告别："中秋节快乐，还不走？"欧阳抬头笑笑，指桌上一个金黄色袋子："拿去吃。不吃就送朋友，王府饭店的月饼，别糟蹋了。"看墙角里蹲了一溜月饼，小路也就不客气，拿了黄袋子就走。

离开办公室，在路边站了半个小时，竟然没一辆出租车，好不容易打下来一辆，一问小路要去四环外，司机说："哎哟，我该交车了，不去那么远，要不我把您搭到前面太平洋百货，那儿兴许打车容易点。"小路点头，一边抱怨："今天怎么那么难打车啊！"

"嘿！今儿个八月十五，谁在外边跑，都回家了！我算收得晚的。"司机是地道北京人，一口京片子嘎嘣脆，很好听。

在太平洋百货门口也打不到车。头顶上月亮明晃晃的，倒照得人心里也晃荡起来。小时候，这个时候就该到院里烧香，然后回屋吃饭，分月饼。小时候的月饼可真硬，能把脑袋砸破，可还是馋。小时候，老是觉得饿，老是什么都想吃。那种匮乏不只是胃里的，倒更是心里的。她没问过小微，她知道小微一定也有个经常觉得馋的童年，所以她们才会对物质那么渴切，永不满足。

四十分钟过去，还是打不到车。不过回到家又怎样，还不

246

是一个人。跟孙克非一起吃饭又怎样，还不是一个人。

她不管这是最繁华地界，自暴自弃地往台阶上一坐，抽烟。这时手机又响。是夏永康。

他的捷达车更破了，坐进去时，好像比印象里窄小。

"你现在做什么？"

"我，呃，我在写剧本。"

"不写时干吗？写作的人，也要经常出来走动走动，别跟外界断了联系。"她老气横秋地教育他，这情景有些可笑，可两人也笑不出来。

"跟外界？早就断了呀。"他说，还有点不好意思，"现在我每天下午起床，打会儿球去吃饭，天黑时回家，晚上到麦当劳。跟外界的联系，早断了。"

小路模糊想起来，刚认识的时候，他风度那么好，那么温和，那么会照顾人。她看向车外，秋风里往家赶的人们。路灯"哗"一下全部亮起，玻璃变成镜子，不再看到窗外，却映出他俩面容。小路看到他的脸，模模糊糊，却又明显地孤独和衰老。这或许才是世界真实的样子。看到刻骨铭心爱过的人变成如今这样，才发现人的渺小、无力、微不足道。爱过或者没爱过，有区别吗？反正都会老，反正都要死。

他比上次见瘦得厉害，颧骨凸起，一件灯芯绒外套穿在身上晃晃荡荡。他生病了？她嘴里说的却是，送你月饼吃。

"好月饼。四种馅：豆沙、双黄、莲子、叉烧，你喜欢哪种？莲子好不好？"他掰半块递过来，"你也尝尝。别总嚷嚷减肥，你又不是靠脸吃饭。"

"别诱惑我。"她说，"我见到陈卫红了。"

"哦。"

"她跟以前一点也不一样了。我差点没认出来。我们还聊到你。"

"嗯，她很讲义气，也很不容易。我是看着她脱胎换骨的。"夏永康想，小路恐怕不会懂得"脱胎换骨"，因为她有太多原则，太多放不下的高傲。

"我们在一起时，我对不起你，因为她。她那时大病一场，公司也倒了。如果不是我，她本来可以嫁个小干部，在小地方舒舒服服地过完一生。她少女时非常美。每个看到她的男人都忘不了她。我在北京见到她时，她大病一场，丑得让人心痛……你没说错，我在外面一直有人。上厕所也要拿着手机。"

"为什么不告诉我？"

"结果是一样的。"

小路闭上眼。

"而且，"夏永康笑笑，"我并不无辜。那个时候我开始疯狂乱搞，好像有根神经突然苏醒。她极为痛苦。我把她从井里捞出来，却又一脚把她踹回去。我以为我在做好事，或者说还账，可是又欠了一大堆新债，怎么也还不完。因为还不完，索性赖掉。"

在她家楼下，夏永康欲言又止："小路。"

"嗯？"

"接下来我要离开一段时间，可能会很久。"

"旅行？公务？"

"你还记得老杜吗，大二退学那个？有一天他从四川色达给我打电话，他跟我随便聊了两句，说他在山里住，跟着一位上师。他描绘我听，说，他住的那座山，山势雄伟，但并不险恶，而是缓缓展开，让人心情舒展。山下有河，山上有柏树，他住的木屋就在半山。我想了很久，一直弄不明白他这些年到底在干吗。我想找到他，跟他聊聊。他没有手机，我只能跑山里找他。"

"哦。"小路说。

两人傻站着。然后夏永康忽然惊醒：“不早了。你上去吧。晚上风大。"

小路走到他身前，轻轻抱住他。他穿的灯芯绒摸上去粗糙结实。她的手臂很长，要么是他太瘦，她的双手在他身后碰到，相互握住。

"一路平安，永康。"她说。

4

第二天，Amy约小路探班。放下她的电话，孙克非的也进来了。他买了大闸蟹，申请到小路家做饭，补偿昨天失约。小路说晚上有采访。他停一下。他是刻意要讨好，立刻想出对策：“待会儿我去找你拿钥匙，下班后我过去做饭，你采访回来吃饭就好。"他的声音里有种怡然自得，自知没人能拒绝一个既有钱又会做饭的男人，这种心平气和让他变得包容友善，这时的孙克非并非没有魅力。

小路答应了，却又奇怪：他们何时已像老夫老妻，平静商量晚饭吃什么。这是种心灵上的接近吗？或者应该说，它不过是两个合伙人间的默契？

拍摄地在后海一间四合院里。离老远就见几排大灯，把半条胡同照成白昼。人群里一眼看见 Amy，右手一个电话，一手握对讲机，见到小路先问："吃饭了没？没吃饭就跟我们吃顿盒饭。好吃着呢。"看她摇头，才说："你到那个房间里等我。从后门进，手机关掉。等拍完这场，我替你们介绍。"

小路轻轻走进屋子。房间靠门窗的地方灯火通明，每一样摆设都精细讲究。但几步之外，就是乱七八糟的拍摄机械，剧组成员，以及无孔不入的 FANS。一团一团电缆犹如巨蟒，人不小心就会绊到。小路在房间黑暗的一半，坐到一只桶上面，打量灯光下这群人。

光芒的中心是舒可鑫。这一场，是男主角跟她即将分开，临别时跳一支舞。她头枕着他的肩膀，眼睛里一片空虚。她已经知道要失去他了，可是不能挽留，不能哭，什么也不能做，只是一片空虚。这就是舒可鑫走红的原因吧，她只是"什么也没有做"，却让同样彷徨的都市女人起了知己之心。她是小路上大学时的流行偶像，她打扮时男时女，她唱情歌也唱反战歌曲，她拍电影道尽都市女人的坚强与空虚——她都红了这么久！可不是，算算小路都已经毕业多少年了。

她很敏感，觉得这边有人看，眼光一扫。小路被看得心里"嗵"地一跳。她明显有些困顿，可导演一声响，她立刻神采奕奕，表情归位。

一场拍完，舒可鑫跑过来，掀起盒饭一看："米粉！太好了！"她喜孜孜道，又问 Amy："你吃了吗？再吃一份吧，今天要到后半夜了。"她讲普通话，带点口音，但低沉悦耳。这时她看到小路，自然停顿一下，Amy 介绍："这是李小路，《明丽场》主任编辑。"

"《明丽场》？你从香港过来？"

"我们是大陆版的。"

"这样啊。我先吃饭啦。"舒可鑫抱歉笑笑，低头吃饭。毕竟是明星，被看惯了，即使是吃米粉这么尴尬场面，依然泰然自若。她很快吃完，丢了饭盒，仍然回来跟她们坐下。看着小路名片，忽然说："我知道你！我在香港《明丽场》上看过你写的一篇访问，写一个女作家，那篇我有印象。"她又看看小路，慢慢说："真的写得好。看过那篇的人，不会很快就忘。"

小路准备好的一肚子话，此时都变成了讪讪。过了半晌才恢复镇定，问舒可鑫："这两年好像都好少接受访问？"

舒可鑫笑："你不觉得访问总是问一样的问题？总是穿漂亮衣服拍照。我很知道自己哪个角度最好看，哪个角度不能拍；也清楚他们只想知道你到底有没有跟男朋友分手，我都玩了这么多年了，所以有一天我不想玩也不奇怪吧。我只想自己来决定，我要什么，我不要什么。"她说得轻松，小路却知道她为此付出了沉重代价。曝光率下降，人气下滑，公司威胁要雪藏。因为拒绝采访，狗仔队变本加厉地偷拍她，挑她最丑的照片登封面，说她精神失常，得了癌症。

近处看，舒可鑫比电视上更瘦，太阳穴上有根青筋清晰可见。她还没从两年前的情变中恢复吗？虽然她绝口不提，但出现在公共场合，她一次比一次瘦，瘦到吓人。这是比她亲口证实更好的证人，它铁证如山。

"很多艺人都想这么做，但真正这样的却很少。代价太大，值得吗？"小路忍不住问。

"值得与否，看你的心。看你认为什么是最重要的。一定要有个选择，因为生命很短。"她声音柔和却倔强。当初她就是用这种倔强向上走，红到发紫，现在她用同样的力量守护自己的心。她是香港人，在香港这样的地方生存，必须要有这股力量，就跟在现下的北京生存一样。

小路想，在某个方面她们是相通的。

她带了礼物，她的手一直放在包里攥着那本书，正是舒可鑫提到的那篇采访里的女作家的书。小路拿出书时，它已经被她攥得卷了起来："送给你。听你说过喜欢她。"

舒可鑫笑着看看她，她的眼睛里仿佛有团火苗，微微的温暖着被她看到的人。导演叫人了，她给小路写一个号码："这是我手机。一般转在秘书台，但留言我都看。保持联系。"她轻轻握小路的手，莞尔一笑，跑走了。

"怎么样？" Amy 问。

小路没说话。她的心又轻松又沉重，像这间拍戏的屋子，一半是光洁明亮，一半为黑夜笼罩，堆满杂物。

5

秋天夜晚的风既温暖又凛冽。它呼啸而来扬长而去，像一个来意叵测的俊美男子，它的拥抱令人百感交集。还在车上就感觉变天了。两边树梢被刮得起伏不定，像在风中狂舞。下车时一阵风卷过，头上黄色干枯榆钱萧萧而落。小路打个寒噤，干脆跑起来。从后面看，她几乎是被风刮进了楼里。

敲门没人应，她用备用钥匙打开门。客厅灯开着，一股熟米饭味儿，杂着螃蟹腥味儿扑面而来。厨房门虚掩，方一推开，饭香更浓厚地倾泻而出。小路把手贴到电饭煲雪亮的盖子上，手心里有微微烫到的感觉。她攥着这股微烫回到客厅。卧室里开着灯，孙克非躺床上睡着了，鞋也没脱。

小路合上他的笔记本，脱掉鞋。即使睡梦中，他也紧皱眉头像受了委屈的孩子，这让他脸上同时有儿童的稚气与老年人的冷硬。

小路背朝他，躺下去，蜷缩在他肩膀之下，双臂中间。鼻端有衣服柔软剂的味道。他醒了，迷迷糊糊地说："你回来啦？"伸手把她抱得更紧，又睡着了，并轻轻打起了鼾。鼾声像远处有人在吹着小哨，平稳而有节奏。

小路觉得累，像被浪头卷到水底，一片柔软的昏暗中，她睡着了。

半夜醒来，窗外狂风大作，窗户被打得砰砰作响。小路起身关窗，外面月色倒好，冰糖一样洁白清亮，把地面照得像个舞台，像马上要有穿白衣服的男人女人上场跳舞。她站在原地不动，月亮再照到她时，身上衣服已经除去。她站在青灰色月光中，皮肤微微反着光。

她站了会儿，又躺回到他身边。她的皮肤冰凉细致，随着抚摸爆出一颗一颗的鸡皮疙瘩，像一群惊恐战栗的士兵。他安抚，他驯服，他镇压，他的手心渐渐灼热而她的皮肤还要滚烫。那种高温像一个火炉，命令他们将身上一切都扔进去以供燃烧。他把衣服丢进去，把双手丢进去，把身体丢进去，把意识丢进去，他们被火焰狠狠烧着，接触之处熔化成高温液体，在各自体内冲撞激荡。现在他的每一下撞击都是一次剧痛，他们迫不及待要把自己的痛苦转让出去，这让他们的举动变得像敌人一样激烈而凶狠，他命令："说！你爱我。"

"我爱你。"

他大叫一声交出自己的痛苦。躯体平静下来，像双双跌进清凉的水中。

身边全是水。他们躺在自己的汗里，汗水像一面湖泊，将他们淹没。

他又皱起眉，像受了委屈的小孩。她用手指轻抚，抚平他眉心间的皱纹。

"我饿了。"他说。

"我也饿了！怎么办？"

他说："咱们不是有做好的饭吗？"

他俩光着脚冲到厨房，像从来没吃过饭一样大口大口地吞
吃，他们从来没吃过这么好吃的凉米饭。

冰箱里有面包，涂上厚厚黄油，他们吃了一整袋。

他们躺回床上时就跟什么也没吃一样饿。

四　时尚女编辑

1

　　欧阳对着镜子在刷牙，她刷得很仔细，不紧不慢，有时跟镜中自己眼神碰上了，就停下来看一眼。那是个眉头紧皱、心事重重的女人。她不年轻了，如果她心情好，或睡得好，没准还能算得上漂亮，可现在，看看她那张毫无生气的脸，眼皮肿胀，这张脸算没救了。

　　"谁会喜欢这样的女人？"她轻声跟镜子说，一边打开香水，耳后，双腕，胸前，发上，每个点都洒到。

　　今年流行透明妆，她索性不打粉底，只刷了淡淡腮红。重点是眼影，口红。层层涂抹，层层覆盖，浮肿消失，脸色好转，只有眼睛里的冷漠掩饰不住。没关系，有睫毛夹，还有睫毛膏。她有的是时间，她很耐心。

最后穿上香奈儿的白色针织长裙，收拾停当。

一个女战士，穿好了盔甲。

"可是谁会喜欢这样的女人？"她轻声问镜子。至少她不喜欢，她先生不喜欢，她老板不喜欢。

化完妆的脸无可挑剔。她眼前出现李小路那张从不化妆的脸，毫无掩饰的眼。

办公室里她唯一羡慕的人是李小路，这是个秘密。

很久以来她就厌恶在镜子里看到自己，这也是个秘密。

镜子里的女人笑起来，"没人喜欢我，那又怎样。你还不是靠我才能活这么好。你，或者别人的喜欢无足轻重，我比他们都更坚硬更绝对，你忘了吗？还是你忘了，你是那么软弱，感情用事，容易崩溃？你喜不喜欢我并不重要。重要的是你需要我。"

对。很久了，她体内有个人比她更强大也更冷酷，这也是个秘密。

欧阳垂下眼睛，用毛巾擦着手，再抬起脸时，她恢复了平静。

2

平静一直保持到她坐在办公室，MSN 上，一个女朋友请她周末去新居赴宴，她在"蓝堡公寓"买了一套复式。那里的地段，以每平方米两万起，一套复式要多少，还没等算出来她的心已被狠狠刺痛。两年前，这个女朋友连买个打折的GUCCI包都要盘算半天。她是怎么弄到钱的？这两年，她身边的朋友一个个发家，买豪宅、好车，他们都是怎么弄到钱的？她在镜子里看见自己：眼冒怒火，面容扭曲。她不禁吃了一惊。

小路敲门进来，脸色比自己更阴郁，她把十二月封面彩样一言不发地推到自己面前。欧阳不看也知道，封面换人了。小路抓狂了一个月拍到的舒可鑫，被国际影星小张代替。这是个很大的委屈，对方经纪人根据协议来找他们麻烦都不奇怪。况且，这里面似乎还有些私下交情。但小路并不比这办公室里的其他人更委屈。Lily来之后，欧阳觉得自己就像救火队员，在失火现场疲于奔命。后来她想开了，索性站到火场外面，袖着手，脸上流露一个微笑。除此之外，你还能做什么呢？

"Lily要请小张来咱们Party，这期封面只能是她。"欧阳直接说。

"我怎么跟Amy交代？说好是十二期封面，电影到时上映，舒可鑫在大陆就拍了咱们一家封面。"

欧阳垂着眼，"签协议了吗，你跟Amy？"

"没有。她当我是朋友。"

"没有就好，你们又是朋友，总是好说话。"看一眼她，欧阳放缓语气又说，"小路，工作只是工作，别放太多感情进去。"她清楚小路能干，但容易感情用事。她给她十五分钟，准备听她抱怨，诉说委屈。出乎意料，小路竟然笑一下，平静地说：

"对，工作只是工作，我先跟 Amy 打电话，看她怎么说吧。"

她起身离去。

欧阳看着她，忽然想叫她跟自己一起到天台一起抽根烟。但女朋友在蓝堡买房的事情又涌上心头，并像上次一样，狠狠地刺痛她的心。她攥紧手掌，计算以自己年薪到何时才能办到此事。

欧阳垂下眼，陷入沉思。

3

舒可鑫的封面是从十二月撤到一月。下午开会讨论一月稿件，Lily 捏起彩样，仿佛头一次看见舒可鑫的照片，端详一下，扭头对欧阳说："咱们还有别的备选吗？"

欧阳知道她问的是"候选人"，心想你以为自己是《VOGUE》，随时有半打红星给你挑选。但她只是和和气气地答："还有她穿着 CHANNEL 的一张照片，不过 CHANNEL 不投钱，不如放这张穿 Prada 的。他们有半年单子想投，正犹豫呢。舒可鑫也是他们点名要拍的。"

Lily 撇撇嘴，"Prada 真老土。我就不喜欢舒可鑫，瘦得像鬼，又瘦又老又土。时尚杂志谁还找她做封面。"她哗哗一翻稿子，又问："谁做的访问？"

小路抬头看看她。

"不是说她得癌症了吗？怎么没问。还有说她自杀，也没写。怎么做的采访，一点新东西也没有。"她把打印稿往小路面前一丢。

欧阳面无表情翻杂志。

"我访问时，她得癌症的消息还没出来。"小路说。

她太平静了，欧阳忍不住瞥她一眼：小路嘴角有一丝几乎看不到的笑意。欧阳突然想，也许该找人了，以防她万一辞职。

Lily转头讨论起下一组选题。

小路捡起封面文章，拍摄情形又浮现眼前。高大空旷的厂房，门外寒风凛冽，屋里呵气成霜。只有一个电暖器，吐露一缕珍贵热气。拍完片子，天色将晚，三个不再是小女孩的女人，围坐在电暖器旁。

舒可鑫说，这两年她只是在家看书，还有学着接受失恋。对，失恋像整个人破掉，再也拼凑不起，但正因为此，你会对"爱"有不同体会。"我相信我们活到底就是为了要明白爱的道理。为什么我们要来活这一趟？为什么经历这么多事后人会死？以前我有钱也有名，但你弄再多钱，回到家，脱掉衣服，脱掉名贵首饰，你不过是一个人啊。可是如果你爱别人，你会觉得特别不一样，身体里特别温暖——对，这也会过去，过去就过去，重要的是，感受，得到，这就足够。"天色暗到看不清彼此，舒可鑫的眼睛在暗处发光，热切的、温暖的一束光。

小路笑了。把打印稿折成飞机，对准垃圾篓，一张接一张丢了进去。

这世界不需要爱，因为爱是弱者的表现。Lily鄙夷舒可鑫并非没有道理，后者已经沦为弱者，不值得结交，不值得上封面，甚至不值得考虑对方感受。国际影星才是当代英雄，我们每人心中不便诉之于口的欲望，她能说，她是真正的民意代表。

会议桌光可鉴人。她低头看见自己的脸，这笑意似曾相识。这不就是常在夏永康脸上见到的无奈疲倦。

这是不是就是成熟的标志。你越来越理解你从前拒绝理解的，渐渐成为曾经你所不屑的。她曾经憎恶夏永康的厌倦，既没力气去恨，也无能力去爱。她以为自己永远不会成为这种人。

每一条路，一旦你想追问意义，立刻就会碰到空虚。她的生活就是一条接一条的死胡同。开完会小路到天台上抽烟。云层很低，大块大块灰蓝色云朵布满天空，偶尔露出一线极窄的蓝天，蓝到耀眼，但转瞬即逝。

4

晚上回家，小路打开电脑，调出舒可鑫的采访，对着它坐到天色微明。消耗两包咖啡，三支烟，半筒饼干，一大桶可乐。从来没有一篇采访这么难写，难以面对的不只是 Lily 或欧阳，甚至也不是记忆里的舒可鑫。她忽然想起第一次见到舒可鑫，在那间一半黑暗一半光明的屋子里，她已有所预感，甚至在回到北京那一刻，或者说，在离开老家之时，她已经对此后一切都有了预感，剩下的只是不断去面对，做出选择。四点钟，她敲完最后一个字，心头一阵空虚。窗帘一夜未遮，天要下雨。

她站在窗前，头抵住玻璃，额头一片冰凉。这一阵都没有见到小微，听说她在那本台湾杂志干得生龙活虎。也好，她真正成熟了，自己也是。小路轻声说："再见。再见。"她不知自己在跟谁告别。

孙克非上线，说他刚加完班，问她要不要一起出来吃早餐。

"好。"她说，给他一个新地址，"周末收的房，刚搬过来。"

"搬家怎么不叫我？"他愣一下。

"向来都是找搬家公司，省事。"

孙克非停了一分钟。他喜欢她的独立，不知为何，这一次却让他感到不悦。

"还有什么要帮忙的吗？"

"有，劳你驾，带我去吃早餐，我饿疯了。"

孙克非没有带她吃早餐，他带了过来。荠菜小馄饨放一个盒子，老鸭汤放一个盒子，还有两屉包子，胡萝卜馅的。他吃了饭过来的，小路吃饭时他就歪在床上休息。

还没吃完，卧室里已传出阵阵鼾声。小路拉严窗帘，挡住黎明，蹲在床边看他。他连外套也没脱，棉袄在脖子处皱成一团。他睡着了就显得苍老。小路很想知道，为什么他睡着后眉头仍然紧皱。要如何才能让他真正开心。那不是她用手指抚平他眉心就可以的。而醒来后，他从不流露软弱。

他说了一句梦话，严厉而凶狠。小路恨不能进到他的梦里去，她脱鞋上床，蜷在他肩膀下面，两臂之间。写了一夜稿子后，他的鼾声让她安心，那像是他另一种形式的陪伴。

在睡着之前，有一个瞬间，她感到痛苦。无孔不入的感情冲动再次袭来，像一个巨大的黑色的浪。她很想问问上天，造物主，或者随便什么管事的，人如何能一边爱一边面对世界。这两种行为需要截然不同的行为准则。爱就是放任自己破碎，放弃所有一切骄傲，爱就是心甘情愿被伤害，并且充满喜悦。一个在爱着的人，他的心柔软如泥卑微似尘。一颗在爱着的心，赤裸如婴儿，它将在见到世界的第一个瞬间被击毙横死。

一个人可以既冷酷无情又同时去爱吗？一个人可以既背叛又善良吗？如果爱是真实的，这个世界则不可理解。如果世界是真实的，那么爱就不存在。可是爱怎么会不存在？

老天，求你别再让我……没等她祷告完，她就睡着了。

孙克非一觉睡到八点，睁开眼，室内光线暗淡，窗帘后面的光线，提示着时辰不早。然后，他发现蜷缩在自己身边的李小路。她睡觉时，身体总是蜷成一团，像婴儿在子宫里的姿势。心理学上怎么说来着，这种人没有安全感。所有人都看得出来她没有安全感。她笑得那么少，眼神里却全是渴望。

孙克非突然觉得难受。他想起他处女座的妈妈，挑剔，苛刻，永不满足难以安慰。从小到大，他一直在抗拒她的控制，拒绝她的影响，连开公司，也跑到另一个城市发展。三十七岁时，春节回家，他发现一向强势的母亲过马路时竟然惊恐彷徨。她一下子老下去，垮成一个老太太，什么事都要依靠他。他带她去医院，去公园，去旅行，他们生平头一次相安无事处了半个月。回北京前，他请了保姆照顾她，坐到飞机上，心脏像被极细的针刺到，疼痛蔓延。原来这就是爱。只需要一点点就足以让人不能忍受。爱就是你愿意为另外一个人付出自己所有，付出所有都还远远不够。这怎么可能。因为这样，人们不愿意爱。

现在，他又预感到那种痛苦，不像是得到什么，却更像强烈的失去，犹如狂风吹过沙丘。他轻轻推开小路，走去淋浴。

5

小路睁开眼，洗了澡、刮过胡子的孙克非看起来又像一头老虎了。他带着香皂味儿，清爽光洁地站在床前，"早啊。"她说，拍拍自己身边，"过来跟我躺一会儿。"

"不早了，该上班了。"他不为所动。

"就几分钟。"

他坐到床头，低头看她："干吗？"他全身都是日程表，就差拿块手表说："我给你一分钟时间。"

小路泄了气，她闭上嘴，嘴角耷拉下来两条纹路。在对话前她就知道会是这样。孙克非，从某方面来说，是可精确预见的。

她不说话时就像在渴望，渴望一样从未得到却真正重要的事情的发生。孙克非忍不住抱住她。他还没想好要做什么，但拥抱令他愉快。

这是早上八点钟，所有人上班的时间。人们涌出家门，去到四面八方。在这潮水一样持续进行的上班高峰，只有他俩躺在床上，紧紧相拥，为了忘记自己，他们尝试去了解对方，触碰对方，伤害对方，这一场身体运动很快变得激烈，感到痛苦，仿佛自己不再存在，同时也忘了在此之前的心事重重。他们犹如一对大鸟，拥抱着飞过烈火，身体表层灼热烧痛，必须穿过这场火焰才能安身。忽然，他们平静下来，像水烧开的前一秒钟，他们看着对方面容对方眼睛，感到此人如此可亲犹如世上另一个自我。水烧开，身体沸腾，他们从云端之上坠回地面。

没有人说话，似从极为美好之地刚刚返回，他们失魂落魄到极点。他们又想起了自己是谁，为何困扰，以及所有的痛苦。他们比任何时候都更像陌生人。

"穿衣服，我送你上班。"他不动声色地说。

"好，十分钟。"

洗澡，换衣服，现在她看起来清爽干净。孙克非侧脸看她，感到又恢复了一点点对她的喜欢。他什么时候才能真正驯服她？她会真正喜欢上自己吗？

等红绿灯时，他无意一转眼，看见她正目不转睛地看着自己，眼神里有一种莫名其妙的神情，像嫌憎、仇恨，又像苦恼。看他望过来，她垂下眼睛。可是那种感受留在他的印象里：她在掩饰她的心情。

她有秘密。

6

虽然睡了一觉,孙克非还是觉得累。他在办公室巡视一下就回家了。车开到小区,他又看到那条黑狗。它现在已经认识这辆车,一路跟着跑。孙克非总在车里放几根火腿肠,见到了就喂给它。

因为吃得好,它的毛看上去光滑许多。那只流脓的眼睛似乎也好了些。但后遗症是这条狗总歪着头看人,跑动时身子也是斜的,像在跳舞。

孙克非拧断火腿肠,抛到它面前,看也不看就走开。他得走快些,这条狗离自己的生活越来越近。他不喜欢。走到楼下他停住脚,它果然跟在身后,离他七八步远,呼哧呼哧吐着舌头。看他回头望,它索性躺倒在地,四爪朝天,露出布满疤癣的肚皮,谄媚地打滚。肚皮是狗身上最软弱的部位,只有当它完全信任依恋一个人类时,它才会在他面前打滚。

孙克非过去养的那条狗,皮球,见到母狗就走不动,立刻躺在地上滚来滚去,竭力讨好。常常人家都走开老远,它都还在努力邀宠。它最怕别的狗不跟它玩。最初,它的这个毛病令孙克非愤怒,但后来久了,渐渐变得视若无睹。但他一直觉得皮球更像是一只猫,或者说,像女人。

发现自己又能想起皮球,孙克非不由对眼前这条黑狗有几分爱屋及乌,"皮球。"他试着喊它,没想到它听懂了,刷地起身,趋至身前,昂首看他。

孙克非高兴起来，又一连叫了它好几声，直到困意涌上，他扔下两根火腿肠，走进门洞，门应声上锁。他没有再回头，直接进了电梯。

五　上海滩

1

万众瞩目的年终 Party 终于到来。

它到底花了《明丽场》多少钱，没人弄得清楚。明星差不多都来了，照这架势，下次只好请妮可·基德曼来压阵。

上海的天气也凑趣，临到黄昏，飘了点细雪，衬着外滩的一江灯火，气象华丽。

五点钟，彩排完，编辑们有半个小时时间吃饭。这是她们今天第一顿饭，但没有人吃。她们涌入化妆间，"东田造型"来了两个造型师，加上上海的 MAYA 姐妹，一共四位造型师，饶是如此人手还是紧。

脂粉味儿、香水味道绞在一起，空气变得黏稠，像被人在鼻子上捂了一块湿热毛巾。小路走到洗手间去凉快。

她坐到马桶上伸直两腿。那两条腿已经不再疼痛，而变得麻木不仁。也许该吃点东西的，她的一双手在微微发抖，可是没时间了。

　　旁边隔间地上有块披肩，黑色羊绒的，一头拖在地上的积水里。小路暗暗可惜，还是 DIOR 的呢——欧阳不也有这么一块黑色披肩，怎么会丢在这里？小路翻到欧阳电话，拨通，却听见铃声在隔间蓦地响起，却一直没人接。小路按停手机，旁边那个手机也猛然停止。洗手间里静得可怕。

　　"欧阳？欧阳你在吗？"小路敲门。

　　门被打开，欧阳坐在马桶盖上，头靠着板壁，神情委顿，"忽然不舒服，不知道是胃疼还是心脏，坐一下就好。"她声音极小，不仔细几乎听不清楚。

　　"要不要去医院看一下？"

　　"不用！我坐着歇一下就好。"她声音虽小却不容置疑。

　　"我去拿杯水给你？"

　　"好。别跟别人说。"她叮嘱一句。

　　小路端水回来，欧阳已经站在镜子前，若无其事地补妆："你帮我做件事好吗？"她说，"帮我把披肩送到楼下干洗店。"披肩团着，漫不经心地扔在洗手池旁边。"它滑到地上。沾了点水。"她迟疑一下很快说，"我有一点点洁癖，所以能不能请你帮我送去干洗？"她恳切地看着小路，补过妆的脸晶莹发光，无可挑剔，可眼睛里的疲倦无法掩饰。她的眼睛有八十岁。

　　外面仍在下雪，已经有摄影师等在那里，怀揣着相机，来回踱着脚，不时看看路的尽头可有明星出现。他们吃饭了吗?

再回室内，众人都已换好衣服。

欧阳穿件旗袍，露出整个后背，旗袍的红底儿上蔓延出大朵花瓣和枝叶。这么艳的颜色和图案也只有她压得住。她太瘦，又神色清冷，穿这么艳倒是好看。

Lily穿件无袖低胸黑色紧身裙，全身缀满银色水钻，一转身一投足，全身都焕发奇异光芒，并且时时都在旋转改变，仿佛银河倾泻。

其他人也都争奇斗艳，不一而足。小路因为忙着拍封面，直到最后一天才去买了条裙子，几何彩色图案。裙子颜色艳，她不得不化浓妆。造型师都起身走开了，小路仍在照镜子，眼影太浓，睫毛膏太重，她看不清自己的眼。嘴唇鲜艳，腮红娇美，这张脸这么美，却如此陌生。镜子里的人忽然对着小路眨眨眼，小路蓦然一惊，再看镜子，却一切正常。

七点钟，明星们吃过东西，坐下准备看秀。欧阳坐第一排，与左右谈笑风生，同时眼观全场。看到对面需要照应，她一抬腿上了T台，嘴里笑道："我先给模特暖暖场。"小路一回头看到她，身穿露背旗袍，五寸高跟鞋，风风火火地指挥全场，强悍而美丽，绝看不出两小时前她面无人色瘫倒在洗手间里。

这才是新女性，不但漂亮，而且能干，不仅能干，并且坚不可摧，不受肉身局限。她们跟以往的女人们截然不同，从来不曾有这么多的女人活得这么精彩漂亮，如此自我，并且理直气壮。这也是这个行业的诱人之处，它或许冷酷无情，虚荣势利，但它鼓励勤奋，提供机会，制造传奇。这一行充满了自底层奋斗上来的成功者，野心家，男女于连们，他们也许充满缺陷，但能做到最后，他们一定勤奋过人。

这一行许诺一切，只要你能付出代价。

手机上有个小微的未接电话。她走到阳台上打回去。阳台另一头站两个摄影师，一个愤愤不平说："老子到现在还没吃上一口饭呢。"另一个低声劝他，头一个喝口香槟，又抱怨："这东西越喝越饿。"小路一走过来，他们都噤声，从另一边走出去。

晚上九点钟，上海的空气里有一丝极为遥远的海腥味儿，极为遥远，但被嗅到后即变得充沛淋漓，像是对不能见到大海的都市人的遥远的邀请。

小微也在上海，她那边活动十点散场，约小路散了后去喝酒。挂了电话小路觉得诧异：她们虽同在北京，可是有一阵没见了。而一起喝酒，那至少都是四年前的事情。

回到场内，正赶上乐队表演。市场部找来的，号称当下最红的乐队。男主唱穿旗袍，擦口红，扮相艳丽，款款走上前——他竟然还穿高跟鞋——微微一笑："下面这首歌，献给尊贵的老爷小姐，有钱的先生太太。"他轻启朱唇，歌词却无比讽刺，在今天这个场合他竟像个砸场子的。小路看到老板面露不悦，扫了欧阳一眼。而欧阳似乎惊呆了，过一下才忽然惊醒，转头跟 Amy 说笑起来。

最后一环是慈善拍卖。明星频频举牌，这时就看出来这些年谁挣到钱了谁没有。好像大观园一下雪，众人纷纷穿了皮草鹤氅出来，各自家底也就现了出来。等候一晚的记者兴奋起来，闪光灯闪得人眼睛难睁，Lily 大怒，叫保安轰记者，一时不免有推推搡搡的场面出现。但明星全都显得若无其事，耳听不闻，眼观不见，兴致勃勃地照旧举牌。他们知道自己的底线：比不过章子怡也罢了，难道连刚出道的也斗不过？说什么也要杀杀这帮狐狸精的神气。从前有积怨的，被传是死对头其实却是好朋友的，表面上是好友其实却是死对头的，狭路相逢，要报仇要报怨要报恩，悉听尊便。这才是最好的电影，一台大戏，演技精湛高潮迭起。

这场戏固然好看，前提是你超然事外，纯属看客。小路却做不到这么洒脱。她站在人声鼎沸的大厅里，犹如站在世界尽头的悬崖上，既下不了决心向前一步，也不甘心退回原地。

2

小微照例晚到，坐下就问："喝什么？伏特加？白兰地？威士忌？"

"啤酒。"

"少来。陪我喝伏特加吧，我请。"

她要了一瓶伏特加，一瓶橙汁，一桶冰块，掺好递给小路，自己满满倒了一大杯。她这是存心要喝醉。

"小微，新工作如何，顺利吗？"

她瞪着小路的杯子："你怎么回事？我都喝了一大杯，你还剩那么多。快喝，要不我灌了。"说着又给自己倒了一杯。

夜深了，酒吧里却越发熙熙攘攘。小微用手支住不住摇晃的头，仿佛那是一个巨大包袱，她不胜其荷，"小路，台湾杂志我可能不去了。"

"台湾人跟我说，我过去做主编，直接对他负责。我觉得他样样条件都不错，先给他做了些前期策划，后来索性辞职过去。谁知接手两个月，这本杂志的合作方他根本没摆平。说起来他倒也可怜，太不了解咱们这边了。结果僵住了，他说如果不能照他意思去做，他宁愿收回不做。人家无所谓，就只是闪了我一道。"小微叹口气，又给自己倒了杯酒。

小路拍拍她头，跟她碰了一杯。小微又一笑："不过，我也没损失什么。如果不是冒险一跳，以我现在资历，哪里会有成熟的杂志让我当主编？现在履历上好歹有这一笔，以后再找工作，头衔到底不同了。别的不说，你老板，来上海前还找过我，问我有没有兴趣到《明丽场》。"

"到《明丽场》做什么？"小路显得震惊。

"笨蛋，做主编啊。你老板不满欧阳已久，你看不出来？"

"那你答应了没？"

小微大笑："我才不去你们那儿呢。有个 Lily，摆明是做运营广告，最肥的一块都是她的，你老板就是给她找个听话的大丫鬟。他打量我资历浅，过去还不是任他们摆布。想得美！你怎么了？"

小路半晌无语，慢吞吞笑了笑："没什么。真有意思。"她一口气喝掉一大杯酒，眼睛一下红了，"不过，那台湾人送你一辆车呢，你也不算吃亏。"

小微瞪住她，冷笑，"车是我自己买的，分期付款，还十五年。"

"为什么？"小路再次震惊。

小微低头看着自己的杯子，看了半晌，她仿佛支撑不住自己头颅，用两只手垫着，趴到桌上懒懒说："我想让人家以为我有背景，我有人挺，我被包养了，随便怎么说，总之我不是我一个人。"她扳住小腿，把脚放到桌上，展示她象牙色的小靴子，"TOD'S的靴子，打完折将近一万，你以为我不心疼？可是干咱们这行，你穿身上多少钱，别人就给你多少钱的尊重。我干这么多年，存款从来没超过五千，超过了我就去买个包，或者鞋。后来我想通了，包或鞋别人也能买，我买个车。最好他们传我跟所有老板睡觉呢，他们背后说什么我不在乎，但是见了面，他们又羡慕又嫉妒的样子，你倒真该好好看看。"她扬起头，放声大笑。

笑着笑着，小微霍地起身，竭力控制着自己，摇晃着走到吧台，说了句什么，又晃晃摇摇地走回来，"你还记得吗，咱们最早认识时，喜欢周末一起看老港剧，《大时代》啦，《创世纪》啦，那个时候，咱们觉得香港像是梦一样，那里的人，动不动就有钱了，动不动就变得冷酷无情了，动不动就死了。咱们看得好激动啊。那个时候——"她眼睛里出现喝醉人的茫然之色，"那个时候"——此时音乐换了，一段前奏响起，气势恢弘——"浪奔，浪流！"小微猛然扬起头，全神听着，喜悦含混地说："你听，你听！"

"是喜，是愁，浪里分不清欢笑悲忧。成功，失败，浪里看——不出有未有。"小微笑嘻嘻地跟着唱，"爱你恨你，问君知否，似大江一发不收。转千弯，转千滩，亦未平复此中争斗——"她声音太大，引得旁边频频侧目，小路给她穿上外套，哄她起身："来，咱们回宾馆喝个痛快。"

小微乖乖地站起来，安静听话地跟着小路走出去，这情形似曾相识。若干年前，小路来北京的头一场雪，她跟小微就在那一晚披肝沥胆，哭了又笑。回头一望，仿佛就像一场梦啊。

这个时候，小微被冷风一吹吐了起来，她弯腰弯得辛苦，索性坐到马路边，白裙拖在湿漉漉发黑的地面，像一朵硕大的醒目的花。她断断续续地吐，断断续续地唱，"是喜，是愁，浪里分不清欢笑悲忧……"她一时忘记了歌词，不知所措地看着小路，"成功，失败，浪里看不出有未有。"小路微笑着唱下去，"对，是这个，往下是爱你恨你，问君知否，哈哈哈！"她大笑着趔趔趄趄地走，小路挽住她，两人大声唱着，一路走回宾馆。

傍晚的雪都化了，被灯一照，地面像揉入无数碎银。踏在上面一直朝前走，仿佛就能通到一个美好地方。某一瞬间，小路感觉自己就快要触摸到事物的真相，世界在她眼前像水晶一般透明，成功，失败，得到失去，爱或者恨，厌倦或渴望，一切的解答都触手可及。那一瞬很快过去，她的面前依然是起了夜雾的上海街头，脚下也并不是黄砖路，而是通向她宾馆的一条街，身边是喝醉了的赵小微。

3

小路同事们去唱歌庆功还都没回。小微听话地洗澡换衣服，洗完澡出来，她觉得浑身燥热，推门到阳台上坐着，夜雾很浓，风十分冷。小微点烟，她的手不停颤抖，几乎无法点火。她的心里却像起了火。《明丽场》她未必不去，Lily林，虽然号称京沪第一交际花，在她看来也没什么了不起。不就是会花钱，有个瑞士老公吗，自己坐到那个位置，要不了一年，这些资源一样会有。最重要的是，自己还年轻，而她已经三十七岁。

烟终于点着，念头又转到老王身上。没错，车子首付是他付的，杂志没出成也不是他的错。可他说的其他话呢？他说他喜欢自己，他做出版人，自己当主编，两人联手，大陆无敌。去他妈的联手，他孩子都上大学了。不过，我有什么好损失？她喃喃问，没有，我从来也没有喜欢过他，我一点损失也没有。

她笑起来，竭力掩饰偶尔闪现的羞辱：在他看来，自己也许不过是他用一辆车的首付，买了两个月。

她起身来回走，到尽头又折回来，这样来来回回走了十几遭。她不知道哪一样更让她耻辱：是出卖自己，还是出卖自己却失败了。阳台太小，她一时感到穷途末路，仿佛所有的路都到了尽头。

她探出大半个身子，趴在雕花铁栏杆上往下看。路面干净湿润，在路灯下反着光，像电影里的夜景。她忽地兴奋起来：对面KTV房门打开，一个穿黑大衣的女人走出来，步伐不稳，她也喝了酒吧。看样子她想过马路，回宾馆，可她神情恍惚，踏空台阶，一下跪在地上，离那么远，小微都听到咔嚓一声。她不出声笑着，退回到阳台里，坐到椅子上。

那个女人是欧阳。

4

Party结束，欧阳与老板等人去KTV庆功，大家开香槟，边喝边唱。

因为老板在此，大家都比较拘束，只有广告部一个刚进来的小女生，拿起话筒，刁钻古怪地唱了一首《发如雪》，老板看着歌词暗暗纳罕："这是什么歌？"所有人一齐答他："这是周杰伦啊！"

老板一时有些讪讪。像一切五十多岁的老板，穷、奋斗、恋爱的青年时代都已经在遥远的过去，他好像一生下来就单独一间大办公室，所有下属见到他都毕恭毕敬，仿佛一排麦浪在他面前低下头去。他开"富豪"，在郊区有别墅，他身上早被物质遮起一层盔甲，风不吹到，雨淋不着，可他忽然担心：自己是不是开始老了？

他经常在家开Party，来的人跟他一样：订《哈佛商业评论》《时代》《华尔街日报》《亚洲周刊》《财经》，谈台湾局势，香港经济，他们在头等舱里频繁碰面，像在俱乐部里见面那么经常，可他怀疑，他们跟自己一样，也不了解外头在发生什么，他们也老了。他想跟办公室里年轻人聊天，可他们见了他只会唯唯诺诺，心里又只会怕他——如果不是骂他的话。

只有很少人能轻松进入他的内心，比如Lily，她一进屋，脱掉皮草，看老板坐着，满面笑容但无话可说，便插播一首《相思风雨中》："有劳我们当中唯一的男士来跟我对唱这首歌。"她说，笑意盈盈。老板哈哈大笑，他是香港人，唱粤语歌是如鱼得水，一曲唱罢，自是掌声雷动。

Lily唱完一首，不再多唱，只是挑老板喜欢的，热闹的歌点了一堆，让女孩们自己唱着玩。老板唱完一首，自觉义务已尽，便笑容满面地观赏。女孩们渐渐唱到尽兴，还是广告部那女孩，半是喝多，半要显身手，一抬腿上了桌子，正站在老板面前，一通天魔乱舞。她本是中戏表演班出身，身段优美，众人纷纷喝彩。Lily给她倒杯酒，喂她喝了，女孩更像是在桌子上生了根一般，跳得花样百出。

老板笑眯眯地向后靠，给她让出地方。这才是年轻人该有的样子，他喜欢看见他们不拘谨，放得开。Lily真是个人物，同是这些人，以前欧阳带出来玩时，沉闷得不得了。年轻人没有年轻人样子，怎么做事？他瞥了欧阳一眼。

　　Party 一结束，欧阳心头一松，包厢沙发柔软温暖，她几乎要睡过去。被音乐吵醒时，正好看到桌上女孩软软倒下去，Lily 扶起来看看，笑道："不要紧，她喝多了。送回房间睡一觉就好。"同事把女孩架回宾馆，还有一些人也顺势回去睡了。

　　包厢里只剩几个人，气氛一时有些冷落，Lily 点了几首舞曲，走到老板跟前，微施一礼，老板已大笑起身，众人鼓掌。Lily 回身笑喊："你们就光让我们两个老家伙丢人现眼吗？都起来跳舞，不许坐着。"

　　又站起来几对儿。欧阳强睁困眼，见 Lily 与老板越跳越近，耳鬓厮磨，Lily 喝了两杯酒，脸庞红扑扑的，仰着脸，喃喃跟老板说着什么。

　　欧阳讪讪一笑，嘟囔了句："晚了，我先回去睡。"拿手包离开房间。

　　外面正是夜阑人静。

　　她站在门口，摸摸脸，脸庞发烫，是因为喝了酒吧。她竭力想弄清楚宾馆在哪个方向，脑子里却是 Party 上，乐队上场时，男主唱向自己投来的，不动声色的一瞥。

　　她不会看错。他就是她大学时恋人。他们一起在平房里度过一个冬天，她学会了烧炉子并且终身不忘。那年雪夜之后，他们再没见过。欧阳坐第一排，有一瞬，两人四目交投，他毫无认出她的意思。当然，她的笑容也没有走样。

　　他到底有没有认出来我？

太好了。她蹒跚地往下走。贴面舞，穿旗袍的前男友，我的生活真是丰富多彩。她笑起来。刚毕业时，她曾被分配到一个单位，月薪八百。因为那种日子"一眼就能看到未来"，她连档案也不要了离开。却在年过三十的现在，在深夜的街头嘟囔着，看不见未来。

夜晚的风含着雾，又冷又潮湿。她笑着，想走过马路。还有两级台阶，她一脚踏空，"咔嚓"，她举起手指，不明白是怎么回事，直到一阵剧痛，从指关节传回大脑。明明是手指骨折，她却觉得胸口剧痛，仿佛有人在心脏上拿掉一块，很重要的一块。

尽管如此，欧阳也没丧失自制，她蹲在地上，把撒了一地的手包里的东西，一样样捡回来，归置整齐，才起身打车。

医生熟练地给她小指打了夹板，包扎好，叫下一个。欧阳迟疑地问："可是医生，我觉得很疼。"

"疼是正常的，我会给你开止疼药。"医生很年轻，也很温和。

"可是我觉得心口疼。为什么断了手指心会疼？"

她把医生问住了，他回答不上来，说那是她大脑的幻觉。

六　再见，李小路！

1

从上海回来的第一次例会后，小路走进欧阳办公室，坐下来说："欧阳，我要辞职。"

欧阳正在写东西，听了并未抬头，仍旧刷刷签了文件，才看着她问："是因为封面的事？我已经跟 Amy 解释了。"

"不是因为封面。"

"有人挖你？"欧阳盯着她的眼睛看，"谁？待遇好吗？说来听听。如果你有好地方，我不拦你。"

"没人挖我。"

欧阳松口气："那你急什么，这样吧，你的年假还没休，七天加一个周末，放你十天假够不够？或者你等一下，我元旦后有个去巴黎机会，让你去玩一趟好了。先别想工作，好好玩，其他的等回来再说？你考虑考虑我说的。"她用钢笔轻轻磕着桌面，两人静下来，只有这一下下的声音在响。

"欧阳，你曾经跟我说，在我体验过这一行能提供的一切、最坏的跟最好的之前，我没资格说离开，我想现在我可以说了。"

欧阳停住钢笔，她有段时间没注意李小路，印象里，她还是夏天时拍完封面，同乘一辆出租车时的她，强烈的渴切，封闭在极端的冷漠中。眼前的李小路并非如此。她的神色平静但难以接近，她的全部身体语言都在告诉别人：我决心已定。表面看起来，她比半年前显得疲惫，气色很差，嘴边眼角都有了痕迹。欧阳想起自己买的一株二十年的白杨树苗，刚种下时是青翠欲滴，树叶几乎透明，每淋一次雨，每暴晒一天，它都变得更粗粝丑陋，直到最近叶子彻底掉光，只剩光秃秃一杆树干，粗糙地、孤独地、傲慢地伫立在窗前，丝毫不为自己的丑陋愧疚。不知什么时候，李小路也变成了一个这样的怪物，而且像那棵树一样，她也意识不到自己有多奇怪。

欧阳想想，慢慢说："小路，我经常觉得……你很像从前的我。我不是一毕业就是现在这样啊，刚毕业时，我分配得很不好，没待够一星期我就受不了，也没要档案就走了，跑到圆明园画家村去住，当艺术青年。很快钱用完了，自己并没有伟大的、独特的艺术才华要表达，画画，写诗，我都是半吊子而已。我在圆明园当文艺青年只当了半年，可是回到正常的生活轨道用掉我五年。你知道五年都在底层挣扎，在最基本的生活水准上下挣扎是什么滋味？"她的眼睛枯涩之极，"我知道你想确立自己想要的生活方式，但有时候，走错一步，就要走上好多步才能弥补过来。我也知道，现在这个情况，工作是很难，你相信我的话再等两个月，如果那时情况还不好转，我会先辞职。"

小路看着她，她受伤蜷曲的手指，像小鸟折断的细足，她的头发干涩毫无生气，犹如拔出来在太阳下晒过的草，可是她的眼睛又深又亮，有这样眼睛的女人不会轻易退却，"欧阳，"她说，喉咙间逆行上来一团热气，卡在正中，"我知道你挽留我是一片好意，我无以为报，就讲讲去上海前一天，你请假去看病，办公室里发生的一件事。"

欧阳看着她，感觉小路神色有些恐怖。

"那天你没来，老板把我叫到办公室，Lily 也在。老板问我对你的看法，对《明丽场》的看法，他们很和气，一直鼓励我多说。"小路停住话头，看看欧阳，"你也知道，他们想拿掉你，所以从你手下找把柄。老板对我特别亲切，他说，他想改变杂志现状，很需要支持。他给我的感觉是，第一他想让你走；第二如果我配合，就有可能替代你，即使不是主编，也会是执行主编或首席编辑。因为你走了，他需要有个对这本杂志熟悉的人掌握大局。"

"Lily 在敲边鼓，她说她来后，感觉工作很不好做，大家对她抵触很大，不知是不是因为我们跟你比较久，或者是你吩咐过什么，改版意见为什么执行不下去？她想知道问题出在哪里。"

小路看看欧阳，后者轻轻说："接着说。"

"接着我就说了。"

"说什么？"

"详细的不记得。总之我顺着他们，他想听什么我就说什么，我还告诉Lily，舒可鑫的确得了癌症，她没对任何媒体说过，当我是朋友才跟我说，我写成封面文章，绝对重磅独家。你也看见，一月份咱们杂志卖疯了。Lily特别高兴，说要升我做首席编辑，等你走后。"

"就这些，"小路进来时脸色苍白，现在却两颊通红，好像一把心火慢慢烧到脸上，她的眼神亢奋明亮，"我想得到你有的一切：去美国的出差机会，圣诞节公关们送来的礼物，DIOR的披肩，所有一切。我想知道拥有它们我是不是就会觉得幸福，我想就算我不说他们也会找别人，我想补偿我心里另一个李小路，她像一只全身流脓的野狗一样每天在我心里哭，她想要爱我给不了，她要物质我只好尽力，我总得给她一样让她别再哭了。"

她的脸红得吓人，但神色镇定，"我得感谢这一行，它提供机会让我走到底，否则我不会甘心。现在我知道原来我不行，真可惜。"

两人都不说话了。

欧阳的办公室外，传真机尖声嘶叫，高跟鞋夸张的声音由远及近，两个电话同时响了，一个马上被接起，另一个一直在响，一直在响，没有人接。

两人还是沉默着，听着外面一波波声浪，一波波的喧哗。

天迅速黑了。

2

电话里，小路声音微弱，她说累了，要睡觉，不想出来吃饭。孙克非放下电话，看着窗户，窗外是十二月底的天空，玻璃上湿漉漉的全是雨。过一会儿，雨声越来越大，打在玻璃上乒乓作响，原来下起了冰雹。这种天气不想干活，何况又天色将晚。他只想找个人一起吃饭。

他离开办公室。车开出小区时，从倒后镜里看，整栋楼还灯火通明，这里离下班还早呢。而眼前已经飘起了细雪。他皱皱眉，减慢了车速。

敲门时，他以为小路不在家。屋里黑沉沉的。他打开门，屋内寒气侵人，窗户大开，小路坐在窗前。"怎么不开灯？"他一边说，一边随手打开灯，屋里亮了起来，"这么冷还不关窗户，感冒了怎么办？"他关窗，摸摸暖气，暖气是热的。小路穿着睡裙，双腿缩在裙子里，用双手抱在胸前，整个人像一只蜷曲着的大鸟。她看他，抱怨："屋里真热！"她的脸红通通的。孙克非心里一动，摸摸她的额头，触手滚烫，"你发烧了！"他断然说，"穿衣服，我带你去医院。快点。"

小路眼中茫然，"孙克非，你知道吗，今天我收到谁的短信？"

"谁的？"他一边帮她穿衣服，一边敷衍地答。

"我妈妈的！她学会发短信了。你看！"她高高举起那只薄薄的索爱，还是四年前的旧款，屏幕泛着蓝光，字体很大："小路，近来可好？这段时间做梦老梦见你，可能是有些想你了吧，你自己在外要多多保重，有什么事，给我打电话吧。不要太辛苦了。"

"我刚辞职，她的短信就来了。你说奇怪不奇怪。"小路反复看那条短信。

"你辞职？为什么？"孙克非不由停了手。

"你问欧阳。"她挣脱孙克非，趴在玻璃上呆呆地向外看，像一只落单的急切想飞的鸟。

孙克非打电话，听完欧阳的简短几句话，淡淡笑了笑，"辞职就辞职吧，有什么大不了的。"他说，催促着她穿鞋。

"你不懂！我想让我心里那个李小路闭嘴，我用尽全力让她高兴，让她满意，让她别再无休无止责怪我。可是世界亏欠她太多，我补偿不过来，她全身都流脓，全身都是伤口，她不停地哭，我给她什么都没用。你不懂。"孙克非抱住她，她的全身都在抖。

"听话，咱们去医院。"他说。

一路上，车阵无边无际。孙克非见车就超，一路压着公汽道走，终于还是在离医院一个路口之外，被堵死在车阵中，红灯像是焊死了，十分钟过去，一动不动。他转头看看小路，她烧得满脸通红，正愣愣看着自己。"别着急，过这个路口就到了。"他说。

"我不急。"她转过头去，轻轻唱起了歌，"钟声当当响，乌鸦嘎嘎叫"。她只会这两句歌词，就反复来回地唱，还不时对自己说："一休哥！哎！休息休息！休息休息！"说完就嘿嘿地笑，很得意的样子。

他实在心焦，不禁说："别唱了。"说完就后悔自己粗暴，小路却乖乖闭上嘴，又好奇地看他，像他是个陌生人。"你看什么？"他柔声说。

"不告诉你。"她得意地笑。

"说嘛。"孙克非漫不经心地看着前面车流缓缓移动，在铅灰色巨大的天空下，车子像河床上的蚂蚁。

"那我说了啊。你心里也有个小人，他害怕一个人待在黑暗的房间里。他习惯睡觉也要开着灯，他跟他妈妈的关系不太好，其实他又寂寞又脆弱，可老爱装得又冷漠又坚硬。我想跟他说，喂，你不用害怕啊。"

孙克非右边眼皮轻轻地跳了一下。"别闹了。"他说。

"你看，你又在保护他了，你不敢让他听见有人在跟他说话，你不敢让他来面对这个世界，因为他真实，你怕他会死。孙克非，人不会因为受伤害就死掉，但人没有爱一定会死。你在慢慢杀死他。"

孙克非猛地一脚刹车，几乎撞到前面急停的车尾，"别说话！我在开车！"他猛地出了一身汗。

"一休哥！"她大声地笑起来，"哎！休息一下！休息一下！"她闭上眼睛开始睡觉。

雪下得令人心慌。孙克非想专心开车，可他的手却微微颤抖。他拐到紧急停车带，刹住车，走下来，抽一根烟。天黑了，路灯还没亮，雪地在暗中发着蓝光。一辆又一辆汽车慌慌张张地往前开，像一群大瓢虫。他觉得愤怒，好像被狠狠伤害了，却不知这愤怒是为了什么。他抽了两口烟，平静下来。空气清冷，像一道冰线，顺着呼吸道准确有力地上达大脑，下至胸腔。他深深呼吸，回到车中，小路还在睡，高烧未退。

下车时，他推醒小路，她看见急诊处，瑟缩一下。"我来过这儿。"她说，被寒风一吹，禁不住全身发抖。

半瓶水还没输完，她就睡着了。她的头发被汗渍湿，贴住额头，露出下面又细又黄的发根。她的嘴唇焦得脱皮，让看的人好不心焦。她的手交叉着放在胸前，手指头也在蜕皮，布满橡皮屑一般的细屑。看样子是她在身体里烧了把火，把自己像柴火似的点着了。她猛地打个哆嗦，右腿抽搐一下，双手紧握，因为用力，手指有些发白。

孙克非握住她的左手。她哆嗦一下，紧紧地攥住他那只手，几乎要抓破他的皮肤。他轻轻皱了皱眉，现在他已经抽不出自己的手了，那只手像一个人质，被另外一个人紧紧抓住，他从来不曾如此被人需要过。

这是一间巨大的输液房，蒙着咖啡色皮革、配有点滴架的躺椅摆满房间，所有的椅子上都坐满了人。他们待在一扇紧闭的窗户下面，窗户缝中透来一丝天光，还间续吹过来一丝冷风。孙克非挪动身体，挡住风。他刚一动，小路就大声喊："你别走！"她睁开眼全无焦点地看着他。"你别离开我。"她说。"我不走，我哪儿也不去。"他温和地说，用力地回握着她的手。她几乎是立刻就睡着了，她喘气喘得太厉害，孙克非叫护士来，调慢了点滴速度。

周围全是病人，有个盲人从他面前经过，紧紧地抓住身边老太太的胳膊，两个人很难说谁更需要帮助。一家人兴师动众地推着一个老头走过，后者全身干枯，额头上，面颊上布满像盐一样白花花的东西。看上去仿佛是他体内的火已熄灭，仅剩下微薄的惯性支撑着他还睁着眼睛。一个缺了一条腿的男人，向身边女人抱怨着他的砂眼，孙克非微微一笑。一个女孩走过来，好奇地看着他，要把手里的苹果送给他，一般人笑的时候眼睛都会眯起来，小女孩笑的时候眼睛却圆滚滚的，像一朵花骨朵。她的口水在嘴边变成一个气泡，同样圆鼓鼓的。孙克非真想掐一掐她的脸蛋，她却笑着跑回到一个年轻女人身边。年轻女人在打点滴，怀里抱着一个档案袋，上面印着"北京肿瘤医院"。

这一切都让他难受，他想快点走，但点滴滴得非常缓慢，简直永远不会结束。

小路中间醒过一次，看见他盯着快滴完的输液瓶，看一下瓶子，又转头望望护士，满眼焦急。她又睡了过去。

3

孙克非带小路回自己的家。这是女友离去之后，他第一次带女人来这里。他脱掉她的鞋，给她盖上被子。她的嘴唇这么干。

她一路上都攥着他的手，现在全身放松下来，她的手指也松开来，软弱无力地放在蓝色被单上。孙克非抽出自己的手，手背通红，过一天，会有淤青指印出现。他倒杯水，跟几个白色药片一起，放到床前。医生说如果她再发烧，就让她吃。

他无事可做。他自由了的这只手暴露在空气里，一下子竟然觉得冷。他把自己这只手重新放回到小路手中。她已经软弱不堪，手指不能再蜷起来。他一根手指一根手指地帮她握成拳，来重新握着自己的那只手。她的手指好长，掌心纹路纵横凌乱，有这样的掌纹的人会有着凌乱的心事。他张开自己左手，掌心皮肤光滑紧绷，纹路清晰、深刻、简单。他们两个截然不同，在任何事上都是如此。只是这一刻，他感觉自己跟她难分难舍，不是她生病需要人照顾，却更像他内心的孤寂破土而出，无可控制，他需要自己被需要。

她皱眉，"太亮了。刺眼。"她嘟囔着头转来转去。他关掉灯，躺在她身边，他们的手连在一起。黑暗原来是这样。熄灯之后的夜晚原来如此。他感觉自己像是一个不会游泳的人掉入深水，在最初的恐惧之后发现了浮力，而在内心深处喜悦得几乎要战栗起来。从来不知道，他从来没想到黑暗原来是这样的，他试过那么多方法，试过女人，试过权力，却原来黑夜的恐惧不是谁都可以分担。

小路睡得很不踏实，汗一层层地出。半夜里，她说了几句梦话，喊着爸爸妈妈，攥着他的那只手热得像炭。孙克非喂她吃了药，她躺过的床单被汗打湿，他把她移到另一侧。

五点多时天就蒙蒙亮了。光线渗过窗帘，柔和的天色弥漫房间，沉静明亮，并且一分钟比一分钟更明亮。

小路醒了，她看着他，像从来没有见过这个人一样，若有所思地看个不停。

"我做了个梦，"她轻轻说，"梦见一座冰宫，到处都是大冰块。我冻得直打哆嗦，想生火取暖，可到处找不着火儿。我受不了啦，拼命叫爸爸妈妈。后来也不知道怎么，我一低头，看见自己的心露在外面，一块蓝色的、巨大的冰块。我摸摸，它很凉。等到拿在手里时，它就开始融化，一直化一直化，然后我就醒了，醒了就看见你。"眼泪流过她细长眼睛末梢，沉重柔软地跌落下来。

"你哭什么？"

小路摸一摸脸，"我不知道，它不受控制，我忘了上次哭是什么时候。"现在她又恢复了哭的能力。

她以前喜欢他，喜欢他强大的意志力，在任何情况下都泰然自若，这从容下是训练有素的无情。可是她却爱他熟睡后的面容，那张显得过分苍老的脸，让她想抚平的眉心皱纹。他强硬下的软弱，他睡着后不得不流露出来的另一张脸，让小路偶尔想他们也是有可能相爱的，然而醒来之后一切全都不同。

他的胸口有一块冰，而她的已经消融。

这在他们之间产生了新的不平等。不是说，撤去心脏的盔甲就会成为完美之人，恰恰相反，拥有肉心的人是不完美之源。小路重又感到嫉恨，嫉恨孙克非的安静从容，那是不在爱的人的平静，她从前也有过，但现在不再有了。她的心重新暴露在空气之中，所有事情都像砂纸，打磨着她刚刚重生因而过分娇嫩的肉心。她用痛苦确立着自己的爱的轮廓。

4

有一天，孙克非回家后赫然看见一条狗。

小路上午出去散步，这条狗待在小区门口的石头台阶上。她散步回来，它一动不动。下午她去超市，它还在原地，像在等待永远不会来的什么人。从超市出来，天已经黑了，地上背阴面积雪未融，在暗淡天色里微微反着白光，那条狗还蹲在那里。小路走出去老远，一直回头看，她放不下它。天气很冷，它生疮的肚皮贴在冰冷地面上，小路觉得冷彻入骨。

她从来没养过动物，她不敢想象自己能为另一条生命负责，也不能承受付出努力之后，终有一天它还是会离她而去。她连植物也不养。

可那条狗一直在她心里，她忘不掉。它为什么站在冬天的雪地里一动不动。她折回去喂了它几片熟肉，它温顺地跟住了她，任小路怎么跺脚也轰不走。它似乎认准了她不会抛弃自己，这信任或许出于绝望，却让她无可推诿。

孙克非回家后，看到的就是这条狗，它卧在宜家的地毯上，身上杂着雪泥及血，丑陋不堪。他离它远远的，站住脚步："它身上不知道会有什么病菌，会不会传染，还有，它是条老狗，已经活不了多少天了，你真的要收留它？"他看她一眼，放缓声音："养的狗死了，是很难受的啊，所以我不劝你养。现在你们还没产生感情，打开门，把它放出去就行了。"

"不。"小路仰着脸，她也看出来它活不长了，她从来没养过狗，不知道该怎么给它洗澡而不碰痛它身上的伤口。它看见孙克非接近自己，带着那副冷酷神色，它立刻哀鸣起来。小路不知道该怎么办，她只有毫无用处的眼泪："它必须留下，它是从我心里跑出去的动物，孙克非，你明白吗，从我小时候心里就有一条狗，我每失望一次，痛苦一次，它身上就多一块疤，多一个洞。我爸爸去世时，我天天晚上看着月亮，想着我怎么才能让我心里那条狗停止嚎叫；肖励转学时，我想着我怎么才能控制住不放声大哭；从北京去广州的火车上，我一直想，我一直想我怎么才能活下去，我怎么才能活下去，我怎么才能不再伤害我自己，每失望一次，心里面就破一个洞，越破越大，越裂越开，到处都是不能碰，到处都是幻想死掉后的碎片，它们变成一条狗，在过节的时候，在我孤单的时候，在我想哭不能哭时，它就在我心里嚎叫。我不知道怎么才能让它不再哀嚎，你看它，它已经麻木了，蹲在雪地里，谁来或者不来它都无所谓，它只剩下吃东西的本能，谁喂它一口吃的它就跟谁走。看见它，我才明白我这些年是怎么一点一点开始死亡，它是从你什么也不信了，不希望也不绝望时就开始，一寸一寸地死掉，就像这条狗，它其实已经死了，在它明白再也没人会带它回家时它就已经死了，你知道吗？"她哭的样子，像一只被堵到死角的小兽。孙克非看着她，一股无能为力的感觉油然而生，他不知道她为什么哭，不知道怎么才能让她高兴。

这无力感在他心里激起愤恨，他轻轻抱住她，愤恨和怜悯相互抵消，他的心里空荡荡的，什么也没有。

他们没开灯，对面高楼上，一盏接一盏亮起了灯。他看着那些灯，透过一格格落地窗，在冬天的夜里散发暖黄色光泽。"跟我走吧，"他脱口说，"我不等公司上市了，太麻烦，有人出的价钱还不错，我想差不多也就可以了。一起去吧，好不好？"

小路怕冷似的一缩肩膀，"太快了。"她说。

"要上市的话，怎么也到明年了。不过我不想再折腾，而且今明两年经济情况有点看不明白，还是早走早心净。"

"太快了。"小路轻声重复一句，把脸更深地埋到他怀里。

"你把护照给我就成，不用你操心。"

"可是我还没有答应啊。"她抬头看他，他分辨不出她眼中神色，像渴望，又像恨。"别这么看我，"他说，"别对我这么凶。"

"好，不看你。"她又把脸埋入他胸前衣裳中，仿佛那是世界上最后一块庇护所。

"咱们不是说得好好的吗？"他有些烦躁，他本来以为她会欣喜若狂地欢迎这个消息。

"可我也从来没说要跟你移民啊。"她的声音被衣服挡住，闷闷的，但仍然温柔。这么温柔的语气，似乎不应该是这样的内容。

"有什么问题吗，你？"他也放缓了语气，这是一个关键时刻，必须控制住，否则整件事就完了。他更用力地抱住她。

"我不知道。这几天，我特别想我妈，我想回去看看她，如果她需要我，我想在她身边陪伴她。"

他的手僵了一下，"想去就去啊，反正办手续也得一阵，够你探亲了。"

"你没听明白，我说的是，留在她身边，多陪陪她。"

孙克非半晌没说话，他急速地判断问题出在哪儿，她为什么突然提起她妈妈，这之前她从来不提。只有一个理由。他抱着她的手微微松开了些，"一个月时间够不够？"

小路笑了起来，脸离开他的衣服。那里真是暖和，她恋恋不舍，但她哭也哭够了，必须要作一些决定，而且要快。"我想陪我妈一起生活，把她接过来，或者我回去。她年纪大了，我不放心她一个人过。"

他沉默地站在原地，摸摸脸，双手交叉起来抱在胸前。那里有块衣服被小路眼泪打湿了，他的一根手指就放在上面，感觉怪怪的。

"说吧，你对未来生活的想法。"他说。

"我现在还不知道呢。你呢，你想过什么样的生活？"她反问。

"我跟你说过的。弄弄花，钓鱼，收拾农场，再也不为任何事操心，好好享受生活，这不也是你想要的吗？"

她又笑起来："不是。我要的东西，你给不了。"

孙克非不再追问，转了话题，"那你想好了，不跟我走？"他问得平静。

"嗯，想好了。"她笑得也平静。

孙克非有些不耐地掉开眼光。他的心里可没这么轻松。他一直以为整件事在自己控制之中，根本没有想到会有别的可能。现在一下被小路弄得措手不及。而且，他并非不留恋跟她之间，若有若无的一丝联系，再往后，他还是会有女人，可是他想自己不会再对别的女人产生这种感情，怜悯里混着眷恋。

"谢谢你。"她小声说。

"你说什么？"孙克非不确定自己听到了。

"没什么。"

是的，女人总是有反悔的权利。他看着小路走出去，她抱着那条狗，别的什么也没拿，她走楼梯下去，十一楼，声控灯一层层亮起来，又一层接一层地陷入黑暗。

外面飘着小雪，她仰起脸，雪落在脸上，像冰凉的手指，轻轻地抚摸着所有仰起头迎接它们的脸。狗用围巾裹着，被她抱在胸前。它觉得温暖安全，已经沉沉睡着。

0

　　宝城的冬天是很漫长的，并且难熬。因为位于黄河以南，它错过了暖气。冬天，人们通常会拥有一双因为生了冻疮而胀大的红手，其实脚也变大了，但在鞋里装着，看不见。晚上睡觉时，呼吸会在被头凝成一片白霜，用手一摸，是冰凉的。早晨起来，你会看到玻璃窗上结一层冰凌，它们结晶为各种花的样子，是这城市少有的美丽之物。

　　宝城很小，小学生上早自习都不用家长送，因为实在是太小了，你在学校喊一声，家里几乎就能听见了。严格来说，宝城只有两条大街，一个图书馆和两个新华书店。你去任何一个地方，走十几分钟就到了，走三十分钟就到农村了。所以宝城的交通是很便利的，但年轻人还是喜欢摩托车，摩托车五分钟能绕城一周，他们就在小城里一圈一圈地跑，那也很快意。但如果是汽车，宝城就实在施展不开了，他们只能往市区里开。宝城实在是很小的。

宝城很老，它的前身是个镇子，用来连接广阔的农村和县城。它最老的一条街应该是民国或清末时留下来的，两边都是木建筑，木头被长年累月的炊烟熏黑，散发出腐朽之气，夏天雨后，人们还能在房子上找到蘑菇，不怕毒就可以炒来吃。老街上住了好多小商贩，有弹棉花的、蒸馍的、做豆腐的，他们是解放时就进城租间屋子住下来的生意人，在当时，那条街是宝城的王府井。现在老街衰落了，但是，在宝城走街串巷，卖东卖西的，大多数还是从老街出来。他们每个人都有自己的钟点，比如说，快中午时卖蒸馍的来了，下午四点是卖酱油的，傍晚是黄金时间，卖羊脑卖卤鸡蛋卖菜的，都要赶在人们吃饭前来兜售货物。还有，卖酱油的就永远卖酱油，卖豆腐的也永远卖豆腐，人们小时候跟长大后喝的汤圆是同一双手做的。有时候你听到的明明是一个苍老的声音，冲出去一看，卖面条的却是一个年轻女子，那也是不奇怪的，她是老头的女儿，大概老头怕人们不认识这新的声音，特地录了自己的吆喝声，陪着女儿一起走街串巷。也有一些声音，不知不觉就消失了，人们想起来就说："噢，卖嫩豆腐的可是好久都没来了。"

宝城的时间是缓慢而寂静的。宝城夏天有午睡习惯，后来连冬天也午睡起来。宝城的中午格外安静，年轻人也睡了过去。宝城就是这样一个节奏缓慢的小城，什么都是缓慢的，只有年轻人变成熟是极为快速的。什么都是漫长的，但青春期是极为短促的。宝城的年轻人很少上大学，他们一般十八岁就开始工作，在父亲或亲戚的单位里，那工作大多是清闲的，因为这种缓慢的节奏，他们迅速地变得四平八稳，年轻人在二十多岁都会结婚生子，在宝城，一个人结了婚才真正算得上是"大人"。之后他们变得更加沉稳，彻底融入宝城平静缓慢的节奏之中。在宝城，新华书店里最新的世界名著是十九世纪的俄国文学，这似乎也可以作为佐证，证明宝城的时间比别的地方，比如说北京，要慢着一百多年。

宝城的人口流动率是很低的，一个人住的地方，通常也是他父亲和爷爷住过的地方。一个人埋葬的地方，旁边就葬着他的祖先。看似无关的几家邻居，其实他们的爷爷的爷爷可能是一个人，然后他们变成独立的十几户，但是，如果有外人欺负上门，那还是不成的，所有人都会出动。当然，大部分的吵架打官司还是发生在这十几户的内部，为着永远说不清的房子边界，或者屋檐的高低，一辈辈地传下去。

宝城的天空是很开阔的，因为大部分建筑都是两层小楼或者平房，它们谦卑地伫立在父辈们伫立过的地方，它们的前身是瓦房或草房，再往前可就不知道了。因为房子矮，就显得天特别高。宝城没有什么工业，这里的天空是正宗的蓝，云朵也从不灰蒙蒙，而是干净的白。即使是阴天的时候，天空也只是像一张宣纸，有磨砂的质感，但绝不脏。宝城的星星是明亮的。但人们从不在意，他们早早睡了，偶尔半夜起来撒尿看到了，就说："咦，敢情明天天气好！"

　　宝城最好的地方就是那条老街，街上有两排法国梧桐，李小路小时候怎么都不明白，一个小县城怎么会有如此高贵的物种。当然，公正地说，中国的梧桐树也是不错的，它们到了四月份就会开花，花朵是淡紫色。法国梧桐没有花朵，但它的树冠极美，仿佛一个人双臂在头顶交握摆出一个舞蹈的姿态。夏天时，两排法国梧桐在空中会合，一条街都是碧绿色。到了秋天，树叶变成翠绿色，这样金碧辉煌的颜色，让人对它的法国出身确信无疑。法国梧桐的落叶踩上去时，会发出金属的声音，一脚一脚踏这种叶子，也是宝城孩子们的娱乐。中国梧桐的落叶就没有声音，它们比较像柔软的大手掌，悄无声息地落下来。宝城的冬天，除了法国梧桐的树冠之外，就只有烤红薯还能拿出来一说。它的香味像一种有形的美，装扮了萧瑟的街道。

　　妈妈去世后，小路一个人在宝城又住了很久。她经常漫无目的地到处走，发现宝城变大了，像是有一个新城从老城中分娩而出，许多老房子被拆除，代之而起的是五六层的楼房，一片片小区。许多曲曲折折的路被打通，她惊讶地发现，这个地方离那个地方原来竟那么近，可是她再也不能在三十分钟内穿越整个小城。城变热闹了，北京电影院的大片，迟两个月会以盗版 VCD 的形式来到宝城，供人租赁。街上的台球案又多了起来，还有了专卖店，最大的品牌是美特斯邦威。几个大超市是当地人逛街首选，更年轻的人对此则不屑一顾，他们买一件衣服，烫一个头也要去市里。对他们来说，升级版的宝城，仍然太小，也依然太老。

小路的家是一栋两层小楼，楼的另一半是叔叔家，他们后来加高一层，贴了彩色瓷砖，显得高大巍峨。她家二楼的外墙，则只粉刷了一半，那是她爸爸生病前没能完成的。走廊已经刷完，一个白框子，套着一个一半灰一半白的屋子，她小时候熟视无睹，现在看了就觉得怪。她上网查了查粉刷墙壁的步骤，就随它去了。

妈妈住在一楼，她回到家时，发现那里几乎是个空屋子。她给窗户换上新窗纱，又给妈妈换了一张又大又舒服的床。她们睡一张床。白天，她们一起逛街，小路帮妈妈买内衣，晚上一起吃饭。春节后不久，一天傍晚，小路听到外面有人吆喝卖豆腐脑，那天下着细雨，她打伞出去买，回来时妈妈已经昏迷。

整理东西时，她找到一张存折，八千块，用小路的名字开的。

现在，小路一个人住在这栋粉刷了一半的小楼里。

春天的宝城仍然是无聊的，宝城像很多中国的小城一样，有四面城墙，城墙外面有条护城河。到了春天，孩子们喜欢到城墙上玩，那里有杏树、苹果树、梨树，沿着城墙还能一直走到麦子地，那也是很有意思的。到了春天，果树都开了花，白色的梨花重重叠叠，风一吹就卷成一团白色漩涡，如此华丽，简直不像是县城配拥有的事物。到了春天，城墙上就开始有学武术的人，一排排踢着腿目不斜视地经过，他们是大一些的男孩，他们相信在踢腿和绝世武功之间有一条道路，只要你坚持踢腿，就能到达。春天还意味着去西山，那是宝城的墓地。春天的时候，油菜花开满一整座山，连河水也映成了明亮的金黄色。小路从妈妈的墓地带回来一朵白色野花，插在一个洗干净的墨水瓶里，居然开了很久，而且有淡淡的香味。

小路一个人住时，她总梦到这栋楼的二层，小时候她在那儿住。那里如今堆满积尘，久无人迹。晚上她会听到二楼有响动，好像有另一家人在上面住。有天下着很大的雨，春雷像一架马车轰轰隆隆碾过她头顶。她又听到楼上，咯噔、咯噔，又像叩门，又像脚步。她问："有人吗？"无人回答。等雨住了，她拿着手电到楼上检查，除了尘土，什么也没有。

那天晚上，她看见一个瘦高个的男人，穿一件军大衣，领子是虎纹花色的猫皮。不止一次，她总是梦见这个人，梦里总是看不见他的脸，这次终于看清，他的皮肤黝黑，嘴巴两边法令纹深刻，眼睛极为明亮。他们像是久已熟识，她自然地走过去，说："我找了你好久。"

同一个时刻，小微终于睡着了。在几天的煎熬后，她知道自己胸部的肿瘤是良性。这让她如释重负。夏永康梦见了小路以及很多女人，天亮后，他将去拜见一位在藏地认识的出家人，听他念经令他平静。在西边，一间狭窄的小屋里，尼克已经醒来，她拿起一块薄薄的刀片，如果她能决心割断动脉她就不用去上班。如果不能，她将去上班。这个仪式在每天早晨发生。她不知道自己什么时候才能自杀，但至少不是今天。她叹口气，准备洗澡吃饭穿衣服出门。而在别墅里，欧阳在沉睡中翻了个身，叹了一声。昨天，在她跟 Lily 的战斗里，以 Lily 辞职告终。欧阳早知道会是这样。但她一只手放在心口上，即使在梦里，那里也在疼，好像她把一个人，关到最深的牢房里，那个人从地底下一直在敲打房门，锲而不舍。孙克非已经醒了。睁开眼，他开始想自己要做的事，他要开掉那个项目经理，他要换辆车，他要让部队的朋友帮他选一个退伍兵，退伍兵能开车能当保镖，又懂纪律，他见自己一个朋友使过，非常好使。说到底，如果有钱，哪里都不如在中国更舒适。他想，自己或许只用办一个外国国籍就好。小微梦见陈豪跟自己讲和了，不再逼她离开老王的杂志。她在梦里笑了出来。

　　小路还在粉刷那堵墙的另外一半。她哼着歌，偶尔停下手端详一下，嘴里说："刷得还不错吧？"她站在一架木头梯子上，开着廊灯，黑沉沉的夜里，只有她家的高处还开着一盏灯。隔壁的狗敏感地叫起来，引得远处的狗纷纷唱和。于是婴儿也哭起来，有一家卧室的灯亮了，半晌，又灭了。最后，这一切都静下来后，小路仍在一刷子一刷子地刷那堵墙。累的时候，她就坐在梯子上抽根烟，休息休息。夜色缠绕在中国血统的梧桐树间，树叶沙沙作响，像她刚刚用砂纸打磨那堵墙一样温柔。残余的雨滴噗噗嗒嗒地滴在屋顶，又顺着屋檐滑下来，清脆地打在金属栏杆上。栏杆也是爸爸刷过的，刚刷上时是天蓝色，现在有点褪色，蓝中泛着白。

　　天亮后，墙刷完了。她粉刷的痕迹和父亲的痕迹缝合在一起，犹如一件破衣服被缝补完整。中间缝合的地方并不平滑，呈锯齿状，要让她妈妈说，她会说这个媳妇针线活不怎么样，针脚又粗又大，还都露在外面。天亮后，梧桐树上的鸟儿们都醒了，拍打着翅膀唧唧喳喳地跑来跑去，还有几只在小路的脚旁踱来踱去，像成人一样稳重。小路把吃剩下的馒头搓碎喂它们，然后锁上门，离开了这里。

绿妖，二〇〇六年十一月二十一日

第二稿于二〇〇七年十月二日

第三稿于二〇一〇年一月二十三日